Was, wenn du nicht lieben darfst, wen du willst?

Ana ist jung und schön. Ihre süße Unschuld zieht den heißblütigen Südländer Arian magisch an. Er kann die Finger nicht mehr von ihr lassen, bis beide Hals über Kopf in ein Komplott aus Leidenschaft, Intrigen und alten Traditionen verwickelt werden. Ein gefährliches Spiel hat längst begonnen ...

Leserstimmen:

"Eine wahnsinnig tolle Liebesgeschichte über Familie, Traditionen und die dadurch entstehenden Konflikte zwischen den Kulturen."

"Überzeugende Charaktere in einer mitreißenden Story mit überraschenden Wendepunkten und einer dramatischen Zuspitzung."

Dieser Roman ist bereits 2015 unter dem Titel "Bis du mir gehörst" erschienen. Mit dem Kauf dieses Buches erwerben Sie eine vollständig überarbeitete Neuauflage.

Tanja Kelebek

Bis ans Ende deiner Welt

Bibliografische Information der Deutschen Nationalbibliothek: Die
Deutsche Nationalbibliothek verzeichnet diese Publikation in der
Deutschen Nationalbibliografie; detaillierte bibliografische Daten sind
im Internet über dnb.dnb.de abrufbar.

Herstellung und Verlag:
BoD – Books on Demand, Norderstedt
Illustration: ©VercoDesign, Unna
Korrektorat: Kolibri Lektorat, Sabine Wagner

ISBN: 9783752873542

INHALT

Vorwort

Ich habe lange überlegt, ob ich dieses Buch schreiben soll. Es ist nicht nur eine Geschichte, es ist eine wahre Begebenheit, bei der ich selbst bestätigen kann, dass sie sich zugetragen hat.

Es kann sein, dass Sie dieses Buch aufrüttelt, dass Sie schockiert und wütend sind. Sie werden vielleicht Ihren Freunden und Bekannten davon erzählen, weil Sie, nachdem Sie das Buch beendet haben, mit jemandem darüber reden möchten.

Ich kann Sie beruhigen. Auch mir ist es so ergangen. Das ist übrigens auch der Grund, warum Sie nun dieses Buch in den Händen halten.

Es freut mich sehr, dass Sie sich dazu entschieden haben, diese ungewöhnliche Liebesgeschichte zu lesen, auch wenn es heutzutage beinahe alltäglich ist, dass sich Liebesbeziehungen zwischen verschiedenen Kulturen entwickeln.

Es soll keine Anklage sein. Urteilen Sie selbst, wer in dieser Geschichte der „Böse" ist. Jeder Mensch ist das Produkt seiner Kindheit, seiner Familie, seines Umfeldes. Jeder Mensch lebt in seiner eigenen Welt. Entscheiden Sie selbst, ob Sie der Vernunft oder der Liebe den Vorrang geben würden.

Tanja Kelebek

Prolog

Ein Mann hat das Recht, alles zu bestimmen, er kommt Gott gleich. Sei eine gute Frau, du musst gefallen, wehe dir, wenn er seine Lust auf dich verliert. Sorge schnell dafür, sein Interesse wieder zu wecken. Du, Frau, bist austauschbar. Ehe du dichs versiehst, nimmt eine Neue deinen Platz ein. Wie ein Esel wirst du abgestellt und musst Schläge und harte Worte ertragen, sofern du in seiner Gunst stehst und er dich als Arbeitsvieh behält. Du musst all seine Regeln befolgen, senke den Blick, wenn er mit scharfen Worten zu dir spricht, und nicke sittsam, damit er weiß, du hast verstanden. Tue gut daran, ihn zu umschmeicheln und zu bezirzen, beweise Einfallsreichtum in der Art, wie du ihn umgarnst. Es wird dir das Leben erleichtern und, wenn du Glück hast, manche Freiheit erlauben. Wie eine Dienerin sollst du dich verhalten, denn als nichts anderes bist du als Frau geboren worden. So ist es und so wird es immer sein.

Lejhana Jakaj
(Melinas Großmutter)

„Arian, wohin fahren wir?"

Arians finsterer Blick blieb starr auf die Straße gerichtet. Bäume zogen immer schneller am Fenster vorbei. Es dämmerte und bald würde völlige Finsternis über der Stadt liegen.

Sie versuchte einen erneuten Anlauf.

„Ich habe gedacht, wir bleiben beim Parkplatz und unterhalten uns?"

Wieder keine Antwort. Ana wurde zunehmend unruhiger. Verzweifelt betrachtete sie sein Profil, doch Arians Blick wollte nicht von der Straße weichen. Seine Hände verkrampften sich um das Lenkrad, sodass die Knöchel bereits weiß hervortraten. Seine Stirnfalten und der zusammengekniffene Mund verhießen nichts Gutes.

Ana versuchte es dennoch: „Sag es mir bitte. Wohin fahren wir?"

„Ich bringe dich jetzt um!"

Ana erstarrte augenblicklich. Nach den Erlebnissen der vergangenen Wochen und wie sie ihn inzwischen kennengelernt hatte, würde sie ihm alles zutrauen.

Aber das konnte gar nicht sein. Wahrscheinlich erlaubte er sich nur einen schlechten Scherz mit ihr.

Sie beschloss, keine Angst zu zeigen.

„Arian, komm schon, was soll das? Warum solltest du mich umbringen wollen?"

Doch Arian blieb todernst. Ohne den Blick von der Straße zu nehmen, antwortete er mit fester Stimme: „Weil ich dich nicht haben darf und ich es nicht ertragen kann, dass dich jemand anderes hat!"

Einige Wochen zuvor

„Hey, Arian, mein Junge! Schön, dass ich dich auch wieder einmal zu Gesicht bekomme!"

Fröhlich klopfte ihm Onkel Bekim auf die Schulter. Arians Gesicht verzerrte sich halb lächelnd, halb schmerzlich, denn genau diese Schulter bereitete ihm seit gestern Abend höllische Schmerzen.

Vielleicht sollte er nicht gleich aggressiv werden, wenn jemand über sein Heimatland schimpfte, doch diesem lächerlichen Deutschen hatte er gestern gezeigt, was echtes ausländisches Temperament bedeutete.

„Was zuckst du denn so, mein Junge? Schon wieder eine Rauferei gehabt?", fragte der Onkel und lachte schallend, bis auch seine Tante zu ihnen stieß. Liebevoll kniff sie ihm trotz seiner zwanzig Jahre in die Wange.

„Arian, Schatz. So setz dich doch endlich. Wir warten schon auf dich."

Grinsend ging er auf die riesige Tafel zu, die sie im Garten seines Onkels aufgebaut hatten. So ziemlich alle Verwandten waren zum gemütlichen Grillnachmittag anlässlich des runden Geburtstages von Onkel Bekim gekommen. Selbst aus der Schweiz und aus Österreich waren sie angereist, um ihm zum Fünfzigsten zu gratulieren.

Die Freude war groß, denn allzu oft konnte man sich aufgrund der weiten Entfernung nicht sehen. Deshalb blieben die Gäste gleich für mehrere Tage hier bei ihnen in Deutschland.

Die Tante zauberte unzählige Schlafmöglichkeiten im Haus hervor. An eine Unterbringung in einem Hotel dachte niemand.

Warum auch? Gastfreundlichkeit stand bei Albanern hoch im Kurs. Alle Kinder wurden dahingehend erzogen, dass die Familie an erster Stelle stand.

Deswegen kam es durchaus vor, dass man sein Auto dem Cousin lieh oder selbiges mitternächtlich aus dem Graben zog.

Man fuhr pflichtbewusst als Übersetzer mit der Tante ins

13

Krankenhaus und jammerte nicht, dass das vielleicht gerade um ein Uhr nachts geschehen musste.

Den Mädchen wurde von klein auf beigebracht, ordentlich zu servieren, die Speisen richtig zuzubereiten, den Tisch zu decken und die Betten zu machen. Die gesamte Hausarbeit lastete auf den Schultern der Frauen.

Bei Bedarf kamen benachbarte Freunde oder Verwandte und gingen gerne zur Hand. Eine Selbstverständlichkeit, die bei deutschen Familien selten zu finden war.

Arian war stolz auf seine weitläufige Familie. In seiner Heimat waren sie angesehene Leute, insbesondere seinem Vater zollte man großen Respekt.

Dieser winkte ihn auch gleich zu sich: „Komm, setz dich und erzähl von deinem neuen Auto. Dein Cousin möchte sich auch einen Audi kaufen, hast du das gewusst?"

Arian lachte laut auf, bevor er Platz nahm. Er erzählte nur zu gern und nicht ohne Stolz von seinem Neuerwerb. Er hatte lange darauf gespart, doch ohne eine kleine Finanzspritze seines Vaters würde das Auto nicht vor dem Haus stehen.

Im Gegenzug konnte jeder damit fahren, der es benötigte. Er fand daran auch nichts Besonderes. Alle in der Familie stellten ihre Autos frei zur Verfügung.

Gänzlich in sein Gespräch vertieft, bemerkte Arian nicht, dass ihm ein Teller vor die Nase gestellt wurde. Ohne weiter aufzusehen, unterhielt er sich angeregt und erst als ein saftiges Rindersteak darauf landete, hob er kurz den Kopf. Dabei blickte er in die leuchtend grünen Augen seiner Cousine. Erstaunt musste Arian feststellen, dass sie sich in den letzten Jahren prächtig entwickelt hatte.

Mit einem strahlenden Lächeln begrüßte sie ihn.

„Arian! Schön, dass du gekommen bist. Wie geht es dir?" Dabei legte sie freundschaftlich die Hand auf seine Schulter. „Mein Vater hat gesagt, du hast dich verletzt?"

Arian grinste verschmitzt: „Keine Sorge, Melina, so schlimm ist es nicht.

Lass dich mal anschauen, ich erkenne dich kaum wieder!" Melina errötete und rückte schnell ab, indem sie einen Schritt zurückging, doch Arian ließ nicht locker: „Cousinchen, du bist ja ein richtiges Mädchen geworden! Warum ist mir das nicht früher aufgefallen?"

Ihre Wangenfarben wechselten ins Dunkelrot. Um der peinlichen Situation zu entkommen, huschte sie flink Richtung Terrassentür, wandte sich kurz nach ihm um und lachte neckisch: „Tja, selber schuld."

Arian schaute ihr nach. Seine Cousine war tatsächlich ein ziemlich hübsches Ding geworden.

Keine Pickelchen mehr, verschwunden war der Babyspeck an den Hüften. Ihre braunen Haare fielen lang bis zur schmalen Taille, wie es bei den meisten albanischen Mädchen der Fall war und ihre Augen funkelten wie die einer Katze.

Er fand es schade, dass sie so schnell wieder verschwunden war. Doch die Feier fing gerade erst an und er war gespannt, was er noch alles aus seiner Cousine herausbekommen konnte.

Sie weckte eindeutig sein Interesse, auch wenn er vorsichtig sein musste. Mit Melina war es nicht so einfach wie mit den anderen Mädchen, die sich nach Belieben verführen ließen. Zumindest war das für ihn nie ein Problem gewesen, denn er machte seine Sache gut. Die meisten von ihnen waren naiv und fielen allzu schnell auf ein paar schöne Worte herein.

Deswegen, dachte er bei sich, sind sie selbst schuld, wenn sie es mir so leicht machen.

Aber mit Mädchen von seiner Herkunft konnte bereits eine harmlose Liebelei einen Eklat verursachen, den man sich besser nicht vorstellen wollte und sei es nur wegen eines Kusses auf die Wange, den jemand zufällig gesehen hatte.

Doch leider liebte Arian das Spiel mit dem Feuer. Er würde schon aufpassen, dass er sich nicht die Finger verbrannte.

Im Laufe des Nachmittags warfen sie sich lediglich kurze Blicke zu. Es waren zu viele Leute um sie herum, sodass sie sich nicht ungezwungen unterhalten konnten.

Kurz vor Mitternacht beschloss Arian, zu gehen. Er suchte ihren Blick und zwinkerte ihr auffordernd zu.

Sofort sprang sie auf, um ihn hinauszubegleiten.

Diese Höflichkeit konnte ihr keiner untersagen, solange sie zügig wieder zu den anderen zurückkehrte. Arian wusste das und er freute sich, endlich ein paar nette Worte allein mit ihr wechseln zu können.

An der Haustür drückte sie ihm schnell einen Zettel mit ihrer Telefonnummer in die Hand.

„Ruf mich morgen Abend gegen 21 Uhr an. Vater schaut den Nachtfilm und ich bin allein in meinem Zimmer. Dann können wir ungestört miteinander telefonieren!"

Arian hob überrascht die Augenbrauen, griff aber dennoch nach dem Zettel. Seine Cousine erschien ihm in diesem Moment etwas leichtsinnig. Er wollte eigentlich nicht, dass Melina auf diese Art Umgang mit Männern pflegte. Doch dann redete er sich ein, dass sie sich bestimmt nur innerhalb der Familie nichts dabei dachte.

„Okay, ich werde dich anrufen. Aber schwöre, dass du allein sein wirst, wenn wir telefonieren. Ich will nicht herausfinden müssen, was Onkel Bekim mit mir macht, wenn er erfährt, dass ich heimlich mit seiner Tochter telefoniere!"

Energisch schüttelte Melina den Kopf.

„Arian, du kannst mir vertrauen. Ich tue bestimmt nichts, was dir schaden könnte!" Damit legte sie entschlossen ihre Hand auf seine, die noch immer den Zettel hielt.

Arian nickte ihr ein wenig misstrauisch zu und stieg ins Auto. Den ganzen langen Weg nach Hause dachte er über seine mutige Cousine nach.

Sie wird doch nicht Gefallen an ihm gefunden haben? Bei diesem Gedanken musste er grinsen. Ach, mit den Frauen hatte er doch immer ein leichtes Spiel.

Am nächsten Abend, kurz vor 21 Uhr, grübelte Arian über dem Zettel mit der Telefonnummer in seiner Hand.

Sollte er Melina anrufen? Seit gestern hatte er ein ungutes Gefühl in der Magengrube, gleichzeitig war das, was gerade geschah, so dermaßen aufregend, dass er sich den ganzen Tag kaum hatte zurückhalten können, ständig auf die Uhr zu sehen.

„Scheiß drauf", beschloss er, „ich ruf sie jetzt an. Was ist dabei?"

Das Telefon klingelte gerade einmal, als Melina bereits dranging.

„Arian! Ich freue mich sehr über deinen Anruf!"

„Du bringst mich in Teufels Küche, das weißt du, oder?"

„Ach komm, was ist schon dabei", beruhigte sie ihn, „mein Cousin wird mich doch anrufen dürfen. Wir haben uns so lange nicht gesehen."

Arian beschloss, gleich mit der Tür ins Haus zu fallen: „Und es hat dir scheinbar gefallen, dass du mich wiedergesehen hast!"

Kurz blieb es still am anderen Ende der Leitung. Melina schien nach den richtigen Worten zu suchen, dann gab sie leise wispernd zu: „Du bist mir einfach ans Herz gewachsen."

„Genau wie all deinen anderen Cousins. Lässt du dich von denen auch am Abend anrufen?"

Erbost fauchte sie ins Telefon: „Sag mal, was hältst du eigentlich von mir? Ich kann auch gleich wieder auflegen!"

Schmunzelnd lenkte Arian ein: „Sieh mal einer an, das kleine Mädchen kann auch ganz schön bissig sein."

Sie gefiel ihm immer mehr.

„Reiz mich weiter und ich zeig dir, *wie* bissig ich sein kann!"

Allen Vorbehalten zum Trotz, ließen sie sich auf ein gefährliches Spiel ein. Es begann, unter Arians Haut zu kribbeln.

„Oha, mein kleines Cousinchen spuckt aber große Töne. Ich denke, ich muss mal ein ernstes Wort mit meinem Onkel reden, ob er dich vielleicht nicht anständig erzogen hat?"

„Da brauchst du meinen Vater nicht fragen, du weißt ja wohl selbst, dass ich brav bin."

In der Tat war sein Onkel in seiner Erziehung sehr streng. Obwohl sie nun siebzehn Jahre alt war, durfte sie nie weggehen, zumindest nicht wie die deutschen Mädchen in ihrem Alter.

Eigentlich sollte er das Telefonat nicht auf die leichte Schulter nehmen, aber er konnte nicht aus seiner Haut. Deshalb schmeichelte er Melina, wie er es bei allen Mädchen machte: „Hör mal, hast du Skype? Ich will dein hübsches Gesicht sehen, wenn wir telefonieren."

„Vielleicht nächstes Mal, ich muss jetzt aufhören. Rufst du mich morgen wieder an?"

Arian schnaubte. Er wurde nicht gerne zurückgewiesen.

„Soll ich dich jetzt jeden Tag anrufen? Glaubst du, ich habe da Zeit dafür?"

Er hörte sie förmlich durch das Telefon lächeln. Scheinbar schien ihr sein aufbrausendes Temperament nichts auszumachen.

„Ich würde mich freuen, wenn du dir die Zeit nimmst. Jeden Abend werde ich auf deinen Anruf warten."

Hatte er das schon einmal von einem deutschen Mädchen gehört? Nein, bestimmt nicht. Niemals. Aber es gefiel ihm.

„Mal sehen. Stell nichts an, Cousinchen. Gute Nacht."

Arian beschloss, nicht weiter über seine Cousine nachzugrübeln, dennoch schmeichelte ihm ihr offensichtliches Interesse.

Er hatte es leicht mit den Mädchen, nicht so wie sein Freund Rion. Der stellte sich aber auch wirklich zu blöd an. Kein Wunder, dass er noch nie eine abgeschleppt hatte.

Heute Abend wollten sie gemeinsam wie jeden Freitag weggehen.

Arian besah seinen kräftigen Oberkörper im Badezimmerspiegel. Er sah verdammt gut aus: starke, muskulöse Oberarme, sodass die Ärmel seines Shirts spannten, ein Waschbrettbauch, den er sich im Fitnessstudio fleißig antrainiert hatte. Vielleicht ein bisschen zu viele dunkle Brusthaare, aber bisher hatte sich keine Frau daran gestört. Sie ließen ihn sogar richtig männlich wirken.

Genauso wie sein dunkler Bart, der immer gepflegt und gut rasiert war.

Mit einer geübten Bewegung strich er ein wenig Gel durch die frisch gewaschenen Haare und legte die widerspenstigen Härchen sorgfältig hinters Ohr.

Ein Blick auf die Uhr mahnte ihn zur Eile. Rion wartete bestimmt schon vor dem Haus auf ihn. Er fand es recht praktisch, dass es seinem Freund nichts ausmachte, den Chauffeur zu spielen.

Rion trank nie Alkohol. Nicht einmal zu besonderen Anlässen. Er war von seinen Eltern sehr streng erzogen worden und sein Glaube verbot ihm diese Unsitte. Deswegen schüttelte er nur den Kopf über seine Freunde, die Abend für Abend taumelnd in seinen Wagen einstiegen. Doch Arian vermutete, dass er sie trotzdem ab und an um ihren Spaß beneidete.

Eigentlich bekam er Mitleid mit ihm, dass er aufgrund seiner ernsten Art noch nie eine Freundin gehabt hatte. Aber all das gute Zureden half nichts. Rion konnte nie so locker und ungezwungen auf ein Mädchen zugehen wie er.

Arian eilte aus dem Haus und sprintete auf den Wagen seines Freundes zu. „Sorry, ich wurde aufgehalten. Kann es losgehen?"

Gelangweilt stieß sich Rion von der Beifahrertür ab und öffnete sie für ihn. „Immer muss ich auf dich warten. Hat deine Frisur wieder einmal nicht gepasst?"

„Pah, ein wenig Eitelkeit würde dir auch guttun. Nein, meine Cousine Melina wollte unbedingt, dass ich sie anrufe."

Rion machte große Augen: „Ach ehrlich? Wie alt ist sie jetzt?"

Da fiel Arian ein, dass sein Freund sie einmal gesehen hatte, als sie ein kleines Mädchen gewesen war.

Arian grinste: „Im besten Alter. Siebzehn ist sie geworden. Und ich muss zugeben, dass sie sich prächtig entwickelt hat." Dabei formte er mit seinen Händen zwei große Schalen vor der Brust.

„Du hast nur das Eine im Kopf", seufzte Rion. „Wann wirst du endlich vernünftig werden?"

„Du hörst dich an wie mein Vater. Und selbst der hat nichts dagegen, dass ich mich ein wenig austobe. Musst du immer so moralisch sein?"

„Arian, Arian! Irgendwann wirst auch du erwachsen werden!"

„Komm, Alter, geh mir nicht auf die Nerven! Du bist so eine Spaßbremse. Los, drück drauf jetzt. Schauen wir, dass wir loskommen."

Aufmunternd klopfte Arian seinem Freund auf die Schulter und ließ sich auf den Beifahrersitz plumpsen. Unmotiviert stapfte Rion um das Auto herum, öffnete die Tür und stieg ein.

„Was ist los mit dir?", blaffte Arian ihn an. „Jetzt reißen wir uns gleich ein paar heiße Bräute auf!" Bei diesem Gedanken rieb er sich erwartungsvoll die Hände. „Lassen wir uns überraschen, ob ein paar neue Gesichter dabei sind."

Rion verdrehte die Augen, stimmte aber trotzdem in das Lachen seines Freundes ein. „Na dann, lass uns starten!"

Der Zauber der Nacht

Ana war ein hübsches junges Mädchen mit großen, braunen, viel zu neugierigen Augen. In zahlreiche Gesichter hatten diese Augen schon geschaut und jedes Mal konnte sich ihr Gegenüber kaum abwenden.

Die Menschen wurden geradezu magisch angezogen von dieser dunklen Tiefe und dem neugierigen Funkeln.

Überall, wo Ana auftauchte, umgab sie ein besonderer Schimmer, sodass ihre Anwesenheit im Raum zu spüren war und sich jeder unbewusst in ihre Richtung drehte.

Man musste der Versuchung widerstehen, sie zu berühren, unabsichtlich ihren Arm zu streifen oder sie in die schützenden Arme zu schließen.

Im Gespräch jedoch erkannte man die unbändige Kraft, die tief in ihrem Inneren loderte und die jedem ins Bewusstsein rief, dass dieses Mädchen etwas Besonderes war.

Mit den Jahren lernte Ana, diesen Vorteil für sich zu nutzen. Sie genoss es geradezu, mit ihren Reizen zu spielen. Denn ihre Augen konnten auch voller Witz und Übermut sprühen, wenn sich die kleinen Lachfältchen seitlich an den Augenrändern bildeten, und genauso konnten diese Augen jeden Mann vor Leidenschaft erglimmen lassen.

An diesem Abend waren Anas Augen schwarz umrandet. Lange, dunkle Wimpern ließen ihren betörenden Blick noch zauberhafter erscheinen. Die Haut war makellos gepudert, mit einem zarten Roséton auf den Wangenknochen, welcher das Gesicht umso jugendlicher erstrahlen ließ, die weichen Lippen nur leicht mit Farbe betont, geradezu einladend und für jedermann anziehend.

Lange, dunkle Haare umrahmten ihr Gesicht, duftend wie ein Schleier, der sich dem Wind hingab. Zart und elfenhaft war ihre Erscheinung.

„Mama, wo ist mein neues Kleid? Das gelbe, meine ich. Kannst du es mir schnell bringen?"

Anas Mutter seufzte. Der Vater würde bestimmt wieder Schwierigkeiten machen, wenn er Ana in dem viel zu kurzen Kleid sah. Dabei musste sie zugeben, dass es Ana sehr gut stand. Es betonte ihre olivfarbene Haut und die dunklen Haare. „Du hast wohl vor, tausend unschuldige Herzen zu brechen." „Ach, Mama, du weißt doch, dass das jetzt modern ist. Alle Mädchen haben so etwas an!"

„Dann sieh zu, dass dich dein Vater nicht mehr erwischt, sonst darfst du gleich in die nächste Jeanshose schlüpfen", warnte ihre Mutter besorgt. Sie mochte es nicht, wenn der Vater zu streng mit ihrem kleinen Mädchen war. Wobei Ana in letzter Zeit rasend schnell erwachsen geworden war. Nicht mehr lange und sie war volljährig.

Ana griff zum Lockenstab und zauberte sanfte Wellen in ihre dunkle Pracht. Weich fielen ihre Haare über ihre Schultern bis zur Taille. Sie drehte sich nach allen Seiten und warf ihrer Mutter lachend eine Kusshand zu.

„Na, Mutti, gefalle ich dir?"

„Wie schon gesagt, eine Herzensbrecherin, mein Kind." Stolz strich sie ihr über den Arm.

„Dann geh ich gleich los. Sanela wartet bereits. Gib Papa einen Kuss von mir!"

Damit fegte die geballte jugendliche Energie zur Tür hinaus. Ihre Mutter schloss sie lächelnd hinter ihr, sie konnte sich gut an ihre eigenen Jugendjahre erinnern.

„Ist Ana schon weggegangen?" Der Vater schlurfte an der Mutter vorbei in die Küche. „Sie hat sich gar nicht von mir verabschiedet!"

„Sanela wartet bereits draußen." Die Mutter zuckte mit den Schultern und tat, als wäre es ehrlich gemeint.

Währenddessen nahm der Vater am Küchentisch Platz, dabei schüttelte er den Kopf. „Ich weiß nicht, ob es gut war, dass ich Ana erlaubt habe, wegzugehen. Diese jungen Männer heutzutage haben keinen Anstand mehr."

„Glaub mir, Schatz, Ana ist klug genug, um von denen die Finger zu lassen. Sie will Spaß mit ihrer Freundin haben. Erinnere dich an uns damals."

Der Vater strich sich nachdenklich über sein bärtiges Kinn.

„Genau das tue ich ja gerade, genau das tue ich."

Sanela wartete tatsächlich draußen und pfiff ihrer Freundin zu, die geradewegs auf sie zukam.

„Hola, die Waldfee! Was hast du heute vor?"

Ana lachte. „Was meinst du? Gefällt dir mein Kleid?" Dabei drehte sie sich übermütig hin und her.

„Ich möchte es dir am liebsten sofort vom Leib reißen", jauchzte die Freundin und hängte ihren Arm bei Ana ein. Voller Vorfreude klapperten die beiden Freundinnen über das Kopfsteinpflaster in Richtung Stadtmitte. Dort wartete der derzeit angesagteste Schuppen der Stadt auf sie.

Eine lange Schlange hatte sich vor dem Eingang gebildet. Sie sahen aufgeregt schnatternde Mädchen, die von einem Bein auf das andere traten, um den Schmerz, den die hohen Hacken hervorriefen, ein wenig zu mildern.

Vereinzelt standen Grüppchen von Jungs unterschiedlicher Herkunft dazwischen, die sich zum Gruß gegenseitig lässig auf die Schultern klopften.

„Sieht so aus, als müssten wir anstehen", klagte Sanela.

Ana reckte den Hals. „Wenn du bloß den Türsteher kennen würdest, dann kämen wir bestimmt gleich hinein."

Sanela lachte. „Wenn das Wörtchen *wenn* nicht wäre." Dann flüsterte sie verschwörerisch: „Glaubst du, dass Ben auch da ist?"

Ana verdrehte die Augen. Ihre Freundin war dermaßen vernarrt in diesen Ben, dass es seit Wochen kein anderes Thema mehr zwischen ihnen gab.

Langsam war sie ein wenig genervt davon. Sie rümpfte die Nase und brummte: „Weiß nicht. Und wenn nicht, dann ist es auch nicht schlimm."

„Die Welt würde für mich untergehen", scherzte Sanela. Sie war zwar verliebt, konnte aber erkennen, wann es für ihre Freundin zu viel der Schwärmerei war.

„Vielleicht finden wir ja heute *deinen* Traumprinzen? Könnte durchaus sein. In deinem Horoskop stand zumindest, dass du am Abend unbedingt weggehen solltest!"

„Ach, Sanela, mich will eben keiner. Ich habe die Hoffnung schon aufgegeben."

„Kopf hoch, heute wird es so weit sein. Ich spüre es in meinem linken Zeh."

Ana lachte laut auf. „Deinen linken Zeh kannst du gar nicht mehr spüren, bei den Schuhen, die du heute anhast. Wahrscheinlich muss ich dich spätestens um Mitternacht stützen, weil du nicht mehr allein aufs Klo gehen kannst."

„Dafür schauen sie gut aus", erwiderte Sanela, „ich brauche doch irgendwas, damit ich nicht ganz in deinem Schatten stehe."

„Jetzt hör aber auf, du Schleimerin! Wer hat mir denn das Kleid eingeredet?"

„Und es steht dir ausgezeichnet", gab Sanela nickend zu.

Ana ließ ihren Blick über die wartende Menge schweifen, konnte aber keine bekannten Gesichter entdecken. Bei einem dunklen Augenpaar blieb sie plötzlich hängen.

Es waren warme, braune Augen, die sie direkt anschauten. Augen, in denen man Feuer sah, aber kein Feuer der Vernichtung, sondern ein Feuer voller Hitze und Leidenschaft.

Arian stockte der Atem. Er war fasziniert von dem wilden, tiefen Blick des Mädchens weiter hinten in der Schlange und dem geheimnisvollen Zauber, der von ihm auszugehen schien. Und er kannte bei Gott viele Mädchen.

Noch nie zuvor hatte ihn eine große Welle der Zuneigung erfasst wie bei dieser unbekannten Schönen.

Rion rempelte ihn unsanft an. „Arian, aufgewacht. Los, wir dürfen endlich rein!"

Er schreckte kurz auf, fasste sich aber sogleich wieder und drängte sich mit den anderen Gästen ins Lokal.

Drinnen hämmerte ihm der Bass um die Ohren, der sich mit dem aufgeregten Stimmengewirr vermischte.

Soweit er sich umsah, war er von hübschen Mädchen in knappen Shorts und Röcken umgeben. Ob blond, ob braun, ich steh auf alle Frau'n, dachte er amüsiert.

Rion plagte die Sorge, ob sie einen guten Tisch erwischen würden. Arian bedauerte seinen Freund ehrlich um dessen Pflichtbewusstsein. Es konnte nicht schön sein, ständig alles richtig machen zu wollen. Überhaupt standen Frauen mehr auf jemanden wie ihn, der sie zum Lachen brachte und ihnen den Honig um die vollen Lippen schmierte.

„Rion, jetzt mach mal langsam. Wir kriegen bestimmt einen Tisch. Ich komm ja kaum hinterher", beschwerte er sich. Doch Rion stürzte sich bereits auf die letzten beiden Hocker, die er entdecken konnte.

Triumphierend schnaufte er: „Da siehst du es. Ein paar Minuten später und die zwei wären auch weg gewesen."

„Ja und, wenn schon! Ich will doch nicht den ganzen Abend nur herumsitzen!"

Insgeheim fand er die Hocker aber gar nicht schlecht, denn Mädchen wollten gerne sitzen, wenn ihnen die Schuhe zu drücken begannen. Das könnte eine gute Masche werden.

„Ich hol uns gleich mal was zu trinken, Arian. Pass bloß auf unsere Plätze auf!"

„Pass du nur auf, dass du nicht verloren gehst." Er neckte seinen Freund gern wegen seiner fehlenden Muskelmasse. Eigentlich bräuchte er nur wie er selbst zum Training zu gehen, doch auch daran zeigte Rion kein Interesse. Wahrscheinlich hat er sogar heimlich eine Briefmarkensammlung zu Hause, dachte Arian seufzend.

Ana lachte. Ausgelassen tanzte sie mit Sanela zur hämmernden Musik. Die bunten Blitzlichter blendeten ihre Augen und der Rauch umhüllte ihre Hüften. Ab und zu erlaubten sie sich ein paar verstohlene Seitenblicke zu den anderen Tanzenden in ihrer Nähe. Doch kein Ben war zu sehen.

Leider auch nicht der Typ mit den erstaunlich dunklen Augen, bedauerte Ana.

Die Freundinnen kicherten und lachten, zeigten strahlend weiße Zahnreihen zwischen rosigen Lippen, schwarze, dunkle Augen hinter langen Wimpern. Das gelbe Kleid schmeichelte Anas schlanken Beinen. Eine lange, goldene Kette, die bis zum Bauchnabel hinabreichte, baumelte im Takt zwischen ihren Brüsten.

Sie blickte aufgeregt um sich, warf ihr langes Haar zurück – und da sah sie ihn.

Ruhig lehnte er an der Bar, mit einer Hand seinen Drink umfassend, während er sie beobachtete. Wohl schon eine ganze Weile lang.

Sofort schlug ihr das Herz bis zum Hals. Sie fühlte, wie warme Wogen ihren Körper durchströmten.

Eingeschüchtert richtete sich ihr Blick zu Boden. Ihre Bewegungen wurden ein wenig ruhiger und langsamer.

Da stieß sie Sanela plötzlich in die Rippen und schrie: „Hey, der Typ da vorne signalisiert mir die ganze Zeit, ich soll dich anstupsen. Kennst du den?"

Erschrocken sah Ana zu ihm rüber und tatsächlich winkte er sie mit seiner Hand herbei. Ein wenig unentschlossen trat Ana auf der Stelle herum, doch Sanela gab ihr einen Schubser in seine Richtung und meinte: „Stell dich nicht so an, das ist deine Chance. Vielleicht ist er endlich dein Traumprinz!?"

Wie in Trance ging Ana in seine Richtung und blieb mit einem sanften Lächeln vor ihm stehen.

Arian war entzückt gewesen, als er das geheimnisvolle Mädchen auf der Tanzfläche wiedersah. Er liebte ihre Bewegungen, wie sie mit ihrer Freundin redete, wie sie unsicher um sich schaute. Und nun stand sie vor ihm.

Er stellte seinen Drink an der Bar ab und ergriff ihre Hand. Mit einem sanften Begrüßungskuss berührte er ihre Wange und als er sich wieder zurückbeugte, schaute er in das bezauberndste Lächeln, das er je gesehen hatte. Unergründliche Augen schauten ihn an.

„Wie heißt du, schöne Frau?", fragte er, biss sich aber sogleich auf die Lippen. Ein plumperer Spruch war ihm wohl nicht eingefallen.

Doch sie lächelte weiterhin. Schließlich antwortete sie sanft: „Ana. Und wie heißt du?"

Ihre Stimme hatte eine beruhigende Wirkung auf ihn. Er spürte förmlich, wie sein Blut langsamer durch die Adern gepumpt wurde.

„Hey, freut mich. Ich bin Arian und dieses Klappergestell da ist mein Freund Rion."

Rion warf ihm einen bitterbösen Blick zu, begrüßte Ana jedoch mit einem freundlichen Händedruck.

„Kommst du öfter her? Ich habe dich, ehrlich gesagt, noch nie gesehen."

Ana wusste nicht, was sie darauf antworten sollte, beschloss dann aber, trotz der Gefahr, möglicherweise für ihn uninteressant zu werden, die Wahrheit zu sagen: „Ich darf leider nicht oft weggehen."

Arian musterte sie nach diesen Worten von oben bis unten, verschränkte seine Arme vor der Brust und stellte ungläubig fest: „Das kannst du mir nicht erzählen. Du bist doch bestimmt schon neunzehn."

„Ist aber so." Ana zuckte mit den Schultern und wollte sich wieder umdrehen, um zu gehen.

Da fasste Arian ihren Arm und hielt sie zurück: „Ich glaub es dir ja. Bleib da! Willst du etwas trinken?"

Da waren sie wieder, diese dunklen Augen, die ihn in ihren Bann zogen.

Am liebsten hätte er ihre Wange berührt, über ihre Haare gestrichen, an ihrer warmen Haut gerochen.

Stattdessen kehrte er ihr den Rücken zu und bestellte einen doppelten Tequila, wie er es bei den anderen Mädchen machte.

Ana rümpfte die Nase, als sie an dem kleinen Glas roch. Ein scharf beißender Alkoholgeruch, der sie fast zu Tränen rührte, strömte ihr entgegen. Und das sollte sie nun trinken?

Arians prüfender Blick ruhte auf ihr und sie war verunsichert, wie sie sich nun verhalten sollte. Doch sie konnte nicht anders, ihr ekelte zu sehr davor.

Schnell stellte sie das Glas wieder ab. „Es tut mir leid, aber ich kann so etwas Starkes nicht trinken."

Erstaunt griff Arian nach dem Glas, roch kurz daran und leerte es in einem Zug.

„Macht nichts. Wollen wir ein wenig nach draußen gehen? Hier drinnen kann man sich unmöglich unterhalten."

Rion hob amüsiert die Augenbrauen.

„Nach draußen?" Unsicher suchte Ana nach ihrer Freundin. Wo steckte sie nur?

Da endlich entdeckte sie eine vollkommen ausgelassene Sanela, die ihr eng mit einem Jungen tanzend den erhobenen Daumen zeigte.

Ana musste lachen. Vielleicht sollte sie selbst auch ein wenig unbeschwerter sein.

Arian nutzte diesen günstigen Moment, um ihre Hand zu nehmen und sie nach draußen zu ziehen.

Sie folgte ihm schweigend. Ihre Hand ruhte in seiner und der feste Griff machte sie ein wenig selbstsicherer.

Draußen schlug ihnen ein kühler Wind entgegen. Alles Umliegende war bereits schützend von der schwarzen Nacht eingehüllt. Tausend Sterne funkelten über ihnen, als er sich ihr langsam zuwandte.

„Ist dir kalt?", fragte er, mehr, um die Stimmung aufzulockern, als aus wirklichem Interesse.

Ana schüttelte den Kopf. Nervös schaute sie zu Boden. Arian drehte sich zur Straßenseite und machte eine ausholende Handbewegung: „Wo wohnst du eigentlich?"

„Nur ein paar Straßen weiter. Kennst du das blaue Haus in der Reinekestraße?"

Sofort bereute Ana ihre Worte. Sollte sie ihm erzählen, wo sie wohnte? Was wäre, wenn er kommen und nach ihr fragen würde? Ihr Vater würde toben vor Wut.

„Ja, das kenn ich. Du lebst aber noch bei deinen Eltern, oder?"

Stirnrunzelnd bemerkte sie: „Ja klar! Mein Vater freut sich übrigens nicht sehr über ungebetenen Besuch."

Arian lachte: „Hast du Angst, dass ich bei dir zu Hause auftauche? Nein, keine Sorge, ich besitze genug Anstand."

Am liebsten hätte sie sich geohrfeigt für ihre Bemerkung. Sie lachte zögerlich. „Nein, so habe ich das gar nicht gemeint. Ich wollte nur, ach, ich weiß auch nicht."

Plötzlich machte Arian einen Schritt auf sie zu. Er blickte ihr direkt in die Augen und Ana vergaß, was sie eigentlich sagen wollte.

Noch nie war ihr ein Junge so nahe gekommen und dennoch war es ein Gefühl, als dürfte es gar nicht anders sein. Sie spürte, wie ihr schneller Atem die Brust hob und wieder senkte und wie sehr dieser Rhythmus Arian anzuziehen schien.

Mit sanften Worten sprach er zu ihr und seine Stimme berührte ihr Herz.

Als er ihr Gesicht berührte, schloss sie die Augen. Nichts anderes war mehr wichtig, nur fühlen, seine Zuneigung spüren, sich einzulassen auf alles, was kommen mochte.

Sie vertraute ihm seit dem ersten Augenblick, wusste aber nicht, warum. Dieses Vertrauen, das alle Zweifel vergessen ließ und das alles richtig machte, war einfach da.

Er war ihr so nah, dass sie seine Wärme spüren konnte. Nun gab es nur noch sie und ihn. Alles ringsherum war vergessen. Sie beide waren die Ewigkeit.

Wie der sanfte Flügelschlag eines Schmetterlings berührten sich ihre Lippen. Ein kurzer, sanfter Kuss. Für beide bedeutete er die Welt.

Behutsam strich Arian ihr durch die Haare. Dieses Mädchen war etwas Besonderes, anders als die anderen Mädchen, die er schon kennengelernt hatte.

Lag es an ihrem fröhlichen Wesen, ihren neugierigen Augen, an ihrer atemberaubenden Schönheit, die ihn von Anfang an verzaubert hatte?

Sie war nicht so dumm wie die anderen Mädchen, die laut gackernd jedem Mann in der Disco hinterherpfiffen. Die sich jedem an den Hals warfen, der ihnen gerade mal einen Drink spendierte. Solche kannte er genug und es gefiel ihm, sich seinen Spaß mit ihnen zu machen. Doch mit ihr war alles anders. *Sie* war anders.

Liebevoll flüsterte er: „Ana, möchtest du mich morgen wieder treffen?"

Ana vergrub ihr Gesicht in ihre Hände. Behutsam schob er sie ein Stückchen von sich weg. „Ich möchte dich gerne wiedersehen. Hast du morgen Zeit?"

Sie nickte schüchtern und trat aus seinem Schatten. Als wäre ihr das Geschehene plötzlich peinlich geworden, wandte sie sich von ihm ab und erwiderte: „Ich könnte gegen Nachmittag, wenn dir das recht ist."

Arian wollte sie in seine Arme schließen, doch er erkannte, dass er sie nun gehen lassen musste.

Sein Gefühl trog ihn selten und bei ihr hatte er den Eindruck, dass dies soeben ihr erster zarter Kuss gewesen sein könnte. „Komm gegen drei zum Tor des Stadtparks. Ich werde dort auf dich warten!"

Ohne ihm ein letztes Mal in die Augen zu sehen, begann sie, Richtung Eingang zu laufen. Er hoffte inständig, dass sie kommen würde.

Ana rannte durch die tanzende Menge auf ihre Freundin zu. Sanela unterhielt sich gerade angeregt mit einem hübschen Jungen, drehte sich aber sofort zu Ana um, als sie von ihr am Arm gezupft wurde.

„Da steckst du! Ich habe mir schon Sorgen um dich gemacht."
Ihr fiel Anas glühendes Gesicht auf und sie musste unwillkürlich grinsen: „Du meine Güte, was habt ihr denn getrieben, dass du so aus dem Häuschen bist?"

Ganz außer Atem packte Ana ihre Freundin am Arm und zog sie ein Stückchen weg von dem Jungen. „Wir waren draußen und haben geredet. Und dann …" Ana musste kurz Luft holen. „Und dann hat er mich geküsst."

Sanela machte große Augen und sagte entrüstet: „Was? Was bildet der sich ein? Sag bloß, du hast dich begrapschen lassen?"

„Nein, nein, es war alles ganz anders! Oh, Sanela, ich bin so glücklich." Überschwänglich umarmte sie ihre Freundin. „Aber komm schnell, gehen wir nach Hause. Ich sterbe, wenn ich ihm jetzt noch mal begegne."

„Das verstehe ich nicht, dass man sterben muss, wenn man verliebt ist, aber bitte. Wie du willst, meine Prinzessin." Sanela schnappte ihre Tasche und führte Ana Richtung Ausgang. „Und auf dem Heimweg erzählst du mir in Ruhe, was eigentlich passiert ist!"

Die hohen Hacken klapperten über das Kopfsteinpflaster, als Ana Arm in Arm mit Sanela Richtung Reinekestraße schlenderte. Noch immer war sie völlig berauscht von dem gerade Geschehenen.

Leider konnte sie durch Worte ihre aufwirbelnden Gefühle kaum ausdrücken und alles, was sie Sanela schilderte, klang hölzern und nüchtern.

„Mannomann! Da gehst du zum ersten Mal in deinem Leben weg und triffst gleich die Liebe deines Lebens", musste Sanela mit ein wenig Neid in der Stimme feststellen.

„Tut mir ehrlich leid, dass dein Ben nicht aufgetaucht ist." Ana hätte ihrer Freundin nun umso mehr die Erfüllung ihrer Wünsche gegönnt. Doch diese zuckte nur mit den Schultern. „Ich habe ja öfter die Möglichkeit, ihn wieder mal zu treffen, aber wer weiß, wann dich dein Vater wieder mal gehen lässt?"

Ana lächelte dankbar. Hatte sie nicht die beste Freundin der Welt? Ihr kam es vor, als würde sie auf Wolken schweben. Und ihr Vater wäre bestimmt auch mehr als glücklich, dass sie nun früher als erwartet auftauchte. Pluspunkte würde sie in nächster Zeit brauchen können.

Leise glucksend dachte sie über das kommende Treffen im Stadtpark nach.

Bei ihrer angeregten Plauderei bemerkten die beiden Mädchen gar nicht, wie ihnen zwei dunkle Gestalten durch die Nacht folgten.

Arian suchte angespannt die Sitzplätze nach Rion ab, doch er konnte ihn nirgends entdecken. „Fuck, der Vollidiot wird doch nicht ohne mich gefahren sein?"

Fluchend schob er die Leute grob beiseite und ging auf die beiden Stühle zu, die inzwischen von jemand anderem besetzt worden waren.

„Wisst ihr, wo der Typ hingegangen ist, der vorher da gesessen hat?" Ein Versuch war es wert, doch nur zwei fragende Gesichter starrten ihn an.

Na toll, jetzt machte er sich auch noch zum Deppen.

Prompt kehrte er um und wäre dabei fast in Rion gekracht.

„Alter!" Seine Hand fuhr erschrocken zur Brust. Doch sofort fasste er sich wieder und gab dafür Rion einen kräftigen Klaps auf den Hinterkopf.

„Wo bist du gewesen? Ich habe mich wegen dir gerade zum Affen gemacht!"

Rion rieb sich seufzend den Hinterkopf. „Was kann ich dafür, dass du blind wie ein Maulwurf bist. Ich stehe die ganze Zeit über bei der Bar da hinten. Das habe ich dir doch zugerufen, als du so flott mit der Kleinen abgerauscht bist."

„Ach ja, Mann!" Arian erinnerte sich wieder. „Okay, mein Fehler." Entschuldigend klopfte er Rion auf die Schulter.

„Die hat dir ja ganz schön den Kopf verdreht, oder ist es so heiß hergegangen zwischen euch beiden?"

„Davon kann keine Rede sein. Ich sag's dir, die Kleine ist etwas Besonderes!"

„Wenn du das sagst …" Rion verdrehte die Augen. „Wirst du sie wiedersehen? Oder hat sie schon genug von dir?"

„Morgen treff ich sie im Stadtpark. Vielleicht bekomme ich dann ein wenig mehr aus ihr heraus. Sie ist ein verdammt schüchternes Ding."

„Oh, oh, der Tiger hat seine Krallen ausgefahren!", stellte Rion fest. „Hoffen wir mal, dass sie eine taffe Maus ist."

Ohne näher darauf einzugehen, zerrte Arian ihn ins Freie. „Erstmal will ich wissen, ob sie mit der Wahrheit rausgerückt ist, als ich sie gefragt habe, wo sie wohnt. Komm, mach schnell, sie sind gerade erst raus. Vielleicht können wir sie noch einholen und dann folgen wir ihnen unauffällig!"

Erst als Arian vor dem blauen Haus in der Reinekestraße stand, atmete er auf. Sein Gefühl war richtig gewesen. Diesem Mädchen konnte er vertrauen.

Die Geborgenheit der Laube

In dieser Nacht schlief Ana mit seinem Bild vor Augen ein und auch am nächsten Morgen galt der erste Gedanke Arian.

Den ganzen Tag hindurch spürte sie die Zuneigung, die in ihr entbrannt war, und damit auch der Wunsch, ihn wiederzusehen.

Es war ein lauer Frühlingstag, die Vögel ließen ihren fröhlichen Gesang erklingen und der Duft der Blumen strömte in ihr Zimmer. Die Sonne hatte die Luft bereits aufgewärmt. Jeder Blick aus dem Fenster schien ein wunderbares Rendezvous zu versprechen.

Ana lächelte und tanzte beschwingt durchs Zimmer. Bald würde sie den Jungen ihres Herzens treffen, den Jungen mit dem Feuer im Blick, an den sie seit gestern ununterbrochen denken musste. Sie hoffte, dass es ihm ebenso erging wie ihr.

Gedankenverloren bürstete sie ihr langes, dunkles Haar, wieder und wieder. Sie wollte besonders hübsch sein. War es nicht so, dass Männer es schätzten, eine Frau, schön wie ein Diamant, als Begleitung zu haben? Ihr Vater hatte ihr das oft erzählt.

Mit Bedacht wählte sie die Armreifen, die sie tragen wollte. Es waren die Geschenke ihrer Großmutter und sie hoffte, gleichzeitig damit auch ihren Segen zu bekommen.

Keiner durfte wissen, wieso sie einen kurzen Ausflug in die Stadt machte. Es war ihr nicht erlaubt, solche Bekanntschaften zu pflegen.

Noch nie zuvor hatte sie sich mit einem Jungen getroffen. Ihr Vater wäre sehr zornig mit ihr, allein wenn er von der Idee erfahren würde. Nicht auszudenken, wenn er ihr auf die Schliche käme.

Doch schnell schüttelte Ana alle Bedenken ab. Wieso sollte jemand dahinterkommen? Es war ganz normal, dass ein Mädchen sich samstagnachmittags zum Shoppen mit ihrer Freundin traf. Das machte sie oft. Niemand würde daran Zweifel haben.

Ihr Herz klopfte laut, als sie sich von ihrem Vater verabschiedete.

„Ciao, ich treffe mich mit Sanela in der Stadt."

Ana bemühte sich, völlig ungezwungen zu wirken, dennoch strich sie sich nervös eine Haarsträhne aus dem Gesicht.

„Wann wirst du wieder zurück sein?" Ihr Vater sah nicht einmal von seiner Zeitung auf.

„Wenn die Geschäfte schließen, Papa. Ist das okay?"

„Jaja, geh nur", brummte dieser und Ana flatterte hastig zur Tür hinaus.

Arian wartete bereits ungeduldig in der Nähe des Stadtparks. Würde sie kommen? Ihm war es fremd, ein Mädchen nicht erreichen zu können. Seine ehemaligen Freundinnen waren da alle gleich. Am Vorabend gerade erst kennengelernt, bombardierten sie ihn mit SMS bis zum nächsten Treffen. Discomädchen, die sich küssend mit ihm in eine Ecke verzogen, unbesorgt um ihren Ruf, ohne jeden Anstand.

Zu oft schon hatte sich in der Vergangenheit ein scheinbar nettes Mädchen später als Niete herausgestellt.

Arian lehnte lässig an einer Hausmauer, die Zigarette im Mundwinkel, mit einer Hand in der Hosentasche. Im Vordergrund der Stadtbrunnen, der beruhigend vor sich hin plätscherte.

Nervös zog er an seiner Zigarette. Er war aufgeregt, auch wenn er es sich nicht eingestehen wollte.

In diesem Moment sah er Ana näher kommen. Ihre langen Haare umschlossen ihr hübsches Gesicht und schüchtern versuchte sie ein Lächeln.

Kaum sah er in ihre Richtung, durchströmte ihn ein warmer Sonnenstrahl vom Scheitel bis zum Fuß, und mit ihm kam in ihm ein Gefühl der Freude auf, das er sich nicht erklären konnte.

Von diesem Mädchen ging etwas Magisches aus und sogleich wurde ihm bewusst, dass er sie unbedingt an seiner Seite haben wollte.

„Hallo, Arian!" Anas Lippen zitterten. Sie wirkte auf ihn ziemlich angespannt. Er ging einen Schritt auf sie zu, doch sie wich sofort zurück.

„Ich habe nicht gedacht, dass du kommst", versuchte er, einen behutsamen Anfang zu machen.

Nervös blickte sie um sich. „Meine Eltern wissen nichts von diesem Treffen. Es wäre mir lieber, wenn wir gleich in den Stadtpark gehen würden, sonst sieht uns vielleicht jemand."

„Verstehe." Gekonnt schnippte er seine Zigarette auf die Straße und signalisierte ihr, ihm zu folgen.

Er hatte einen besonderen Platz im Stadtpark ausgesucht. An der rechten Seite des Wegenetzes, das üblicherweise für Spaziergänge nicht benutzt wurde, führte ein Pfad zu einer großen Linde, deren Zweige eine natürliche Laube formten.

Die Sonnenstrahlen wanderten durch die Äste und erzeugten im Inneren der Laube sanfte Lichtkreise. Hier waren sie von außen nahezu unsichtbar und ungestört. Ein bezaubernder Ort für das erste Treffen, und Ana bemerkte sehr wohl, dass er ihn nicht zufällig ausgesucht hatte. Ein Gefühl der Freude stellte sich in ihr ein.

Arian schob die Zweige beiseite und führte sie in die Laube. Sogleich ergriff er ihre Hände und zog sie an sich.

Ana wich erschrocken zurück. Misstrauisch schaute sie sich um, unschlüssig, was sie tun sollte.

War sie vielleicht doch naiv und konnte ihm nicht vertrauen? Hatten seine dunklen Augen sie getäuscht?

Gestern Abend war sie mit einem Lächeln eingeschlafen. Nun stand sie da und wurde plötzlich ängstlich.

Er durfte sie nicht berühren. Niemand zuvor hatte das getan. Schlimm genug, dass sie sich zu dem Kuss hatte hinreißen lassen.

Keine Frau darf vor ihrer Hochzeit berührt werden, sonst fehlt ihr der Glanz, der den Mann dazu bringt, sie auf ewig zu lieben.

So hatte es ihr ihre Großmutter immer erzählt.

Sie waren ganz allein. Wenn er wollte, dann könnte er sie noch einmal an sich ziehen, und dann würde er vielleicht keinen Schritt zurück mehr dulden.

Er könnte sie an sich drücken, so weit, dass er in ihren Augen versinken und ihre Lippen durch seine Berührung feucht werden würden. Er würde davon kosten und zugleich ihre weiche Haut spüren wollen.

Er würde sie berühren wollen, betasten, sogar sanfte Hügel erforschen wollen.

Ana beschloss, schnell ein paar unbefangene Worte zu sagen, bevor die Situation noch unerträglicher für sie wurde.

„Ein schöner Platz, Arian. Es gefällt mir sehr gut hier." Dabei drehte sie sich um die eigene Achse und bewunderte die kleine, natürlich gewachsene Laube.

Er sah zu, wie sich Ana drehte und sich bemühte, nicht nervös zu wirken. Es tat ihm leid, dass er so forsch gewesen war, doch er war es nun einmal gewohnt, dass er gleich bekam, was er begehrte.

Wie schön sie war! Sie hatte diese besondere Aura, die sie umgab, wenn sie ging, wenn sie sprach.

Nur *er* wollte in ihrem Kopf, in ihrem Herzen sein. Er würde niemals zulassen, dass jemand anderes dieses Mädchen bekam, und mit einem Satz ging er wieder auf sie zu und schloss sie in seine Arme.

Stocksteif stand Ana da und spürte seine Muskeln um ihre Schultern. Sie hatte sich so sehr diese Nähe gewünscht, erträumt und war doch wie versteinert. Wusste er denn nicht, dass er nicht ihren *Glanz* fortnehmen durfte?

Aber war es nicht auch gerecht, dass er ihn bekam? Sie wünschte sich, dass er für immer in ihrem Leben existierte. Nur er sollte sie ewig lieben. Für niemand anderen wollte sie leuchten.

Sie ließ seine Umarmung zu und legte ihren Kopf an seine Schulter. Er streichelte sanft ihr seidenes Haar. Ganz vorsichtig, als könnte es unter seinen Fingern zerbrechen.

„Deine Augen haben mich in ihren Bann gezogen. Weißt du das, Ana?"

Sie hob ihren Kopf und blickte ihn direkt an. Als sich ihre Blicke trafen, begann sich die Laube um sie herum zu drehen. Die Farben der Blätter vermischten sich mit den Sonnenstrahlen, die Geräusche ringsherum wurden eine Melodie.

Ana konnte sich nicht dagegen wehren. Schwindel hatte sie erfasst, die Welt schien ein Karussell, und in der Drehung spürte sie diese vielen Gefühle, die von allen Seiten auf sie einströmten.

Es tat ihr gut, dass seine starken Arme sie festhielten, ihr Standfestigkeit verliehen, wo sie beinahe vom Strudel fortgerissen wurde. Sie fixierte seine Augen und ließ alles andere um sich herum geschehen.

Arian betrachtete ihr Gesicht. Ihre dunklen Augen ließen ihn versinken, den Augenblick zur Ewigkeit werden.

Ihre zarten, roten Lippen bebten vor Spannung. Sie lagen so einladend vor ihm, dass er nicht widerstehen konnte und sie sanft mit dem Daumen streichelte.

Ihre Lippen kamen Rosenblättern gleich, so weich und zart waren sie – und ihm treu ergeben. Er senkte sich hinab und berührte sie mit seinem Mund.

Wie gut sich dieser Kuss anfühlte, als küsste er zum ersten Mal. Mit aller Leidenschaft zog er sie an sich. Er spürte, wie sein Verlangen wuchs, wie seine Hände begannen, ihren Rücken zu streicheln, wie sie weiter hinabwanderten und versuchten, den Saum ihres Kleides zu erreichen.

Ana lag hingebungsvoll in seinen Armen wie viele andere Mädchen zuvor, und doch fühlte es sich mit ihr anders an. Vorsichtig glitt seine Hand unter ihr Kleid, da stieß sie ihn abrupt von sich.

Ihre Augen verwandelten sich in zwei stechende Blitze.

„Was fällt dir ein? Mach das nie wieder!"

Arian hob beschwichtigend die Hände: „Tut mir leid. Ich weiß auch nicht, was gerade mit mir los war."

Wütend strich sie ihr Kleid glatt. So fuchsteufelswild gefiel sie ihm noch besser. Er hatte seine Tigerin gefunden. Amors Pfeil hatte sein Herz durchbohrt. Ein mächtiges Feuer begann, sich in seinem Inneren zu entfachen.

Lächelnd ging er auf Ana zu und umfasste ihr Gesicht mit beiden Händen. Bevor sie etwas erwidern konnte, küsste er ihre Stirn. Dieses Mädchen war anders als die anderen, nun wusste er es ganz sicher.

Dieses Mädchen hatte noch seine Unschuld, und sie sollte ab jetzt nur ihm gehören.

Ana taumelte vor Glück. Er schien sie wirklich zu lieben. Zumindest war er ihr nicht böse, dass sie nichts von seinem Gefummel hielt. In ihren Augen ein eindeutiger Liebesbeweis. Sie konnte es kaum erwarten, Sanela davon zu erzählen.

Da genug Zeit war, nahm Arian sie bei der Hand und schlug vor, ein wenig durch den Stadtpark zu schlendern.

Ana hatte nichts dagegen. Zumindest kannte sie niemanden von ihren Bekannten und Verwandten, der überraschend im Stadtpark auftauchen konnte.

Es tat ihr gut, ihre Hand in seiner zu wissen. Das gab ihr ein Gefühl von Sicherheit. Es erfüllte sie mit Stolz, wenn er sie von der Seite anlächelte. Es war wunderschön, verliebt zu sein.

„Möchtest du zum kleinen See spazieren?", fragte er, „dort gibt es eine Bank, wo wir uns hinsetzen können."

„Ja, das ist eine gute Idee. Bist du oft hier?"

Arian runzelte die Stirn, doch er war ein guter Lügner. „Vor ein paar Jahren war ich einmal hier."

„Auch mit einem Mädchen?", wollte Ana wissen.

„Und wenn es so wäre, kann es dir auch egal sein", antwortete er schroff.

Für Ana war das wie ein Schlag in die Magengrube.

Hätte sie doch nicht so dumm gefragt! „Entschuldige, das ist natürlich deine Sache."

„Glaub ich auch", murmelte Arian und Ana beschloss, nun besser den Mund zu halten.

Beim See angekommen, setzten sie sich auf eine freie Bank und starrten auf die Entchen, die lustig ihre Runden schwammen. Einige Libellen flogen umher und erste Bienen ließen sich auf den jungen Gänseblümchen nieder.

„Ich finde den Frühling herrlich!", rief Ana begeistert. „Für mich ist es die schönste Zeit im Jahr."

„Für mich nun auch, denn da habe ich dich kennengelernt", raunte ihr Arian ins Ohr.

Verlegen wischte sich Ana eine Haarsträhne aus dem Gesicht. Seine Ausstrahlung war gewaltig. Diese dunklen Augen und sein feuriges Temperament. Nie wieder würde sie unbeschwert auf einer Parkbank sitzen können, ohne sein Gesicht vor Augen zu haben.

„Erzähl mir von dir, ich weiß fast gar nichts über dich", versuchte sie, ein Gespräch anzufangen.

Arian stieß laut zischend die Luft aus. „Puh, da gibt es nicht viel zu erzählen. Ich bin zwanzig Jahre alt, lebe mit meinem Bruder bei meinen Eltern und habe mir vor Kurzem endlich mein eigenes Auto gekauft."

„Du lebst noch bei deinen Eltern? Das ist aber ungewöhnlich für einen Mann", stellte Ana überrascht fest.

„In unserer Kultur ist das so. Wir ziehen erst mit der Heirat von zu Hause aus. Frauen wie Männer."

Nun ja, sehr viel anders war es bei Ana auch nicht. Zumindest glaubte sie nicht, dass sie ihr Vater vor ihrem dreißigsten Lebensjahr ausziehen lassen würde, obwohl es bei Kroaten nicht unüblich war, auch allein zu wohnen. Sanela hätte da bei ihrer Familie keine Probleme und sie selbst kannte auch ein paar alleinstehende Frauen, die ohne Mann lebten, aber um ihm zu schmeicheln, erwiderte sie: „Das ist bei uns auch so. Mein Vater würde mich niemals allein wohnen lassen."

Arian nickte anerkennend und Ana freute sich.

„Bist du Türke?"

„Nein, wir kommen aus dem Kosovo. Echtes albanisches Blut."

Dabei klopfte er sich stolz auf die Brust.

Sie kannte sonst nur Türken, über Albaner wusste sie quasi nichts, vermutete aber, dass er bestimmt modern eingestellt sein musste, wo er doch in Deutschland lebte.

Mehr wollte sie darüber auch gar nicht nachdenken. Ihrem Vater war weder ein Deutscher noch ein Kroate recht. Für ihn war sie so oder so zu jung, obwohl sie bald volljährig war.

„Was überlegst du?", wollte er wissen.

„Ach, ich habe darüber nachgedacht, was mein Vater sagen würde, wenn er mich hier sitzen sähe."

„Hat dein Vater etwas gegen Ausländer?"

Ana lachte. „Mein Vater hat generell etwas gegen ein männliches Wesen an meiner Seite. Und ein wenig *ausländisches* Blut habe ich ja auch in mir. Meine Familie kommt aus Kroatien."

„Vielleicht wirkst du deswegen so anders auf mich. Ich habe mir gleich gedacht, dass du keine richtige Deutsche sein kannst."

„Wie meinst du das? Wegen meines dunklen Aussehens? Das habe ich von meiner Großmutter geerbt."

„Nein, ich meine deine ganze Art eigentlich. Du verhältst dich nicht wie eine Deutsche."

Ana schaute zu Boden. Das hatte ihr noch niemand gesagt, aber sie konnte sich vorstellen, was er meinte. Sie wurde nicht so frei erzogen wie eine Deutsche und deswegen konnte sie sich auch nicht so verhalten.

„Aber keine Angst, das gefällt mir", versuchte er, sie aufzumuntern. „Ich möchte eine anständige Frau und keine Schlampe an meiner Seite haben."

Ana verstand und schenkte ihm einen verständnisvollen Blick.

Arian hätte sie schon wieder küssen können, wie sie so dasaß mit ihrem unschuldigen Rehblick, die langen Haare weich über ihre Schultern fallend. Und dann diese entzückende kleine Nase, die er am liebsten mit seinen Lippen berühren wollte.

Schon setzte er dazu an, den Arm um sie zu legen, da vibrierte es in seiner Hosentasche. Vielleicht brauchte ihn sein Vater? Warum musste ihn immer im ungünstigsten Augenblick jemand aus seiner Familie kontaktieren?

Seufzend griff er nach seinem Handy und sah auf das Display. Eine SMS von Melina.

Hallo, Arian. Ich freue mich schon auf deinen Anruf heute Abend!

Er rieb sich sorgenvoll die Stirn. Die hatte er ja total vergessen.

„Schlechte Nachrichten?"

„Nein, nein", winkte Arian ab. „Familienangelegenheiten."

Schnell steckte er das Handy wieder zurück in die Hosentasche und legte endlich den Arm um Ana. Sie schaute ihn verträumt an und er konnte der Versuchung nicht widerstehen.

Leicht berührte er mit seinem Zeigefinger ihre Lippen, und als sie die Augen schloss, zog er sie an sich und gab ihr einen langen Kuss.

Als er sich von ihr löste, hielt sie die Augen geschlossen. Erst nach und nach öffneten sich ihre Lider und er geriet sogleich wieder in den Bann ihrer dunklen Augen, sodass er sie sofort ein weiteres Mal küssen musste.

Die darauffolgende Stunde kam ihm vor, als wäre sie im Flug vergangen. Gerne hätte er länger mit Ana auf dieser Parkbank vor dem See gesessen, doch mit einem Mal war sie erschrocken aufgesprungen. „Wie spät ist es?"

Arian warf einen Seitenblick auf sein Handy: „Es wird bald sechs."

„Was? Arian, es tut mir sehr leid. Ich muss jetzt nach Hause!" Gequält schaute sie ihn an.

„Kein Problem. Darfst du nie länger wegbleiben?"

„Nein, und heute habe ich zu meinem Vater gesagt, dass ich zu Hause bin, sobald die Geschäfte schließen."

Er bemerkte den zittrigen Unterton in ihrer Stimme und wie sie sich unentwegt durchs Haar strich.

„Komm, ich begleite dich zum Ausgang. Nach Hause bringen darf ich dich ja nicht."

Insgeheim war er ihrem Vater sehr dankbar, dass sie streng behütet wurde. Dadurch kam Ana auf keine unvernünftigen Ideen.

Er erinnerte sich zu gut daran, wie sich seine letzte Freundin vollkommen betrunken auf der Straße gewälzt hatte.

Bei dem Gedanken daran stand ihm die Abscheu ins Gesicht geschrieben. Schnell konzentrierte er sich wieder auf Ana.

„Wann sehen wir uns wieder?"

Statt einer Antwort sah er, dass Ana die Stirn runzelte. Bekümmert schaute sie ihn an.

„Kannst du mir nicht wenigstens deine Telefonnummer geben? Auf dein Handy wird er ja doch keinen Zugriff haben, oder?"

Da erhellte sich ihr Gesicht. „Ja, natürlich, warum habe ich nicht gleich daran gedacht! Wir können jeden Abend telefonieren, wenn du magst."

Er drückte sie an sich. Nicht vorzustellen, wenn er diesen Schatz aufgeben müsste. „Ich werde dich jeden Abend anrufen. Versprochen!"

Ana strahlte ihn an. Aufmunternd fügte er hinzu: „Du wirst sehen: Mit mir an deiner Seite wird alles gut werden!" Mit einem Kuss besiegelte er seine Worte.

Langsam löste sie sich von ihm. „Ich freue mich auf dich!" Dann machte sie kehrt und hüpfte ausgelassen durch den Park Richtung Ausgang.

Arian blieb lächelnd zurück. Anschmiegsam und doch so wild. Er liebte dieses Mädchen von ganzem Herzen.

Irrungen der Liebe

Keuchend blieb Ana vor ihrem Haus stehen. Es war Zeit, schleunigst zurückzukommen, doch sie musste erst einmal nach Luft schnappen und sich wieder fassen. Die Aufregung des Nachmittags stand ihr ins Gesicht geschrieben. Sie hatte Angst, dass ihre Eltern misstrauisch werden könnten.

So beschränkte sie sich darauf, dreimal tief ein- und auszuatmen, dann streckte sie sich und trat mutig durch die Tür. „Mama, Papa. Ich bin wieder da!"

Ihre Mutter rauschte ihr gleich entgegen, um sie in Empfang zu nehmen.

„Ana, Liebes! Schön, dass du wieder zu Hause bist. Ja, wo sind denn deine Einkaufstüten?" Überrascht blickte ihre Mutter nach allen Seiten und sah sie fragend an.

Ana zuckte mit den Schultern. „Ich habe nichts gefunden, das es wert gewesen wäre, Geld dafür auszugeben."

„Bist du krank, mein Kind?" Belustigt fühlte ihr die Mutter die Stirn.

„Nein, nein", lachte Ana, „es hat eigentlich nichts Schönes gegeben. Außerdem habe ich genug."

Die Mutter klatschte in die Hände. „Es geschehen noch Zeichen und Wunder!"

Grinsend machte sich Ana auf in ihr Zimmer und hoffte insgeheim, ihrem Vater entgehen zu können. Es fiel ihr leicht, der Mutter etwas vorzuspielen. Beim Vater würde das eine Nummer schwieriger werden.

Klopfenden Herzens ließ sie sich auf ihr Bett fallen und strahlte dabei über das ganze Gesicht. Was für ein Nachmittag!

Ihre erste Liebe, ihr erster Freund! Sie musste sofort Sanela anrufen.

„Liebes, wie kannst du es wagen, dich erst jetzt zu melden!", kreischte Sanela ohne Begrüßung ins Telefon. „Ich sitze hier quasi auf glühenden Kohlen. Und ich will absolut jede Einzelheit erfahren!"

Ana lachte. „Oh, Sanela, es war wundervoll! Er hat mich geküsst. Nicht nur einmal. Und er will mich wiedersehen. Heute Abend will er mich anrufen."

„Mein Schatz, hast du dich auch nicht überrumpeln lassen? Er sieht wie ein kleiner Aufreißer aus."

„Nein, na ja, okay … Anfangs war er sehr stürmisch, aber ich hab ihn sofort in seine Schranken gewiesen, bis er sich nur noch ganz vorsichtig an mich herangewagt hat."

Ana musste kichern.

„Er war ganz lieb, Sanela. Nicht machomäßig, wie du vielleicht glaubst."

Sanela atmete hörbar auf. „Da bin ich beruhigt. Wer mein Mädchen hinterhältig verführt, kann sich auf furchtbare Rache einstellen!"

„Ach, du bist einfach meine Liebste", freute sich Ana, „aber ich glaube, du brauchst dir keine Sorgen machen."

„Wann seht ihr euch wieder?"

Ana verzog die Mundwinkel. „Ja, das ist genau das Problem. Wie soll ich das denn nur anstellen? Ich kann doch nicht ständig sagen, dass ich mit dir unterwegs bin?"

„Doch, kannst du. Wegen so einer Kleinigkeit musst du bestimmt nicht auf deine Liebe verzichten. Sag mir nur Bescheid, damit ich mich für dich unsichtbar machen kann."

„Ach, Sanela!" Ana seufzte. „Das ist auch keine Lösung. Was sollst du denn in der Zwischenzeit machen?"

„Okay, vielleicht war das etwas vorschnell gesagt, aber wir lassen uns etwas einfallen, ja? Zermartere dir bloß nicht dein hübsches Köpfchen deswegen."

„Und was soll ich ihm heute sagen, wenn er fragt, wann wir uns das nächste Mal sehen?"

„Tja, sag die Wahrheit. Dass du überlegen musst, wie du das am besten einfädeln kannst, und er sich bis dahin in Geduld üben muss. Außerdem hast du dann gleich den Beweis, ob er dich wirklich liebt und auf dich warten kann."

„Du bist die Beste! Warum bin ich nicht selbst drauf gekommen?"

„Dafür hast du ja mich", scherzte Sanela. „Oh, ich höre, es gibt Abendessen. Ich muss aufhören. Also, Süße, mach dir keinen Kopf. Uns fällt schon was ein. Bis dahin muss er sich mit Telefonieren begnügen. Aber tröste dich, Männer kämpfen gerne um eine Frau."

„Hoffentlich gehört er auch zu dieser Sorte."

„Klar doch. Du kannst ganz beruhigt sein. Mach's gut, Süße. Wir hören uns morgen, oder vielleicht schreibst du mir eine SMS, wenn ihr telefoniert habt. Gott, bin ich neugierig!" Sanela kicherte und legte auf.

Ana sah nach der Uhrzeit und legte dann das Handy auf ihr Nachtschränkchen. Nicht mehr lange und sie würde seine Stimme hören.

Melina ging in ihrem Zimmer wie eine Löwin auf und ab. Warum antwortete ihr Arian nicht? Für eine schnelle SMS war immer Zeit.

Vielleicht wollte er sie zappeln lassen oder ein wenig necken. Wahrscheinlich dachte er sich, dass sie sich bereits in ein paar Stunden sowieso sprechen würden, und hielt es darum nicht für nötig, eine Antwort zu tippen?

Oder er hatte ihre Nachricht freudig gelesen, sich aber nicht veranlasst gefühlt, etwas zurückzusenden? Männer waren eher schreibfaul, hieß es.

Dennoch quälte sie ein ungutes Gefühl in der Magengrube.
Sie liebte Arian, seit sie ein kleines Mädchen war. Früher hatten sie viel miteinander gespielt, aber irgendwann interessierte er sich nicht mehr für sie, sondern sauste nur noch mit seinem lauten Moped herum. Das brach ihr damals fast das Herz.

Bei jedem Familientreffen erwartete sie freudig seine Ankunft, doch es war, als wäre sie für ihn unsichtbar geworden. Wie eine Unbekannte grüßte er sie und es fiel ihm gar nicht ein, mit ihr zu sprechen.

Bis zu diesem Freitag beim Grillfest. Irgendetwas war da mit ihm geschehen, denn auf einmal war er sogar richtig angetan von ihr gewesen.

Melina rief immer und immer wieder das Geschehen vom Freitagabend in ihrem Gedächtnis ab: sein erstaunter Blick, diese fesselnden Augen, die jeden ihrer Schritte verfolgten. Sie war sich sicher, dass er sich in sie verliebt hatte. Es konnte gar nicht anders sein. Immerhin rief er sie danach an. Welcher Mann tat das, wenn er kein Interesse hatte?

Dennoch fand sie keine Ruhe und musste weiter in ihrem Zimmer auf und ab gehen, um sich zu beruhigen.

Eigentlich war die Zeit längst gekommen, wo er anrufen sollte. Jeden Augenblick musste es so weit sein. Oder hatte er es vergessen?

Erschrocken sah sie noch einmal auf das Display.

Nichts. Sie würde noch verrückt werden. Wie konnte sie ihn für sich gewinnen?

Es war ihr immer klar gewesen, dass sie Arian heiraten wollte. Niemals wäre ihr jemand anderes dafür in den Sinn gekommen. Noch dazu passte es perfekt, denn sie war sich sicher, dass ihre und seine Familie über die frohe Botschaft höchst erfreut sein würden.

Eigentlich hatte er keine andere Wahl, denn niemand sonst würde sich im Familienkreis so gut eignen, wie sie es tat. Die anderen Cousinen waren zu jung oder bereits verheiratet und dass er ein anderes Mädchen als ein albanisches heiraten wollte, dieser Gedanke erschien ihr zu absurd. So etwas kam bei ihnen niemals vor.

Man hörte lediglich Geschichten von anderen Familien, wo die Männer nichts als nur Pech mit ihren deutschen Frauen gehabt hatten und nicht glücklich geworden waren.

Arian wäre nicht so dumm und würde sich auf einen Familieneklat einlassen, da war sich Melina sicher.

„Wenn er doch nur endlich anrufen würde", murmelte sie leise vor sich hin, das Handy fest an ihre Brust gepresst.

Ihr um ein Jahr jüngerer Bruder Ridvan öffnete die Tür, betrachtete sie und schüttelte den Kopf. „Jetzt bist du irre geworden! Ich hab's immer gewusst, dass du nicht ganz dicht bist."

Melina schmiss eines von ihren Kissen nach ihm. „Was fällt dir ein, einfach reinzukommen. Los, hau ab!", fauchte sie streitlustig.

„Komplett irre!", rief er lachend und knallte die Tür zu. Leise hörte sie im Hintergrund ihren Vater schimpfen: „Musst du dich in deinem Alter noch so aufführen? Wenn die Tür kaputtgeht, wirst du sie mit deinem Geld bezahlen."

„Jaja", winkte ihr Bruder grinsend ab.

„Wenn er doch nur endlich anrufen würde", stöhnte Melina und schmiss sich mit einem Rumps aufs Bett.

Für Ana vergingen die Minuten wie Stunden. Endlos schien sich der Abend hinzuziehen, bis sie wieder in ihr Zimmer gehen konnte. Beim Abendessen brachte sie fast keinen Bissen runter und für ihren Vater war sie kaum ansprechbar gewesen. Der schimpfte daraufhin über die Pubertät, ließ sie aber letztendlich in Ruhe.

Erschrocken hüpfte sie vom Bett auf, als das Handy in ihrer Hand vibrierte. Sie hatte es extra auf lautlos gestellt, damit niemand neugierig werden würde.

Mit zittrigen Händen hob sie ab und flüsterte leise: „Hallo, Arian, schön, dass du dich meldest."

„Ana, ich habe die ganze Zeit nur an dich gedacht. Warum flüsterst du?"

„Ich muss leise sprechen, damit meine Eltern nicht mitbekommen, dass ich telefoniere."

„Verstehe! Wenn es dir nichts ausmacht, werde ich aber normal sprechen." Ein wenig amüsierte Arian die Situation. So etwas war ihm noch nie passiert, aber er fand es spannend.

„Was hast du heute gemacht?"

„Bis jetzt?" Ana klang überrascht.

„Nun, ich bin nach Hause gekommen und gleich in mein Zimmer gegangen. Da war ich bis zum Abendessen und da sitze ich wieder seit dem Abendessen."

Arian schmunzelte. „Sehr brav. Du gefällst mir sehr gut, Ana, weißt du das?"

So ein Charmeur, dachte sie, freute sich aber trotzdem sehr über seine Worte. „Und was hast *du* gemacht?"

Er antwortete ausweichend: „Nichts Besonderes."
Ana hörte den leichten Unterton heraus, dass sie das nichts anzugehen hatte, und ruderte sogleich zurück. „Entschuldige, ich wollte nicht neugierig sein."

„Ist schon ok. Was mich viel mehr interessiert … Wann werden wir uns wiedersehen können?"

Verzweifelt suchte Ana nach den richtigen Worten. Sie wollte ihn auf keinen Fall verlieren. Wie sollte sie das nur einfädeln?

„Ana? Bist du noch dran?"
„Ja, sicher. Es ist nur so …"

Doch Arian unterbrach sie sogleich. „Ich hätte morgen Nachmittag Zeit."

Sonntag. Wie um Himmels willen sollte sie ihren Eltern begreiflich machen, dass sie Sonntagnachmittag etwas mit Sanela unternehmen wollte?

Er bemerkte ihr Zögern und entgegnete ärgerlich: „Wenn es für dich nicht passt, dann lassen wir es eben sein."

Schüchtern willigte sie ein: „Nein, nein. Mir wird schon etwas einfallen."

Bei ihren Worten wurde er wieder etwas weicher. „Ich freue mich doch so sehr auf dich. Seit heute wird kein Tag mehr wie vorher sein. Ich habe stets nur dein Bild vor meinen Augen."

Ana wurde wieder schwindlig und sie fühlte seine Zuneigung und sein unbändiges Verlangen. „Ich freue mich auch schon auf dich", flüsterte sie leise.

Auf einmal hörte sie ihn fluchen und mit dem Fuß aufstampfen. „Arian? Ist alles in Ordnung?"

„Ana, sorry. Ich muss aufhören, ich bekomme einen Anruf rein. Wir sehen uns morgen, ja? Ich warte wieder um dieselbe Zeit auf dich beim Eingangstor."

„Ich werde da sein."

Doch Arian hatte bereits aufgelegt.

Unsicher setzte sie sich aufs Bett und grübelte über seine Worte nach. Irgendjemand schien ihn permanent zu belästigen und er war offensichtlich nicht sehr erfreut darüber. Vielleicht konnte sie morgen herauskriegen, was da los war.

Oder ja, Sanela! Vielleicht kam ihr eine Idee. Die wusste so einiges über Jungs. Wer wusste, vielleicht konnte sie ihr auch dabei weiterhelfen.

Sie schrieb ihr eine SMS, und danach konnte sie endlich zu Bett gehen. Der aufregende Tag hatte ihr eine Schwere in die Glieder gezaubert, und sie war froh, nun endlich die Lider schließen zu können.

Und genauso, wie Arian behauptete, so hatte auch sie sein Bild stets vor ihren Augen. Mit einem wärmenden Gefühl in ihrem Herzen schlief sie schließlich friedlich ein.

„Melina, verflucht noch mal! Warum rufst du mich an?", fuhr Arian sie am Telefon an.

Kleinlaut entgegnete Melina: „Du hast dich nicht gemeldet und ich hab mir Sorgen gemacht, ob dir vielleicht etwas zugestoßen ist."

„Ja, was soll mir denn zugestoßen sein? Bin ich zum Bullenreiten verabredet oder war ich vielleicht beim Haitauchen?"

„Ich weiß doch nicht, was du treibst. Du könntest einen Unfall gehabt haben."

„Schon mal auf die Idee gekommen, dass ich dich vielleicht gar nicht anrufen wollte?"

Tränen stiegen ihr in die Augen. Natürlich war ihr diese Idee gekommen, doch ihre Liebe zu ihm war zu groß, um solche Gedanken zuzulassen.

„Arian, entschuldige, aber ich bin deine Cousine und ich habe mir Sorgen um dich gemacht. Blut ist dicker als Wasser. Wärst du *irgend*jemand, hätte ich natürlich nicht angerufen." Melina versuchte, einen beleidigten Ton anzunehmen.

Arian atmete tief durch. „Okay, okay. Ich danke dir auch dafür. Wenn du dich nur nicht immer im unpassendsten Moment melden würdest."

„Welcher Moment ist unpassend?" Ihre Hände zitterten, und sie konnte nichts dagegen tun, dass ihre Stimme nun leicht schrill klang.

„Egal. Also, was gibt's?"

Melina verstand die Welt nicht mehr. „Aber *du* wolltest *mich* doch anrufen!"

„Ach ja, stimmt." Arian griff sich an die Stirn. „Hör mal, Melina, ich kann dich nicht mehr jeden Abend anrufen. Es hat mich sehr gefreut, dich wieder einmal zu sehen, aber ich halte das alles für keine gute Idee. Außerdem habe ich im Moment viel zu tun."

Nein, nein, dachte sie und umfasste ihr Telefon fester. Wie konnte sie ihn nur überreden?

„Bist du noch dran? Ich muss jetzt weg. Ich wünsche dir einen schönen Abend."

„Warte!", schrie sie ins Telefon. Doch das regelmäßige Piepsen zeigte ihr, dass es bereits zu spät war.

Fassungslos starrte sie auf das Telefon. Im selben Augenblick riss ihr Bruder abermals die Tür auf und schleuderte ihr ein Kissen entgegen.

Übermütig rief er: „Jetzt sind wir quitt, Schwesterlein!"

Melina ließ das Kissen an sich abprallen und drehte sich langsam zu dem Störenfried. Der lachte sie auffordernd an, verlor aber schließlich die Lust, als sie keine Reaktion zeigte. Letztendlich knallte er augenrollend ein weiteres Mal die Tür hinter sich zu.

Melina starrte weiter auf den Punkt, wo ihr Bruder gestanden hatte. In ihr begann ein heimtückischer Plan zu reifen.

Arian warf das Handy aufs Bett und fuhr sich erleichtert mit den Händen übers Gesicht. Das hatte er gut hinbekommen.

Er mochte seine Cousine, wie man eben seine Cousine mochte. Und zugegeben: Sie sah echt gut aus. Aber dass sie so aufdringlich seinen Kontakt suchte, belastete ihn. Überhaupt, wo er doch jetzt mit Ana liiert war.

„Hoffentlich wird sie nicht zur Stalkerin", brummte er und stand auf, um sich ein neues T-Shirt anzuziehen.

Da läutete abermals das Telefon.

„Rion", seufzte Arian erleichtert und nahm ab. „Was geht, alter Knabe?"

„Hey, Kumpel, bist du bereit? Ich steh gleich bei dir auf der Matte."

„Ja klar, schwing die Hufe. Ich bin gleich fertig!"

Ein paar Minuten später saß er in Rions Schlitten. „Alles klar, Alter?"

Die beiden klatschten sich zur Begrüßung ab und Rion startete den Motor. „Wie läuft's mit deinen Chicks?"

„Boah, anderes Thema, bitte! Ich hatte gerade eine schwer anstrengende Unterhaltung mit Melina und die will ich nicht wiederholen müssen. Die Alte nervt gewaltig. Aus irgendeinem Grund hat die einen Narren an mir gefressen."

Rion zog alarmiert die Augenbrauen nach oben. „Pass bloß auf, dass sie dich nicht verführt. Dann hast du sie auf ewig an der Backe."

„Ich weiß, ich weiß, aber da kann sie lange warten. Meine goldene Mitte schlägt derzeit nur für Ana aus."

„Habt ihr euch getroffen?"

„Ja, heute Nachmittag. Sie ist ein Engel, sage ich dir. Die schönsten Augen, die ich jemals gesehen habe."

„Ist sie noch Jungfrau?"

„Ich schätze schon. Wie ich sie geküsst habe, hat sie sich verhalten, als wäre es das erste Mal gewesen. Ihr Vater ist ziemlich streng und lässt sie kaum aus dem Haus. Möglich wäre es."

„Du wirst es herausfinden." Rion grinste. „Und das ziemlich bald, vermute ich."

Arian streckte sich zufrieden und lächelte verträumt. „Das kannst du annehmen. Ich brenne darauf."

„Bei Melina könntest du dir sicher sein."

Mit einem Satz richtete sich Arian auf und zischte verärgert: „Hör mir endlich mit dieser Hexe auf! Die kann hundertmal Jungfrau sein, trotzdem will ich sie nicht haben."

Die Lichter der Diskothek waren bereits in Sichtweite. Rion schaute sich nach einem Parkplatz um.

„Dort, dort!" Arian deutete auf eine Lücke. „Nimm den da, dann brauchen wir nicht so lange bis zum Eingang."

Mit Schwung parkte Rion ein. Die beiden sprangen aus dem Auto und schlugen die Türen zu. Arian zog gerade seine Jacke wieder in Form, als plötzlich ein anderes Auto scharf bremsend neben ihnen einparkte.

„Ist der irre?" Arian machte einen Satz zur Seite. „Beinahe wäre der mir über die Füße gefahren."

Er beugte sich herunter, um durchs Fahrerfenster sehen zu können. Der Fahrer des Wagens kurbelte das Fenster herunter und schnauzte: „Was guckst du so?"

„Alter, wo hast du deinen Führerschein gemacht? Du hättest fast meine Zehen platt gefahren!"

Von der Beifahrerseite hörte er jemanden grölen: „Noch platter hätten sie wohl kaum werden können!"

Das war zu viel. Arian plusterte sich auf. „Seid ihr lustig, oder was? Seht ihr mich lachen, ihr Affen?"

Rion fasste ihn am Ärmel und wollte ihn beiseiteziehen. „Komm schon, lass gut sein! Keinen Ärger jetzt."

Arian stieß ihn unsanft weg.

„Mein Blut fließt schwarz und rot, ich bin stolzer Albaner bis zum Tod. Hast du unseren Leitsatz vergessen, Alter?"

Er spuckte angewidert auf den Boden und schrie weiter: „Wer meinen Stolz verletzt, der wird zerfetzt!"

Mit diesen Worten packte er den Fahrer, der inzwischen am Aussteigen war, am Genick und schleuderte ihn zu Boden.

„Hast du noch was zu sagen, du Wurm? Dann tu's am besten jetzt, bevor ich dir dein Gesicht verschönere!"

Der andere hob beschwichtigend die Hände und murmelte: „Schon gut, Mann. War doch bloß ein Scherz. Nichts für ungut."

Der Beifahrer kam auf Arian zu und meinte mit ernstem Gesicht: „Hey, sorry! Bleib cool, Mann! Wir waren nur gut drauf." Er half seinem Kumpel auf die Beine.

Arians zorniger Blick folgte den beiden, als sie weiter Richtung Diskothek gingen.

„Und du, sei nicht so eine Fotze!", fuhr er Rion an und gab ihm einen kräftigen Schubs. „Ist ja echt peinlich mit dir. Heulst gleich rum wie ein Mädchen. Haste gesehen? So muss man das machen!" Arian schüttelte den Kopf. „Mann, Mann, was soll nur aus dir werden?" Zornig machte er sich auf den Weg zur Disko.

Rion schlurfte beleidigt hinter ihm her.

An der Kasse schaute sich Arian um, doch diesmal waren ihm die hübschen, leicht bekleideten Mädchen egal.

Er ertappte sich dabei, wie er Ana zwischen den Gesichtern suchte, obwohl es unmöglich sein konnte, dass sie ebenfalls hier war.

Er gesellte sich mit Rion zur Bar und bestellte einen Tequila. Den brauchte er dringend, nach dem furchtbaren Telefonat mit Melina und diesen beiden Idioten von eben.

Arian wollte das Glas gerade an seine Lippen setzen, als ihn eine zarte Hand antippte. Überrascht wandte er sich um.

Ein hübsches, blondes Mädchen mit vollen Brüsten stand vor ihm und lächelte verlegen.

„Hi, ich bin Livia. Könntest du mir auch so etwas bestellen? Schaut echt gut aus."

Arian konnte ihr kaum in die Augen sehen, weil er von ihrer großen Oberweite abgelenkt war.

„Klar, du schaust übrigens auch echt gut aus. Darf ich dir meinen Freund Rion vorstellen?"

Ein wenig zu übermütig streckte dieser ihr seine Hand entgegen. „Hey, ich bin Rion. Freut mich sehr."

Arian rollte mit den Augen. Konnte sein Freund ihn ein einziges Mal nicht blamieren?

Doch das Mädchen ergriff lächelnd Rions Hand und begann gleich ein Gespräch mit ihm. So schnell war ihm noch nie der Rücken zugedreht worden, und zum ersten Mal war es Arian völlig egal. Seit er Ana in seinem Herzen trug, konnte so etwas nicht mehr an seinem Stolz kratzen.

Amüsiert beobachtete er Rion, wie dieser verzweifelt versuchte, das Mädchen bei Laune zu halten. Um ihm ein wenig unter die Arme zu greifen, hob er hinter ihrem Kopf sein Glas in die Höhe und Rion verstand auch sofort.

Schnell schlug er vor: „Hey, du wolltest ja eigentlich was zu trinken bestellen. Darf ich das für dich übernehmen? Ich kenne einen Cocktail, so etwas hast du noch nie getrunken!"

Die Blondine stimmte freudig zu und gemeinsam schlenderten die beiden in Richtung Cocktailbar davon.

Arian grinste. Würde sein Freund heute auch einmal einen Stich landen? Die Zeichen standen gut. Allerdings war für ihn der Abend nun gelaufen. Die Blöße wollte er sich nicht geben, allein an einer Bar herumzustehen, und Rion würde wohl nicht allzu schnell wieder zurückkommen.

Er kramte nach seinem Handy und suchte die Nummer irgendeines Freundes, der ihn abholen könnte.

Schnell fündig geworden, verließ er zügig das Lokal. Erst draußen wählte er die Nummer.

„Adi? Hol mich ab, Alter! Rion hat einen Aufriss gemacht und mich interessiert es nicht, den beiden beim Schmusen zuzuschauen."

Es war bereits Sonntagabend und Melina lag in ihrem Bett. Das sanfte Mondlicht schien durchs Fenster auf ihre nassen Wangen. Schon seit einer Stunde heulte sie sich die Augen aus.

Was war nur plötzlich los mit Arian? Sie konnte es sich nicht erklären, so sehr sie auch darüber nachdachte.

In der Hand hielt sie ein Foto von ihm, das sie heimlich in einem Buch in ihrem Nachtschränkchen versteckt hielt. Traurig strich sie mit dem Finger über seine Gesichtszüge.

„Arian, mein Herz. Tu mir das doch bitte nicht an!", flüsterte sie leise und drückte sein Bild an ihre Brust.

Was immer geschehen war, sie wollte stark sein. Sie würde um ihn kämpfen, koste es, was es wolle. Sie brauchte einen Plan, um ihn dazu zu bringen, sich ihr wieder zuzuwenden. Wenn sie ihn einmal dazu brachte, ihre Nähe zu suchen …

Da fiel ihr ein, dass ihre Mutter bei der Grillfeier vorgeschlagen hatte, er solle bald einmal mit seiner Familie zu Besuch kommen. Gleich morgen wollte sie ihre Mutter daran erinnern. Und sobald er in ihrem Zuhause war, würde sie die richtigen Worte finden, um ihn wieder für sich zu gewinnen.

Melina lächelte. Ihre Großmutter hatte recht, als sie gesagt hatte: „Die Männer muss man meistens zu ihrem Glück zwingen!"

Es würde bestimmt alles gut gehen. Sie hatte genug Liebe für sie beide. Erst einmal. Nach einiger Zeit würde auch Arian erkennen, dass sie füreinander bestimmt waren.

Zuversichtlich konnte Melina ihre Augen schließen, doch es dauerte lange, bis sie in einen friedlichen Schlaf fiel.

Auch in dem blauen Haus in der Reinekestraße hielt die Finsternis Einzug. Ana war fest in ihre Decke eingerollt und betrachtete die Strahlen des Mondlichts an der Wand. Ihre Augen wurden schwerer und bald würde sie der Schlaf übermannen.

Leider hatte sie das Treffen heute mit Arian absagen müssen. An einem Sonntag war es ihr unmöglich, ihre Eltern an der Nase herumzuführen.

Seither wartete sie auf eine Antwort oder irgendein Lebenszeichen von ihm. Nachdenklich malte sie mit der Fingerspitze unsichtbare Kreise in das Laken.

Ein kurzer Piepton störte die unbehagliche Stille. Ana schaute überrascht nach ihrem Handy. Das Display war hell erleuchtet. Mit pochendem Herzen begann sie, die Nachricht zu lesen. Sie musste sich erst daran gewöhnen, dass sich jemand für sie interessierte und ihr selbst um diese Zeit eine Nachricht schrieb.

Wenn du noch wach bist, dann schau aus dem Fenster, meine Süße!

Ein Schreck durchfuhr ihre Glieder. Arian würde doch nicht … Hastig machte sie sich auf zum Fenster und schob den Vorhang vorsichtig ein Stück zur Seite. Tatsächlich!

Arian stand unten auf der Straße und schaute zu ihr hoch. Sollte sie sich zeigen? In ihrem Nachthemd? Sanela würde aufkreischen, wenn sie davon erfuhr. Aber er war ihr Freund und sie musste ehrlich zu ihm sein.

Also trat sie direkt vor das Glas. Das zartblaue Nachthemd saß locker auf ihren Schultern und ihre langen Haare verdeckten sorgsam die sanften Hügel, die sich vorne am Kleid abzeichneten.

Als er ihr freudig zuwinkte, öffnete sie leise das Fenster und lehnte sich hinaus. Gleichzeitig signalisierte sie ihm mit dem Finger über ihren Lippen, dass er bloß still sein sollte, um niemanden zu wecken.

Arian griff nach seinem Handy und schrieb. Stutzig ging sie einen Schritt zurück, da piepste es auch schon neben ihrem Bett. Aufgeregt nahm sie das Telefon und las:

Du bist wunderschön!

Lächelnd schrieb sie zurück:

Danke dir. Arian, ich freue mich über deinen Besuch, aber wir müssen vorsichtig sein.

Daraufhin nickte er und warf ihr eine Kusshand zu.

Ich weiß, ich wollte nur meiner Liebsten eine gute Nacht wünschen!

Ana tippte, so schnell sie konnte:

Hab auch eine gute Nacht. Pass auf dich auf!

Zum Abschied winkte er ihr kurz zu und machte schließlich kehrt. Ana schloss das Fenster wieder. Ihr Herz klopfte wie verrückt. Nie im Leben konnte sie jetzt einschlafen.

Die Kälte des Morgens

Melina saß mit dicken Augenringen am Frühstückstisch, der wie jeden Morgen liebevoll von ihrer Mutter gedeckt worden war. Links von ihr las ihr Vater stirnrunzelnd die Zeitung und schob sich dabei ein knuspriges Croissant in den Mund. Rechts von ihr versuchte ihr Bruder wohl, den Weltrekord im Ich-habe-das-meiste-Nutella-auf-dem-Brot aufzustellen. Genüsslich verteilte er Schicht um Schicht auf seiner Brotscheibe, um sie dann mit dem größten Appetit zu verzehren.

In der Mitte von beiden sitzend, rührte Melina müde in ihrem Tee und überlegte, wie sie nun am besten ein Gespräch beginnen könnte, um ihrem Plan einen Schritt näher zu kommen.

Wie immer werkelte ihre Mutter in der Küche herum. Geschirr klapperte und der wohlige Duft von Kaffee und frischem Gebäck kitzelte in der Nase. Es könnte ein Morgen wie immer bleiben, wenn Melina friedlich ihr Frühstück verzehren und sich danach auf den Weg zur Schule machen würde. Doch Melina wollte Arian und für ihn musste sie mit der lieben Gewohnheit brechen.

Sie fasste all ihren Mut und rief ihrer Mutter zu: „Mom, wolltest du nicht die Familie Kolaj zu uns einladen? Nächstes Wochenende würde gut passen, da sind alle meine Arbeiten in der Schule geschrieben."

Ihr Vater ließ die Zeitung sinken und auch die Mutter blieb mit tropfenden Händen abrupt vor dem Tisch stehen. Ihr Bruder vergaß, zu kauen, blickte dann aber neugierig zu seinem Vater, um zu sehen, wie dieser nun reagieren würde. Und er wurde nicht enttäuscht.

Mit einem Ruck faltete der Vater die Zeitung zusammen und brummte ärgerlich: „Und wie kommt es, dass du morgens aufstehst und meinst, du kannst uns erzählen, wann wir Besuch zu uns einladen dürfen?"

Kleinlaut schaute Melina in ihren Tee und versuchte, geschickt zu kontern.

„Mutter ist doch so vergesslich in letzter Zeit und ich wollte nicht, dass wir vor den Kolajs dumm dastehen."

„Wir sind die Jakajs und wir stehen vor niemandem dumm da. Und was fällt dir ein, deine Mutter vergesslich zu schimpfen?" Der Vater begann, sich auf dem Sessel aufzurichten. Da griff die Mutter beschwichtigend ein und legte ihrem Mann die Hand auf die Schulter.

„Sie hat schon recht. Ich hätte es tatsächlich vergessen. Danke, Melina, ich werde gleich heute bei den Kolajs anrufen." Sie zwinkerte Melina gutmütig zu.

Der Vater grummelte, schlug aber wieder die Zeitung auf. Für ihn war das Gespräch damit beendet.

Erleichtert atmete Melina durch. Das war gerade noch einmal gut gegangen. Ihr Bruder schnalzte anerkennend mit der Zunge, sprang aber sogleich vom Tisch auf und griff nach seinem Rucksack.

Auch von ihm würde somit kein blöder Kommentar mehr folgen. Melina begann, sich zu freuen. Hoffentlich ließ sie ihre Mutter nicht zu lange darauf warten.

Zurück in ihrem Zimmer, betrachtete sie das Foto von Arian. In ihrem Kopf flackerten tausend Bilder auf, wie sie sich den Besuch von Arian und seiner Familie vorstellte.

Fieberhaft überlegte sie von Neuem, wie sie heimlich ein paar Minuten mit ihm allein verbringen könnte.

Die kurze Zeit muss genügen, um dein Herz wieder für mich schlagen zu lassen. Was auch passiert sein mag, dass du so schnell dein Interesse an mir verloren hast: Ich werde nicht aufhören, um dich zu kämpfen. Ich weiß, dass wir beide füreinander bestimmt sind!

Sorgfältig legte sie das Foto an seinen geheimen Platz zurück und schnappte sich ihren Rucksack. Sie brannte darauf, zu erfahren, für wann ihre Mutter die Kolajs einladen wollte, aber sie war schlau genug, nicht danach zu fragen. Ihre Eltern würden erst recht stutzig werden, und das könnte ihren Plan gefährden. Nun musste sie geduldig sein, der erste Schritt war getan.

Sie verabschiedete sich mit einem Küsschen und lächelte ihrer Mutter unschuldig zu. Melina war sich sicher, dass sie keinen Verdacht schöpfte.

Ana betrachtete die hellen Sonnenstrahlen, die die Wände ihres Zimmers erleuchteten. Glückselig drehte sie sich im Bett um und kuschelte sich in ihre Decke.

Wie aufregend ihr Leben plötzlich war! Vor einer Woche hätte sie nie geahnt, dass die Liebe sie so schnell und stürmisch erfassen würde.

„Ana, Frühstück ist fertig", hallte es durch die Tür hindurch. Jeden Morgen rief ihre Mutter sie auf diese Weise.

Ana lächelte und sprang aus dem Bett. Wie jeden Tag ging sie zum Fenster, um es zu öffnen, bevor sie das Zimmer verließ. Ein eiskalter Windstoß fuhr durch ihre Haare und das Nachthemd.

„Brrr, so kalt", sagte Ana bibbernd und hüpfte schnell zur Tür hinaus. Dort erwartete sie schon der frische Duft von Kaffee und aufgebackenen Brötchen.

Ana liebte das gemeinsame Frühstück. Dabei fühlte sie sich heimelig und sicher geborgen. Doch lediglich am Wochenende konnte sie es richtig genießen. Heute musste sie sich beeilen, um rechtzeitig zur Schule zu kommen.

„Jetzt schling nicht so", ermahnte sie ihre Mutter. „Du hast doch noch Zeit."

„Das Frühstück ist die wichtigste Mahlzeit am Tag!", zitierten sie beide gleichzeitig und Ana kicherte los. „Ich weiß, Mummy, aber die Schule stresst mich."

„Es ist mir schleierhaft, wie du einmal in der Arbeitswelt bestehen willst", brummte ihr Vater, während er sich sein Brötchen schmierte, „wenn dich schon die Schule so stresst."

„Das ist etwas ganz anderes", meinte Ana fröhlich, und bevor ihr Vater zu einem längeren Vortrag ansetzen konnte, nahm sie einen letzten Schluck Kaffee und huschte aus der Küche.

In ihrem Zimmer kontrollierte sie die Schulsachen im Rucksack und packte die fehlenden Bücher ein.

Bevor sie ihr Handy in die Seitentasche schob, warf sie einen kurzen Blick darauf. Gleich zwei Nachrichten, bemerkte sie erstaunt. Eine davon war von ihrer Freundin Sanela:

Na, du verliebtes Mädchen? Konntest du heute Nacht schlafen? Bis später!

Ana freute sich. Endlich konnte sie Sanela von Arians Besuch gestern Abend erzählen. Die Freundin würde Augen machen. Ihr Herz schlug vor Aufregung, als sie sah, dass die zweite Nachricht von Arian war. Glücksgefühle erfüllten sie. Wie oft er an sie dachte!

Meine Süße, ich hoffe, du hattest eine gute Nacht. Bitte sag mir, wann wir uns endlich wiedersehen können!

Ana ließ das Telefon sinken. Ja, wann würden sie sich wiedersehen können? Ihre Eltern wollten nicht, dass sie unter der Woche wegging.

Ihre gute Laune war auf der Stelle verflogen. Arian würde sich nicht lange mit einem Mädchen wie ihr aufhalten, wenn sie sich nie sehen konnten. Sie biss sich auf die Lippen.

Doch für solche Gedanken war nun keine Zeit: Sie musste in die Schule. Während sie sich ihren Rucksack umwarf, hoffte sie, dass vielleicht ihre schlaue Freundin eine Lösung für sie finden würde.

„Endlich kommst du", schimpfte Sanela vorwurfsvoll. „Ich warte schon eine geschlagene Viertelstunde auf dich."

Keuchend lief Ana auf sie zu: „Entschuldige."

„Jetzt haben wir gar keine Zeit mehr, dass du mir über dein Liebesleben berichtest", bemerkte die Freundin schmollend. „Hat sich etwas Neues getan? Erzähl schnell!"

Nach einer kurzen Bussi-Bussi-Begrüßung hasteten die beiden im Sprint auf das Schultor zu, dabei versuchte Ana, die gestrigen Ereignisse zusammenzufassen. „Stell dir vor, Arian war gestern Abend noch bei mir!"

Sanela blieb abrupt stehen und hielt die Freundin am Arm zurück: „Warte mal, bei dir zu Hause?"

Ana zog Sanela weiter und kicherte: „Nein, du Blödi! Dann könntest du mich jetzt im Leichenschauhaus besuchen. Er stand gestern Abend unten auf der Straße. Und ich oben am Fenster. Weil wir ja leise sein mussten, haben wir uns per SMS unterhalten."

„Gott, wie romantisch", seufzte Sanela und hielt sich die Hand an die Brust.

„Und heute Morgen habe ich schon wieder eine Nachricht von ihm bekommen."

„Er scheint ständig an dich zu denken, wie süß ist das denn?", kreischte Sanela verzückt.

Doch Ana ließ den Kopf hängen und erwiderte traurig: „Das schon, nur will er wissen, wann wir uns wiedersehen können, und das wird wohl niemals mehr passieren. Ich sag's dir, er wird bald das Interesse an mir verlieren."

Sanela sprang vor Ana und packte sie an beiden Schultern, um sie festzuhalten. „Jetzt hör mal zu, ich glaube, er hat schon gemerkt, dass du etwas Besonderes bist, und so jemanden lässt man nicht so schnell gehen, wenn man klug ist.

Und außerdem hast du mich als deine Freundin, und ich werde mir für dich das Hirn zermartern. Irgendeine Idee werde ich schon haben, und wenn wir uns zu einem angeblichen Zumba-Kurs anmelden müssen!"

Ana lachte laut auf. Sanela schaffte es immer wieder, sie aufzubauen. „Das klingt gar nicht schlecht. Aber so ein Kurs dauert ja nur eine Stunde …"

„Eine Stunde ist besser als nichts", stellte Sanela fest, doch als sie in die verzweifelten Augen von Ana sah, fügte sie hinzu: „Zumindest für den Anfang, bis wir eine bessere Lösung gefunden haben."

Das Läuten der Schulglocke riss sie aus dem Gespräch. Schnell machten sie sich auf in ihre Klassenräume.

Im Gang schaute sich Ana kurz nach Sanela um und diese

winkte ihr zuversichtlich zu. Vielleicht hatte ihre Freundin recht und sie würden eine passende Lösung finden können.

„Arian? Mein Junge, kommst du schon wieder nicht aus dem Bett?"

Mit blinzelnden Augen sah Arian seine Mutter in seinem Zimmer umherstaksen. Dabei hob sie kopfschüttelnd seine Kleidung auf, die er gestern Abend achtlos auf den Boden geworfen hatte.

Arian stöhnte. Jeden Morgen dasselbe Spiel. „Ich komm ja schon, Mama." Langsam rollte er sich aus dem Bett und streckte sich erst mal genüsslich.

„Du musst doch zur Arbeit. Komm, mach voran!"

Leise fluchend öffnete er die Schranktür und schnappte sich wahllos ein T-Shirt, das er kurzerhand anzog. Hoffentlich hielt sein kleiner Bruder nicht gerade das Bad besetzt.

Ständig kamen sie sich morgens in die Quere, dabei wäre das gar nicht nötig, wenn sein Bruder pünktlich in die Schule gehen würde.

Doch heute hatte er Glück. Er ließ sich das eiskalte Wasser übers Gesicht laufen und putzte in Windeseile die Zähne. Dann setzte er sich gut gelaunt an den Frühstückstisch.

„Grübelst du schon wieder über den Nachrichten, Vater?"

Die Mutter zog die Augenbrauen hoch und stupste Arian vorwurfsvoll am Oberarm, während sie ihm Kaffee einschenkte.

„Lass doch deinen Vater. Du weißt, er wird mürrisch, wenn man ihn beim Zeitunglesen stört, und ich kann es dann wieder ausbaden."

Sein Vater tat, als hätte er nichts gehört, doch als sich die Mutter umdrehte, senkte er kurz die Zeitung und zwinkerte Arian belustigt zu.

Dieser grinste wissend, nahm einen großen Schluck vom Kaffee, danach biss er herzhaft in sein Frühstückshörnchen.

Die Idylle wurde von einem schrillen Handyton unterbrochen. Sein Vater und Arian schreckten zusammen. Gespielt entrüstet hob der Vater den Zeigefinger und richtete ihn auf seine Frau.

„Wie oft hab ich dir gesagt, dass du diesen verdammten Klingelton ändern sollst? Du weckst ja noch die Toten auf!", donnerte er los.

Nervös fingerte die Mutter nach ihrem Handy in der Schürze und raunte verzweifelt: „Wenn ich doch nicht weiß, wie das geht! So. Seid leise jetzt! Kolaj, hallo?" Konzentriert hörte die Mutter zu und verließ, das Handy fest ans Ohr gepresst, den Raum.

Sein Vater beugte sich zu Arian vor und flüsterte kläglich: „Ich bitte dich, stell der Frau den Klingelton ein. Ich werde sonst wahnsinnig."

„Mach ich, Vater", versicherte Arian lachend. „Wer sich bloß diesen Scherz mit ihr erlaubt hat?"

„Wem diese Schnapsidee eingefallen ist, hat nicht daran gedacht, dass ich armer Vater ebenfalls darunter zu leiden habe. Sobald wie möglich, hörst du?"

„Sobald sie zu telefonieren aufgehört hat, einverstanden?" Der Vater streckte flehend beide Hände zum Himmel und schluchzte verzweifelt: „Das kann noch Stunden dauern!"

„Was kann Stunden dauern?", fragte die Mutter neugierig, als sie das Zimmer betrat, doch Vater sowie Sohn widmeten sich wieder ihrem Frühstück. Sie sah genau, wie sie verschämt kicherten.

Verärgert schüttelte sie den Kopf, dann setzte sie zur frohen Botschaft an: „Wie auch immer, die Jakajs haben angerufen und uns zum Essen eingeladen."

Arian wurde bleich im Gesicht. Er hoffte inständig, dass die Einladung nur seinen Eltern gegolten hatte, doch da verkündete seine Mutter bereits überschwänglich: „Die ganze Familie soll kommen."

„Und wann soll das bitte sein?", rutschte es Arian unfreundlich raus.

„Am Samstag. Sag mal, was ist los mit dir? Freust du dich nicht? Du hast dich immer gut mit Melina und ihrem Bruder verstanden!"

„Überhaupt bei der Grillfeier bekam ich den gleichen Eindruck", bestätigte sein Vater verschmitzt.

Arian verdrehte die Augen und erwiderte: „Ich wäre nur gern mit Rion um die Häuser gezogen, das ist alles."

„Mein Sohn, du ziehst in letzter Zeit genug um die Häuser. Außerdem weißt du genau, dass die Familie vorgeht!"

Auch seine Mutter meckerte: „Es wird Zeit, dass du ein wenig häuslicher wirst. Eine Frau gehört an deine Seite, die würde dir diese Flausen austreiben."

Unwillkürlich erschien Arian das Bild von Ana vor seinen Augen und seine Gesichtszüge wurden weicher.

Seine Mutter fuhr stattdessen, diesmal an den Vater gewandt, fort: „Was sagst du, hab ich nicht recht? Melina wäre übrigens eine gute Partie. Wir haben ja auch ein sehr gutes Verhältnis zu meinem Bruder und seiner Familie."

Das war zu viel für Arian. Er sprang abrupt auf und schnappte sich seine Jacke: „Ich muss zur Arbeit. Bis heute Abend."

„Halt, Arian, du hast dein Pausenbrot vergessen", schrie ihm seine Mutter hinterher, da fiel bereits die Tür hinter ihm ins Schloss.

Erleichtert, weil er seinen Eltern entkommen war, ließ er sich in den Wagen plumpsen. Das fehlte ihm noch! Ob Melina da ihre Finger im Spiel hatte? Doch diesen Gedanken schüttelte er gleich wieder ab. Er selbst erinnerte sich daran, wie seine Tante von einer Einladung gesprochen hatte.

Wahrscheinlich würde es ein belangloses Essen werden, und Melina bekam dabei sowieso keine Möglichkeit, ihm näher zu kommen. Seine Laune besserte sich sofort.

Als er schließlich das Auto startete, begann ein albanischer Remix zu spielen. Der starke Bass ließ das Autoblech vibrieren. Arian kurbelte das Fenster runter, drehte die Musik lauter und fuhr, den Ellbogen lässig aus dem Fenster gestreckt, los.

Die Unschuld der nächsten Tage

Ana und Sanela hielten an dem grandiosen Einfall mit dem angeblichen Zumba-Kurs hartnäckig fest.

Sie würden erzählen, dass Zumba nun als Wahlsport an der Schule angeboten wurde. Dann wäre auch die Gefahr gebannt, dass ihre Eltern jemanden kannten, der ebenfalls zum Zumba ging.

In der Schule würden sie garantiert nicht nachfragen. Es kam öfter vor, dass irgendwelche zusätzlichen Freizeitaktivitäten angeboten wurden.

„Und dann könnt ihr euch jede Woche um dieselbe Zeit treffen", triumphierte Sanela. Ana stürzte auf ihre Freundin zu und umarmte sie heftig: „Du bist die Beste, weißt du das?"

Sanela schüttelte ihre Freundin ab. „Sag gleich Arian Bescheid, damit er sich danach richten kann und er eure Treffen zukünftig einplant."

Ana suchte in ihrer Tasche nach dem Handy und tippte zittrig darauf herum. „Und für dich ist es okay, dass du in der Zeit in der Schule bleibst?"

„Wäre es dir lieber, ich ginge als Anstandswauwau mit euch mit?", fragte Sanela verschmitzt. „Nein, keine Sorge, du kennst meine Schulnoten. Ich muss endlich etwas tun, um besser zu werden. Da kommt mir diese zusätzliche Stunde Lernzeit gerade recht."

Ein kurzer Piep veranlasste Ana, aufgeregt ihre Nachrichten durchzusehen.

Beginnt deine Zumba-Stunde schon heute, zemer?, las sie laut vor.

„Er kann es kaum erwarten." Sanela pfiff durch die Zähne. Ana stutzte. „Was heißt *zemer*?"

Sanela lachte: „Soweit ich weiß, heißt das so etwas wie *mein Herz*. Bei uns sagt man *srze*; das hat ungefähr die gleiche Bedeutung."

Die Freude währte nur kurz, als Ana einfiel, dass sie erst den

Eltern Bescheid geben musste. „Die wissen nichts von unserer neuen Zumba-Stunde."

„Na dann rufen wir sie halt an. Sag, wir haben das heute spontan entschieden und dürfen sogar gleich mitmachen."

„Deinen Mut möchte ich haben!" Ana war sich unsicher. „Was soll passieren? Komm, du fängst an, und dann ruf ich bei mir zu Hause an."

Entschlossen griff Sanela nach Anas Handy und begann, die Nummer der Eltern zu wählen.

Arians Handy vibrierte. Während der Arbeitszeit war es ihm eigentlich nicht erlaubt, ranzugehen, doch seine Neugier siegte. Er schaute sich kurz um. Alle Arbeiter waren beschäftigt und so holte er sein Handy schnell aus der Tasche, um Anas Nachricht zu lesen.

Unsere Zumba-Stunde geht klar! Treffen wir uns wieder im Park? Um welche Zeit kannst du gehen?

Arian überlegte. Eigentlich war das Wegkommen für eine einmalige Sache kein Problem. Er musste lediglich seine fehlende Arbeitszeit in den nächsten Tagen nachholen.

Er hoffte nur, dass sein Chef auch in den darauffolgenden Wochen Verständnis dafür aufbringen würde. Ansonsten musste er wohl wie Ana etwas erfinden.

Er gab sich einen Ruck und betrat kurzentschlossen das Büro seines Vorgesetzten.

Dieser sah ihn kurz an, grüßte freundlich, als er Arian erkannte, und forderte ihn auf, sich zu setzen. Mit interessiertem Blick musterte er ihn, als Arian um die richtigen Worte rang. Grundsätzlich war sein Chef ja locker drauf und so fiel Arian gleich mit der Tür ins Haus.

Er hatte Glück. Sein Vorgesetzter wollte nicht einmal einen Grund wissen. Ohne Weiteres erhielt er die Erlaubnis, jeden Montag früher seine Arbeit zu beenden, wenn er die fehlenden Stunden am nächsten Tag nacharbeitete.

Dankbar strahlte Arian seinen Chef an, als dieser ihn lässig zur Tür hinauswinkte.

Fast rannte er zu seinem Spind und entledigte sich der Arbeitsuniform. Gleich würde er seine Ana wiedersehen können. Da fiel ihm ein, dass er ihr noch eine Antwort schuldig war.

Hastig schrieb er zurück.

Ich kann sofort gehen. Sagen wir: in einer halben Stunde im Park. Ich freue mich sehr auf dich!

Als er gerade dabei war, seine Schuhe anzuziehen, vibrierte sein Handy. In voller Vorfreude auf eine Antwort von Ana griff er danach und fühlte sich wie erstarrt, als plötzlich der Name „Melina" auf dem Display stand.

„Verflucht noch mal, kann mich dieses dumme Weib nicht endlich in Ruhe lassen?!" Dennoch las er ihre Nachricht.

Hi, Arian. Schön, dass ihr bald zu uns kommt. Vielleicht können wir dann ein wenig miteinander plaudern.

„Ha", dachte Arian, „da hast du dich geschnitten. Ich werde alles in Bewegung setzen, damit ich nicht mit dir plaudern muss."

Ohne auf die SMS zu antworten, steckte er das Telefon in die Hosentasche, schnappte sich den Autoschlüssel und machte sich auf den Weg zu Ana.

Wie beim letzten Mal leuchteten die Sonnenstrahlen durch die hängenden Äste der kleinen Laube im Stadtpark. Ana strich über die Blätter und versuchte, die Aufregung in ihrer Brust zu unterdrücken. Hoffentlich beeilte sich Arian, denn sie hatten nur eine kurze Stunde Zeit. Immer wieder schaute sie aufs Handy, um keine Nachricht von ihm zu verpassen.

Es wäre ihr lieber gewesen, wenn er bereits auf sie gewartet hätte. So hingegen versuchte sie, sich ständig auszumalen, wie die Begegnung mit ihm sein würde.

Würde er sie gleich küssen? Liebespaare machten das eigentlich. Doch sie war sich nicht einmal sicher, ob sie überhaupt ein Liebespaar waren. Konnte man das jetzt schon sagen? Und was wusste sie überhaupt von ihm?

Ihre Gedanken wurden von näher kommenden Schritten zerstreut. Ana stockte der Atem, und als die Zweige zur Seite geschoben wurden, stand er da: Arian.

Sein braunes Haar glänzte im Sonnenlicht und die lustig tanzenden Punkte in seinen Augen ließen ihre Sorgen verschwinden. Unwillkürlich ging sie einen Schritt auf ihn zu.

„Wartest du schon lange?", fragte er. Doch ohne eine Antwort abzuwarten, zog er sie an sich und sog den Duft ihrer Haare ein. „Endlich bist du wieder in meinen Armen."

„Leider haben wir nicht viel Zeit", gab Ana zu bedenken.

„*Shpirt*", raunte er in ihr Ohr, „genieße einfach den Moment." Er streichelte ihre langen Haare.

Sie waren vorhin zusammengebunden gewesen, aber Ana hatte es für hübscher gehalten, sie zu öffnen. Außerdem war ihr nicht entgangen, dass er ihre langen Haare besonders mochte.

Um seiner Anweisung zu folgen, lehnte sie ihren Kopf an seine Schulter und legte zögerlich einen Arm auf seinen Rücken. Unbeholfen streichelte sie daran auf und ab.

Es war ihr unmöglich, sich seinen Berührungen unbeschwert hinzugeben. Ständig erschien die Warnung ihrer Großmutter vor ihrem geistigen Auge, deshalb achtete sie penibel auf jede Regung von ihm.

Sie war sich nicht sicher, ab wann genau sie ihren *Glanz* zu verlieren drohte. Hatte sie ihn überhaupt noch? Wenn ihre Großmutter leben würde, dann könnte sie sie fragen. Warum hatte sie ihr damals nicht aufmerksamer zugehört?

Arian bemerkte, wie Ana mit sich kämpfte. Es war gut, dass sein erster Eindruck bestätigt wurde. Sie hätte ihm beim letzten Mal genauso gut das unschuldige Mädchen vorgespielt haben können.

„Sag, liebst du mich?", fragte er unbesonnen.

Ana schaute ihn erstaunt an, lächelte dann und antwortete schüchtern: „Ist es Liebe, wenn einzig der Gedanke an dich mich Tag und Nacht begleitet?"

Er streichelte ihre Wange. „Ich denke, mein Herz, das nennt man Liebe." Dabei hob er ihr Kinn an und kam ihren Lippen langsam näher.

Der folgende Kuss schien die Zeit anzuhalten und alle Zweifel hinfortzublasen.

Als Arian seine Augen wieder öffnete, küsste er sogleich ihre Augen und ihre Stirn. Überschwänglich drückte er sie an sich und klagte: „Wie soll ich es nur eine Woche bis zu unserem nächsten Treffen aushalten?"

Anas Blick trübte sich. Er erkannte die Angst in ihren Augen, wodurch seine Zuneigung zu ihr noch größer wurde. Trotzdem wollte er sie prüfen, um sich ihrer ganz sicher sein zu können.

„Oder willst du mich gar nicht öfter sehen?"

Er sah, wie sie zusammenzuckte. Ihre Augen weiteten sich erschrocken. Zögerlich flüsterte sie: „Wie kannst du so etwas glauben?"

Obwohl er sie längst wieder in seine Arme schließen wollte, ging er einen Schritt zurück und musterte sie von oben bis unten.

Unsicher trat Ana von einem Fuß auf den anderen, doch das brachte ihn nicht aus dem Konzept.

„Ich weiß nicht; wie lange kennen wir uns? Vielleicht treibst du nur ein Spiel mit mir und lachst dich hinterher mit deiner Freundin über mich kaputt?"

Ihre Gesichtszüge erstarrten. Der Angst wich eine Kühle und Strenge, die er an ihr nicht kannte. Ihr Mund wurde ein schmaler Strich. Er spürte förmlich, wie sie eine unsichtbare Mauer zwischen ihnen errichtete.

„Wie kannst du einen solchen falschen Eindruck von mir haben? Es tut mir leid, wenn ich dich dazu gebracht habe, so von mir zu denken, aber es wird sicher nicht mehr vorkommen."

Damit machte sie mit einem Ruck kehrt und rannte über die Wiese davon.

Arian hatte ordentlich zu tun, sie wieder einzuholen. Alles Rufen half nichts. Endlich erwischte er sie am Arm und hielt sie fest.

„Ana, hör mir zu ..."

Ihr Blick war eiskalt auf ihn gerichtet. Was hatte er getan? Er packte sie fester und ließ sie erst los, als sie wütend seinen Arm abzuschütteln versuchte.

„Was soll das, du tust mir weh!"

Unwillkürlich musste Arian grinsen. Seine Tigerin!

Das machte Ana noch wütender. „Und wer von uns beiden lacht jetzt?", fauchte sie.

Arian wurde sofort ernst. Er hielt sie an den Schultern fest und flüsterte beschwörend: „Keiner lacht von uns beiden. Ich wollte mir nur sicher sein, verstehst du das?" Und um seinen Worten Nachdruck zu verleihen, setzte er an zu einem langen, innigen Kuss.

Wie berauscht öffnete Ana ihre Augen. Arian verwandelte ihre Welt regelmäßig in ein explodierendes Feuerwerk.

Nichtsdestotrotz war ihre gemeinsame Zeit für heute um. Wie schnell eine Stunde vergehen konnte! Nun ging es darum, ungesehen zur Schule zurückzukommen und Sanela von ihrer Lernerei zu befreien.

Zwar könnte sie bei ihren Eltern behaupten, dass sie getrödelt hatten, doch wollte sie ihr unverhofftes Glück nicht gleich herausfordern, deswegen sagte sie schweren Herzens zu Arian: „Ich muss jetzt los. Aber lass dir gesagt sein, du kannst mir vertrauen. Ich weiß, wir können uns nicht oft sehen, dennoch schlägt mein Herz jeden Augenblick nur für dich."

„Zemer, mach dir keine Sorgen. Du bist etwas Besonderes, und auf etwas Besonderes wartet man gerne."

Erleichtert erinnerte sich Ana an Sanelas Worte. Nun war sie beruhigt und musste nicht mehr fürchten, dass ihr Traum gleich wieder zerplatzte.

Lächelnd gab sie ihm einen Abschiedskuss. „Danke, Arian. Das bedeutet mir sehr viel!"

„Du bedeutest mir viel", hörte sie ihn sagen, als sie sich bereits zum Gehen wandte.

Sie schenkte ihm ein kurzes Lächeln und schritt gezielt auf das Eingangstor zu. Ein kurzer Blick auf die Uhr ließ sie schneller werden.

„Verdammt", stieß sie aus. Schließlich rannte sie den gesamten Weg zur Schule zurück.

Völlig außer Atem fiel sie dort einer gelangweilten Sanela in die Arme. „Entschuldige!", prustete sie. „Wir haben völlig die Zeit vergessen."

Sanela lachte laut auf. „Ich hätte auch mit dir geschimpft, wenn du pünktlich gewesen wärst. Erzähl, wie war's?"

„Ach, Sanela", schwärmte Ana sofort los, „ich glaube, er ist auch richtig verliebt in mich. Er hat zu mir dasselbe gesagt wie du."

Ihre Freundin zog die Stirn kraus. „Hä?"

Liebevoll stieß ihr Ana den Ellbogen in die Seite: „Na, dass ich was Besonderes bin."

„Oh, wirklich? Das hört man aber selten von einem Mann. Ich glaube, der hat sich *so richtig* in dich verschaut!", stellte Sanela fachmännisch fest und erntete damit einen Freudenschrei, gefolgt von einer stürmischen Umarmung.

„Hach, ist das Leben nicht schön", jauchzte Ana. Sie begann, sich wie wild im Kreis zu drehen.

„Ich freu mich ja für dich, du verrücktes Huhn, aber jetzt müssen wir dringend los, wenn du unsere Eltern nicht misstrauisch machen willst!"

„Ach, du meine Güte, du hast ja recht", erschrak Ana.

Sie griffen nach ihren Rucksäcken und verließen fröhlich schnatternd das Schulgebäude, nicht ahnend, dass das Treffen in der darauffolgenden Woche ein ganz anderes werden sollte.

In der Falle

Melina drehte sich vor dem Spiegel. Die ganze Woche hatte sie darüber gegrübelt, was sie zum Essen mit den Kolajs anziehen sollte.

Sie musste unbedingt sexy sein, um Arians Aufmerksamkeit zu gewinnen, wollte dennoch angezogen genug sein, um ihre Eltern zufriedenzustellen. Ein schweres Unterfangen, wie sich herausstellte.

Nun hielt sie ein grünes Kleid in der Hand, was gut zu ihren Augen passte und ziemlich eng am Körper anlag. Das war auch das einzig Positive daran, denn ansonsten reichte es bis zu den Knien, hatte lange Ärmel und einen runden Ausschnitt, der gerade mal ihren schmalen Hals entblößte.

Doch ihr Vater würde zufrieden sein und bei Arian konnte sie vielleicht mit ihrer guten Figur punkten.

Es konnte jeden Augenblick läuten und Melinas Aufregung steigerte sich fast bis ins Unermessliche.

Ihre Hände zitterten so stark, dass sie jetzt unmöglich ein ordentliches Make-up zustande gebracht hätte. Gut, dass sie dafür schon heute Morgen gesorgt hatte.

Sie bürstete zum vierten Mal ihre langen, glatten Haare und begann, sich abermals vor dem Spiegel hin und her zu drehen.

Sie konnte zufrieden sein, stellte sie schmunzelnd fest. Wenn Arian bereits auf der Grillfeier angebissen hatte, dann würde er heute umso mehr auf sie abfahren. Da war sie sich sicher.

Als ihre Mutter, ohne anzuklopfen, wütend ins Zimmer platzte, ließ Melina vor Schreck die Bürste fallen.

„Soll ich alles allein machen, oder kann mein Töchterchen jetzt vielleicht auch mal mit anpacken?"

Natürlich, fuhr es Melina durch den Kopf, wie konnte sie das vergessen! Schnell schob sie ihre Mutter aus dem Zimmer, während sie sie mit Engelszungen beschwichtigte: „Aber, Mama, warum hast du mich nicht früher geholt? Du weißt doch, dass ich dir jederzeit gerne helfe. Sag mir, was ich tun kann."

Insgeheim war sie froh, dass der Vater nicht da war, von ihm hätte sie bestimmt etwas zu hören bekommen.

Wenn es nach ihm ginge, sollte sie bereits zeitig in der Früh der Mutter helfen und sie hatte nur Glück, dass diese nachsichtig mit ihr war.

„Arian, beeil dich doch! Du weißt, dass wir bei den Jakajs eingeladen sind." Vorwurfsvoll betrat seine Mutter das Zimmer.

Genervt lehnte er sich im Bett zurück und verschränkte die Arme. „Muss ich denn da mit?"

„Was ist nur los mit dir, Junge?" Sie zog ihm die Bettdecke weg und ging zum Schrank, um nach einem passenden T-Shirt zu suchen. Nachdem sie eines gefunden hatte, warf sie es ihm an den Kopf.

„Zieh dich an, wir wollen gleich losfahren!"

Ächzend wälzte sich Arian aus dem Bett. Er streifte sich lustlos das T-Shirt über und stieg in seine Jeans, die bereits über dem Sessel baumelte.

„Na, hopp, hopp!", trieb ihn seine Mutter an.

Als sich Arian jedoch wieder aufs Bett setzte, nach seinem Handy griff und eifrig eine Nachricht an Ana schrieb, verließ sie kopfschüttelnd das Zimmer.

Ich muss jetzt zu einem langweiligen Mittagessen gehen, dabei wäre ich viel lieber mit dir zusammen, mein Schatz!

Ihre Antwort folgte prompt.

Genieß es doch, aber auch ich freue mich schon auf unser nächstes Treffen.

Ja, das nächste Treffen. Einmal in der Woche war eine sehr spartanische Angelegenheit. Schlechte Aussichten für die nächsten Monate, außer Ana schaffte es irgendwie, ihren Eltern zu entkommen.

Damit er seine Sehnsucht besser aushalten konnte, stand er nach wie vor jeden Abend vor Anas Haus und blickte zu ihr hoch, um ihr per SMS eine gute Nacht zu wünschen.

Sie sah bezaubernd aus in ihren dünnen Nachthemden, die Haare glatt und dunkel. Wie ein Vorhang bedeckten sie ihre Reize. Zu gerne wünschte er sich einen Windstoß, der entblößte, was er zu berühren so sehr herbeisehnte.

Zart und unschuldig winkte sie ihm jedes Mal zu und er musste an sich halten, um nicht zu ihr hochzustürmen und sie in ihr Bett zu drücken.

Seine Mutter riss ihn aus seinen Gedanken, als sie abermals die Tür aufstieß und die Hände zornig in die Hüften stemmte.

„Keine Sorge", seufzte Arian, „ich komme ja schon."

„Das wird auch Zeit", antwortete sie schnippisch. „Dein Vater fragt bereits, ob du noch unter den Lebenden weilst, oder warum du deinen Hintern nicht endlich hochbekommst."

Arian verdrehte die Augen. „Meine Güte, beruhigt euch doch! Es ist nur ein blödes Mittagessen."

„Dein Bruder veranstaltet nicht solche Mätzchen, der wartet bereits gestriegelt und geschniegelt an der Tür. Und was ist mit dir? Du hast dich nicht einmal ordentlich zurechtgemacht." Seine Mutter konnte nicht aufhören, an ihm herumzunörgeln.

Um des lieben Friedens willen richtete er rasch seine Frisur und schlüpfte in die schwarze Lederjacke, die ihm so gut stand.

Seine Mutter lächelte stolz, als sie ihn in dieser Montur sah. Sie küsste ihn auf die Wange. „Braver Junge! Siehst du, es geht doch."

„Sind wir endlich abfahrtbereit?", rief sein Vater knapp, der mit seinem Bruder ungeduldig an der Eingangstür wartete. Um die Stimmung ein wenig zu heben, klopfte Arian ihm fest auf die Schulter und lachte. „Komm, Väterchen, gehen wir lieber los, bevor wir einen Rollstuhl für dich holen müssen."

„Den brauche ich aber nur wegen euch." Sein Vater drohte ihm mit dem Zeigefinger. „Du und deine Mutter, ihr bringt mich noch einmal ins Grab."

„Was habe denn *ich* jetzt mit der Sache zu tun?", zeterte seine Mutter entrüstet.

„Das weißt du ganz genau", erwiderte sein Vater belustigt. Damit trat er aus der Tür und sie gingen zum Auto, um endlich zu den Jakajs zu fahren.

Schnell fegte Melina ein letztes Mal mit dem Lappen über den Tisch. Dann drapierte sie Teller, Gläser und Besteck fein säuberlich, gerade so, als läge auf dem Tisch eine Vorlage dafür. Auf jedes Tischgedeck legte sie einen selbst gesteckten kleinen Blumengruß aus einer roten Rose, Grünzeug und einer aufwändig gebundenen Schleife in Dunkelrot.

Dazu passend stellte sie in die Mitte des Tisches eine schwere Vase mit den gleichen, jedoch mit Glitter besprühten Rosen. In den leeren Freiräumen zwischen den Tellern verteilte sie großzügig eine Dose Glitzersteine unterschiedlicher Größe.

Stolz begutachtete sie ihr Werk, dann stellte sie die beiden Brotkörbchen mit Fladenbrot und Semmeln dazu. Nun war es perfekt.

Als ihre Mutter die Küche betrat, stieß sie einen anerkennenden Pfiff aus. „Das hast du heute schön gemacht, Kleines."

Ihre Mutter hatte sich in der Zwischenzeit ebenfalls zurechtgemacht. Sie trug ein blau schillerndes Kleid, das ihre üppigen Rundungen gut versteckte. Die kurzen, dunklen Haare trug sie gelockt, mit einer Silberspange seitlich über dem Ohr. Lidschatten und Rouge ließen sie gut zehn Jahre jünger wirken.

Ihr Bruder kam ums Eck geschlichen und wollte sich soeben eine Semmel aus einem Körbchen stehlen, als ihm beim Anblick der Mutter offensichtlich der Atem stockte. „Wow, schön bist du, Mom!"

„Ach, hör doch auf!" Peinlich berührt winkte sie ab, freute sich aber unendlich über das Kompliment.

Melina rieb sich insgeheim die Hände. Die Stimmung schien gut zu werden. Eigentlich mussten die Kolajs jeden Augenblick kommen.

Sie verschwand kurz ins Bad, um einen letzten prüfenden Blick in den Spiegel zu werfen.

Das grüne Kleid saß wie angegossen und ihre langen, glatten Haare hatte sie nun doch wie eine Diva zu einem prachtvollen Lockenkopf gedreht.

Da läutete es auch schon an der Tür. Melina blieb kurz das Herz stehen. Arian war da. Gleich konnte sie ihm in die Augen sehen. Ihre Chance war gekommen, sie musste jetzt alles tun, um sie zu ergreifen.

Melina atmete tief ein. Ihr Plan stand fest. Heute würde sie Arian für sich erobern, koste es, was es wolle.

Die überschwänglichen Begrüßungsworte ihrer Mutter veranlassten sie dazu, endlich das Bad zu verlassen und mit ihrem strahlendsten Lächeln auf die Familie Kolaj zuzugehen.

Freundlich begrüßte sie den Vater und die Mutter und tat zunächst so, als würde sie Arian überhaupt nicht wahrnehmen.

Dann drehte sie sich ihm unverwandt zu, begrüßte ihn aber wie jeden anderen Gast. Lediglich mit seinem kleinen Bruder erlaubte sie sich, zu scherzen. Natürlich entging ihr dabei nicht Arians fragender Blick, der dabei auf ihr lastete.

Ihre Mutter führte den Besuch in die Küche. Schwatzend nahmen alle rund um den Küchentisch Platz, wobei Arians Mutter sofort anerkennende Worte für die schöne Tischdekoration fand.

„Melina", jauchzte sie laut auf, „das hast du aber schön gemacht! Ach, mit einer Tochter im Haus ist man schon besser bedient als mit zwei so Quälgeistern." Dabei warf sie Arian und seinem Bruder einen vielsagenden Blick zu.

„Danke schön! Die Idee habe ich aus dem Internet", erklärte Melina.

„Tja, unsere Kinder halten uns jung, nicht wahr?", stellte Arians Mutter fest und Melinas Mutter lachte dazu.

„Sie probiert auch ständig irgendwelche neuen Rezepte aus. Unsere beiden Männer sind dankbare Abnehmer ihrer Kochexperimente."

„Es ist wichtig, dass eine Frau gut kochen kann", betonte Arians Mutter und fasste dabei Arian scharf ins Auge.

Melina bemerkte die Anspielung und freute sich insgeheim darüber. Seine Mutter war anscheinend auf ihrer Seite.

In der Runde wurde fröhlich weitergeplaudert. Der neueste Tratsch wurde ausgetauscht, währenddessen wurden die verschiedensten leckersten Speisen aufgetischt.

Melina erwies sich als aufmerksame Gastgeberin. Sie schien jedem Anwesenden die Wünsche von den Augen abzulesen. Dabei entging ihr nicht, dass sich Arians Eltern leise flüsternd über sie unterhielten.

Bevor es Nachtisch geben sollte, entschuldigte sich Arian plötzlich und verschwand mit dem Handy in der Hand ins Treppenhaus.

Eine bessere Gelegenheit würde sich für Melina kaum ergeben. Sie ließ ungeduldig einige Minuten verstreichen, bis sie erschrocken ausrief: „Mutter, ich habe ganz vergessen, dass wir keinen Tee mehr haben. Ich gehe schnell in den Keller und hole welchen."

Verwundert sah sich ihre Mutter in der Küche um. Erst als sie tatsächlich die fein säuberlich zusammengefaltete, leere Packung liegen sah, nickte sie zustimmend.

So ein Glück, dass mir der Einfall mit dem Tee gekommen ist, dachte Melina erfreut bei sich, auch wenn sich ein mulmiges Gefühl in der Magengrube bei ihr meldete. Mit wem telefonierte Arian bloß?

Doch weiter ließ sich Melina nicht mehr auf den Gedanken ein. Nun galt es, die Weichen für ihre Zukunft zu stellen.

Sie nahm all ihren Mut zusammen, dann riss sie die Tür zum Treppenhaus auf. Dort stand Arian, der sich erschrocken nach ihr umdrehte.

Nun ging es um alles oder nichts. Entschlossen ließ sie die Tür hinter sich ins Schloss fallen.

Arian fiel vor Schreck beinahe das Telefon aus der Hand. Wie eine Geisteskranke stand Melina plötzlich vor ihm und verstellte ihm den Weg, gerade so, als wollte sie ihn nie mehr gehen lassen. „Bist du bescheuert?", kam es aus ihm herausgeschossen, er nahm sich aber sofort wieder zurück. Immerhin saßen ihrer beider Eltern da drinnen und konnten sie vielleicht hören. Dann fiel ihm ein, dass er Ana noch in der Leitung hatte. Er drehte Melina schnell den Rücken zu und murmelte ins Telefon: „Tut mir leid, *shpirt*, ich muss aufhören. Ich erklär es dir später. Bis dann."

Als er aufgelegt hatte, atmete er hörbar durch und hoffte inständig, dass Melina nicht mehr da war, wenn er sich wieder umdrehte.

„Wer war das?", hörte er schon ihre leise, neugierige Stimme. Mit einem Ruck wandte er sich um.

„Was geht dich das an", zischte er ihr unfreundlich entgegen. Einschüchternd stand er vor ihr, so nahe, dass sich ihre Lippen fast berühren konnten. Er hörte Melinas schnellen Atem, sah, wie sich ihre Brust auf und ab senkte.

Vorsichtshalber ging er wieder einen Schritt zurück und musterte sie abfällig von oben bis unten.

„Ich mag es nicht, wenn mir ein Mädchen nachstellt. Warum tust du das?"

Melina wurde feuerrot und schaute betreten zu Boden. „Ich, ich ..."

Ungeduldig schrie Arian sie an: „Ich habe schon kapiert, dass du auf mich stehst! Aber hör mal, ich hab dir letztens schon gesagt, ich will dich nicht mehr anrufen. Selbst wenn du meine Cousine bist. Und jetzt noch mal langsam, zum Mitschreiben: *Ich interessiere mich nicht für dich!"*

„Hast du eine Freundin?"

Ihr stechender Blick ließ ihm einen Schauer über den Rücken laufen.

„Was lässt dich bloß glauben, dass ich *keine* Freundin habe?" Erschöpft schüttelte er den Kopf. Er hatte dieses Theater nun endgültig satt. Außerdem würden sich die anderen sicher schon wundern, wo sie so lange blieben. Er wollte auf keinen Fall Aufsehen erregen.

„Hör mal, tu, was immer du tun wolltest. Etwas holen oder was weiß ich. Aber ich geh nun wieder rein."

Damit schob er sie behutsam zur Seite und wollte an ihr vorbei zur Tür treten.

Doch Melina fiel ihm plötzlich um den Hals. Sie hielt ihn eng umschlungen und ihren Kopf vergrub sie so fest in seine Schulter, dass es ihm beinahe wehtat.

Völlig außer Fassung wollte er sie wegdrücken, was dazu führte, dass sie ihn noch heftiger umklammerte.

Genau in diesem Augenblick ging die Tür auf und Melinas Mutter, seine Tante, stieß einen Schrei aus.

„Melina, Arian! Du meine Güte!"

Arian wollte Melina nun endgültig abschütteln, doch lächelnd hing sie an ihm fest und rief scheinheilig: „Oh, Mutter, jetzt hast du uns erwischt."

„Wie meinst du *erwischt?* Geht das schon länger mit euch?", kreischte seine Tante so laut, dass nun auch Onkel Bekim an der Tür auftauchte und hinter ihm gleich die restliche Tischgesellschaft. Von allen wurden sie entsetzt angestarrt.

Nach einer Schrecksekunde zerrte sein Onkel sie schließlich von ihm weg; er drohte mit dem Zeigefinger und schrie: „Was treibst du mit meiner Tochter? Bist du bei klarem Verstand, Junge?"

Arians Vater drängte sich nach vorne, um seinem Sohn beizustehen.

Auch er war äußerst erstaunt. „Arian, warum hast du nichts gesagt? Du weißt doch, dass wir mit Melina einverstanden gewesen wären."

Arian schlug die Hände vors Gesicht. Ihm wurde ganz schwarz vor Augen.

Diese Hexe!, dachte er bei sich, das war genau das, was sie gewollt hatte.

Er warf ihr einen hasserfüllten Blick zu, doch Melina lächelte nur selig zurück.

„Ihr versteht das alles ganz falsch!", rief er wütend.

„Nun gehen wir erst einmal wieder rein", beschwichtigte ihre Mutter, und alle kehrten um, um wieder am Tisch Platz zu nehmen. Dabei streichelte Melina liebevoll Arians Arm, was von seinen Eltern nicht unbemerkt blieb.

Sobald auch er sich gesetzt hatte, begann Onkel Bekim erneut mit seinen lauten Vorwürfen. „Arian, schwör mir bei deiner Familie, dass du meine Tochter nicht entehrt hast."

Alle Blicke waren nun auf ihn gerichtet. Ihm blieben nur Sekunden, die über sein Leben entscheiden würden.

„Onkel Bekim, bitte glaub mir doch, ich habe Melina bestimmt nicht entehrt, im Gegenteil. Ich habe eine Freundin und möchte mit *ihr* zusammen sein."

Es war ein Versuch, der fatal scheiterte. Onkel Bekim sprang vom Stuhl auf und wäre ihm beinahe an die Gurgel gegangen, wenn sein eigener Vater nicht dazwischengegangen wäre.

Mit seinem Vater ringend, stieß Onkel Bekim aus zusammengebissenen Zähnen hervor: „Ach, und da hast du dir gedacht, du hast mit meiner Tochter ein bisschen Spaß, oder was soll ich jetzt davon halten? Glaubst du, ich habe keine Augen im Kopf? Verführen wolltest du sie, das war eindeutig! Erzähl mir doch nichts! Wie lange geht das mit euch?"

Völlig in Rage geraten, schrie er Melina an: „Und du gehst sofort zum Arzt. Ich will Gewissheit haben, ob du unsere Familie in den Schmutz gezogen hast. Nicht auszudenken, wenn ihr beide …" Seine Stimme versagte und er sank kraftlos auf den Stuhl zurück.

Den Kopf in die Hände gestützt, schluchzte er: „Die Ehre der Familie beschmutzt! Nein, das darf nicht sein! So eine Schande!"

Betreten schauten Arians Eltern abwechselnd zu Onkel Bekim und Arian.

Dann ergriff Arians Vater das Wort: „Nun, mein Lieber, jetzt wollen wir uns erst einmal wieder beruhigen. Die jungen Leute können uns bestimmt erklären, was da vor sich geht. Arian, bitte, lass uns nicht länger im Ungewissen."

Auffordernd nickte ihm sein Vater zu.

Arian holte tief Luft, da kam ihm Melina schon zuvor.

„Hab keine Angst, *Shpirt*, ich erkläre es ihnen." Sie wandte sich ihren Eltern zu. „Wir wollten es euch heute noch erzählen, um euch nicht zu verärgern. Genau diesen Tumult wollten wir eigentlich vermeiden. Es tut mir sehr leid, Baba." Sie legte die Hand auf ihre Brust. „Ich schwöre dir, es ist nichts weiter geschehen."

Und mit einem Augenzwinkern fügte sie schnell hinzu: „Obwohl es Arian gar nicht mehr erwarten kann, dass ich endlich ganz ihm gehöre."

Ich bringe sie um, ging es Arian durch den Kopf, ich bringe sie einfach um, dann ist es vorbei mit diesem Affentheater.

Verzweifelt wandte er sich an seinen Vater. „Das stimmt nicht! Melina erzählt nicht die Wahrheit. Es ist …" Doch sein Vater schnitt ihm das Wort ab.

„Ich muss gestehen, dass uns diese Neuigkeit sehr freut." Sein Vater klopfte ihm bei diesen Worten auf die Schulter. „Erst vor Kurzem haben wir zu Arian gesagt, dass wir uns Melina sehr gut als Schwiegertochter vorstellen können." Er lachte auf. „Da haben uns die beiden ganz schön an der Nase herumgeführt!"

Auch seine Tante wirkte etwas gefasster und bemühte sich um ein Lächeln. „Ich komme aus dem Staunen nicht mehr heraus, aber ich muss dir zustimmen. Arian ist uns als Schwiegersohn herzlich willkommen!"

Die beiden Väter erhoben sich und schüttelten sich die Hände. Die Mütter umarmten sich überschwänglich.

Lediglich sein Bruder verfolgte das Geschehen unbeteiligt. Mit seinen dreizehn Jahren interessierte er sich weder für Liebe noch für Heirat. In diesem Moment wünschte sich Arian augenblicklich diese Unbekümmertheit zurück. Melina ließ ihn nicht mehr aus den Augen, aber was konnte er tun?

Ihre Falle war zugeschnappt, er war gefangen. Selbst wenn er jetzt das Gegenteil behaupten würde, war er mit ihr „erwischt" worden. Ihre Eltern hielten viel auf Ehre und Treue. Es gab kein Entkommen mehr für ihn.

Ana, seine geliebte Ana! So schön hatte er sich das Leben mit ihr ausgemalt. Nun war über seine Zukunft einfach entschieden worden. Aber konnte da wirklich das letzte Wort gesprochen sein? Er musste einen Ausweg finden, doch darüber wollte er in Ruhe nachdenken. Nicht hier und nicht jetzt.

„Wann halten wir die Verlobung ab?", fragte seine Tante. „Wir müssen sobald wie möglich mit den Vorbereitungen beginnen. Nicht dass den beiden doch noch ein Blödsinn einfällt", sagte sie schmunzelnd.

„Ich habe da an den nächsten Monat gedacht", rief Melina, „ich habe bereits eine grobe Einladungsliste aufgestellt." Damit lief sie in ihr Zimmer, um die Liste zu holen.

Du Hexe hast das alles schon lange geplant, dachte Arian wütend, aber du hast die Rechnung ohne den Wirt gemacht. Du willst mich unbedingt zum Ehemann? Ich werde dir ein Ehemann sein, dass du um die Scheidung betteln wirst!

Düstere Gedanken zogen durch seinen Kopf und sein Blick verfinsterte sich.

Ansonsten schien ihn niemand zu beachten. Er ließ alles Gerede schweigsam über sich ergehen. Eigentlich wollte er nur noch nach Hause, um endlich durchzuatmen und in Ruhe überlegen zu können.

Seine Mutter stieß ihm in die Rippen. „Arian, du sagst ja gar nichts mehr. Bist du mit dem Verlobungstermin einverstanden?"

Er schaute Melina in die Augen und zischte: „Je früher, desto besser. Wie sie bereits gesagt hat, ich kann es kaum erwarten." Dabei hob er drohend die Augenbrauen.

Melina schluckte schwer.

Dir ist bewusst, was du mir angetan hast, Mädchen, ging es ihm durch den Kopf, aber dir ist nicht klar, was du dir selbst damit antust!

Aufrecht und stolz saß er da. Sie sollte sich nicht in seinem Leid suhlen, hatte er beschlossen.

Geduldig wartete er die Zeit ab, bis es endlich zur Verabschiedung kam. Er ließ sich von ihren Eltern herzen und drücken, streckte ihr selbst jedoch nur kühl die Hand entgegen.

„Aber, Junge", sagte sein Vater und rempelte ihn an, „nun musst du nicht mehr schüchtern sein. Du kannst dich ruhig angemessen von deiner Verlobten verabschieden."

„Nein, Vater." Seine Stimme klang kalt und unnahbar. „Ihr habt ja recht. Ich bin wohl zu stürmisch gewesen." Und direkt an Melina gewandt, fuhr er fort: „Daher habe ich beschlossen, um Melinas Ehre bestmöglich zu schützen, werden wir uns erst am Tag der Verlobung wiedersehen."

Amüsiert beobachtete er Melinas entsetzten Blick. Sie hatte sich anscheinend bis dahin an seiner Seite gesehen.

„Aber, aber, Arian …", stotterte sie. „Das ist doch nicht notwendig."

Onkel Bekim schloss ihn stolz in seine Arme. „Ich danke dir, mein Sohn. Du kannst dir sicher sein, dass ich deine Geste zu schätzen weiß."

Arian nickte ihm zu und wandte sich zur Tür.

Endlich verließen sie das Haus der Jakajs und er konnte nach Luft schnappen.

Die ganze Fahrt über verlor er kein Wort, doch als sie zu Hause angelangt waren, sprang er sofort aus dem Auto und rief seinen Eltern zu: „Ich treffe mich noch mit Rion. Wartet nicht mit dem Abendessen auf mich."

Er ignorierte ihre fragenden Blicke, bog zügig um die Ecke und ging zielstrebig auf sein Auto zu.

Der einzige Ort, wo er für sich sein konnte.

Nachdem sich Melina den vielen Fragen ihrer Eltern hatte stellen müssen, durfte sie endlich in ihr Zimmer gehen.

Ratlos ließ sie sich in ihr Bett sinken.

Es war ihr klar, dass sich Arian nicht darüber freute, ausgetrickst worden zu sein, doch anfangs hatte er sich für sie interessiert. Bei der Grillfeier, sie war sich ganz sicher. Nur wusste sie keine Antwort auf das, was danach geschehen war.

Ob er wirklich eine Freundin hat?, ging es ihr durch den Kopf. Möglich wäre es. Nachdenklich strich sie über sein Foto in ihrer Hand.

Wie auch immer, jetzt gehörte er ihr. Auch er musste sich an ihre Traditionen und Regeln halten.

Und wenn seine Freundin ebenfalls Albanerin war? Doch diesen Gedanken schüttelte sie sofort ab. Nein, das konnte gar nicht sein, denn sonst hätte er seinen Eltern davon erzählen müssen. Albanische Mädchen waren nicht so frei und konnten sich um jede Tageszeit mit irgendwelchen Männern treffen.

Wahrscheinlich war es ein deutsches Mädchen, um das war es nicht schade. Niemals würde eine albanische Familie diese Liebe akzeptieren.

Außerdem, war sie sich sicher, waren die albanischen Mädchen den Männern die besseren Ehefrauen. Sie konnten gut kochen und fleißig putzen. Noch nie hatte sie eine unaufgeräumte Wohnung bei ihren Verwandten gesehen.

Albanerinnen waren gastfreundlich, hatten eine kaum bezwingbare innere Stärke und waren wahnsinnig ausdauernd.

Noch dazu, dachte sie und musste leise kichern, sind die albanischen Mädchen mit ihren langen, kräftigen Haaren und den schönen Augen viel hübscher als die deutschen Mädchen.

„Du wirst noch dankbar sein und einsehen, dass du mit mir die bessere Wahl getroffen hast!", flüsterte sie dem Foto lächelnd zu. Sie segnete es mit einem dicken Kuss und ließ es anschließend zurück in die Schublade wandern.

Ein Sonnenstrahl kitzelte ihr Gesicht und erwartungsvoll blickte sie aus dem Fenster. Ihre neue Zukunft würde wunderbar werden.

Die Verwirrtheit des Herzens

„Sanela, wenn ich es dir sage: Irgendetwas stimmt nicht!" Verzweifelt erzählte Ana ihrer Freundin von dem letzten Telefonat mit Arian, bei dem er wütend aufgeschrien und anschließend ohne Gruß aufgelegt hatte.

„Ich gebe zu, es klingt merkwürdig. Hast du eine Ahnung, wo er gerade war?", fragte Sanela.

„Nein, leider nicht. Er erzählte etwas von einem Mittagessen", seufzte Ana in ihr Handy. „Aber ich habe keine Ahnung, wo oder mit wem. Er gibt recht wenig von sich preis."

Sie dachte an die beiden Treffen mit ihm im Park. Bevor ihre Freundin etwas erwidern konnte, fuhr sie rasch fort: „Sanela, pass auf! Auch bei unserem ersten Treffen bekam Arian eine SMS, die ihn ziemlich mürrisch werden ließ. Er wollte es sich nicht anmerken lassen, er schrieb auch nicht zurück, dennoch war er aufgebracht."

Sanela horchte auf. „Ach, tatsächlich? Das wird immer mysteriöser …"

Sie dachte kurz nach und kam zu folgendem Ergebnis: „Okay, hör zu. Wenn es ihn mürrisch stimmt, dann kann das für dich nur Gutes heißen. Bei dir ist er guter Laune, nicht wahr? Es könnte ein Freund sein, seine Familie oder eben, es tut mir leid, dass ich das sagen muss, vielleicht eine Ex-Freundin, die ihn belästigt. Du hast bestimmt die besseren Karten, denn er setzt alles daran, dich zu treffen."

Ana konnte nicht sofort antworten. Sie schluckte, um den dicken Kloß in ihrem Hals loszuwerden, der sich nicht lösen wollte. Ihre Augen füllten sich mit Tränen.

„Bist du noch da?", fragte Sanela ungeduldig.

Ana räusperte sich. Mit tränenerstickter Stimme versuchte sie, zu sprechen. „Du glaubst, er hat eine andere?"

Sanela verdrehte die Augen. „Was bist du nur für eine Dramaqueen! Das habe ich doch gar nicht gesagt. Ich habe nur gemeint, dass er eventuell eine Stalkerin hat!"

Ana schluchzte. „Und was soll daran gut für mich sein?"

„Meine Süße", Sanela wurde wieder sanfter, „er will bestimmt nur dich. Aber manchmal ist es nicht so leicht, diesen verliebten Hennen begreiflich zu machen, dass ab sofort der Ofen aus ist. Die hecheln jedem lieben Wort, jedem Lächeln oder Augenzwinkern hinterher und glauben, es war ein Zeichen seiner Liebe. Richtig krank ist das."

Doch so leicht ließ sich Ana nicht beruhigen. „Aber wenn es eine Ex-Freundin ist, dann hat er sie bestimmt einmal geliebt. Wenn er sich seinen alten Gefühlen wieder bewusst wird ..."

„Nun mal doch nicht den Teufel an die Wand! Erstens wissen wir noch nicht einmal, ob es seine Ex ist, und zweitens stehen die Zeichen gut, dass es ihn überhaupt nicht interessiert. Wie wäre es damit, wenn du ihn beim nächsten Treffen darauf ansprichst?"

„Nein", schrie Ana auf, „das trau ich mich nie!"

„Angsthase!" Sanela lachte. „Dann wirst du es vielleicht nie erfahren."

„Mal sehen", murmelte Ana trotzig.

„Schlaf drüber. Bis zu eurem Treffen ist noch ein wenig Zeit. In ein paar Tagen wirst du mutiger sein, das weiß ich bestimmt!"

Ana bewunderte Sanela für ihre Zuversicht. Sie bedankte sich bei ihr und ging dann zum Fenster, um gedankenverloren die Straße zu betrachten.

Dort unten stand Arian jeden Abend, nur um sie zu sehen. Seit ihrem ersten Treffen hatte er nicht einen Abend ausgelassen.

Würde er das tun, wenn er insgeheim jemand anderen lieben würde? Wohl eher nicht, dessen war sich selbst Ana sicher.

Aber was waren das nur für merkwürdige Nachrichten? Und auch dieses Telefonat wollte ihr nicht aus dem Kopf gehen.

Sie musste sich überraschen lassen. Bis dahin wollte sie geduldig bleiben.

Nachdem Arian ziellos durch die Straßen gefahren war, fand er sich vor Anas Haus wieder.

Sehnsüchtig blickte er zu ihrem Fenster hoch. Was sollte er

nur tun? Seine Zukunft war besiegelt. Bei einem belanglosen Mittagessen war über sein Leben entschieden worden.

Wütend schlug er mit der Faust auf das Lenkrad. Wenn es nur so belanglos gewesen wäre! Dieses Essen war von Melina lange geplant gewesen, da war er sich sicher. Am liebsten würde er ihr den Hals umdrehen.

Doch dafür, er lachte verbittert auf, würde er dann in ihrer Ehe noch genügend Zeit haben.

„Ich werde ihr die Hölle auf Erden bereiten!", zischte er zwischen zusammengepressten Zähnen hervor.

Seine Hände verkrampften sich um das Lenkrad. Dabei fiel sein Blick auf den großen Baum am Ende der Straße. Ein bisschen Gas geben und sein Problem wäre gelöst, für immer.

Bilder von der in Schwarz gekleideten, trauernden Melina gingen ihm durch den Kopf. Wie sie vor seinem Sarg zusammenbrach, ihr Leben in Scherben sah, weil sie den geliebten Mann nun doch niemals bekommen würde.

Er stellte sich vor, wie sie nichts mehr essen und trinken könnte und schließlich selbst qualvoll an gebrochenem Herzen starb.

Dann allerdings kam ihm Ana in den Sinn. Sein Engel! Er sah, wie sie am Fenster stand, Tausende Tränen liefen über ihr hübsches Gesicht. Sie tropften auf ihre Brust und bahnten sich einen Weg zu ihrem Bauchnabel. Arian leckte sich unbewusst über die Lippen. So gerne würde er eine Träne wegstreichen, ihren Weg mit den Fingern verfolgen …

Doch weiter ließ er seine Gedanken nicht schweifen. Ana war so unschuldig, dass er nicht einmal in seinen Träumen etwas Unschickliches mit ihr tun konnte.

Er brauchte jetzt dringend einen Drink, um den Schock der letzten Stunden fortzuspülen.

Hoffnungsvoll griff er zum Handy und wählte Rions Nummer. Nach einigem Läuten hob er endlich ab.

„Alter, hast du geschlafen? Wie lange brauchst du, um mal dranzugehen?"

„Eile mit Weile", konterte Rion. „Um was geht's?"

„Hast du Zeit? Ich hol dich ab!"

„Ist etwas passiert? Du hörst dich etwas rastlos an …"

„Da kannst du einen drauf lassen. Aber das erzähl ich dir alles später. Mach dich fertig, ich bin gleich da."

„Na, da bin ich gespannt", erwiderte Rion und legte auf. Arian startete den Motor. Vielleicht hatte ja sein Freund eine Idee, die ihm weiterhelfen konnte.

„Sag niemals nie", raunte er mit einem letzten Blick zu Anas Fenster und stieg aufs Gas.

Rion wartete bereits vor dem Haus auf ihn. Arian nickte ihm zu und Rion hüpfte mit einem großen Schritt ins Auto. Grinsend ließ er sich auf den Beifahrersitz fallen.

„Du spannst mich vielleicht auf die Folter! Wenn du mir jetzt nicht gleich erzählst, was los ist …"

„Diese falsche Schlange", zischte Arian.

„Wer? Ana?" Fragend schaute Rion ihn an.

Arian hämmerte wieder aufs Lenkrad. „Nein, Melina!" Am liebsten hätte er auf den Boden gespuckt, um deutlich zu machen, was er von ihr hielt.

„Apropos … Was hast du mit der kleinen Schnecke aus der Disko neulich noch getrieben?"

„*Das* interessiert dich jetzt?" Ungläubig schüttelte Rion den Kopf, erzählte dann aber stolz: „Sie hat mich mit nach Hause genommen. Du weißt ja, zu mir kann ich keine mitnehmen."

„Und dort hast du ein wenig mit deinem Pinsel gemalt?", wollte Arian amüsiert wissen.

Rion verzog das Gesicht. „So in etwa. Aber lenk jetzt nicht ab."

„Hey, hey, das ist schon ein Ereignis, wenn du mal dazu kommst und deinen Anker versenkst. Ich könnte mich an kein weiteres Mal erinnern …"

„Jaja, schon gut", unterbrach Rion, „du musst nicht aussprechen, was wir beide ohnehin wissen."

In diesem Moment waren sie bei dem von Arian angesteuerten Café angekommen. Arian bremste scharf ab.

Nachdem sie einen Parkplatz gefunden hatten, stiegen sie aus und suchten einen sonnigen Platz auf der Terrasse. Eine hübsche Kellnerin kam hüftwackelnd auf sie zu.

Arian stieß Rion in die Seite, der verdrehte peinlich berührt die Augen. Die Kellnerin schmunzelte lediglich darüber, fragte aber besonders freundlich nach ihren Wünschen.

Nachdem sie bestellt hatten, griff Arian nach einer Kippe und steckte sie lässig in den Mundwinkel. Rion gab ihm Feuer, zündete sich selbst aber keine an. Er hielt davon genauso wenig wie vom Alkohol.

„Sie hat mich reingelegt", begann Arian, zu erzählen. „Ich denke, es war lange von ihr geplant, wie sonst hätte das alles *zufällig* passieren können? Und nun ist mein Leben vorbei. Doch bei der ersten Gelegenheit werde ich sie grün und blau schlagen, das verprech ich dir!" Er nahm einen tiefen Zug von der Zigarette.

Rion schaute ihn ungläubig an. „Jetzt erzähl mal ein wenig genauer. Wie hat dich Melina denn reingelegt?"

„Ich muss sie heiraten." Arian spuckte auf den Boden, strich sich nervös mit der Hand durch die Haare, dann fuhr er fort: „Ich weiß auch nicht, es ging alles so schnell. Ich war bloß draußen, um zu telefonieren, als sie plötzlich hinter mir stand. Damit alleine hat sie mir schon den Schreck meines Lebens eingejagt. Wie eine Irre hat sie mich angeglotzt, ich schwör's dir."

Rion hörte aufmerksam zu, zeigte aber keinerlei Reaktion.

„Ich beendete daraufhin mein Gespräch mit Ana und wollte wieder reingehen, da fiel sie mir plötzlich in die Arme und hat mich ums Verrecken nicht mehr losgelassen. Und ausgerechnet in diesem Moment kam ihre Mutter zur Tür raus und schrie gleich herum, als würde sie jemand abstechen. Natürlich kam dann die ganze restliche Bagage angelaufen – und Scheiße! Jeder hat mich mit ihr im Arm gesehen."

Bei dieser Erinnerung wurde Arian bleich im Gesicht. Er

stützte den Kopf mit seinen Händen und starrte ins Leere.

„Und Melina, diese Hexe, hat nur freudig gelächelt und so getan, als hätten wir allen unsere ach so glückliche Beziehung bislang verheimlicht.

Mein kleiner Versuch, aus dieser Sache wieder rauszukommen, hat ihren Vater völlig aus der Fassung gebracht, weil er natürlich geglaubt hat, ich wolle seine Tochter nur flachlegen. Entehren!" Arian seufzte bitter auf.

„Es ging alles unglaublich schnell. Im Nu stand ein Verlobungstermin fest, alle haben uns gratuliert. Ich stand da wie ein begossener Pudel, und so fühle ich mich immer noch. Sag mir, dass das alles nur ein böser Traum sein kann." Flehend schaute er Rion an. Dieser legte nur seinen Kopf schief.

Nach einer betretenen Minute des Schweigens meinte er schließlich: „Vielleicht ist das nicht das Schlechteste, was dir passieren konnte."

Entrüstet starrte Arian seinen Freund an. „Bist du irre?" Rion blieb vollkommen ruhig.

„Melina ist ein ordentliches Mädchen. Gut erzogen, jung, hübsch, ganz sicher noch Jungfrau. Sie respektiert unsere Traditionen und Regeln und lebt danach. War es für dich nie klar, dass du eine von uns heiraten wirst? Du wolltest auch nie ein deutsches Mädchen, soweit ich weiß. Darum versteh ich nicht, warum du jetzt entsetzt bist. Okay, sie hat dich überrumpelt, aber denk mal darüber nach. Es ist genau das, was du wolltest."

Betreten wandte Arian seinen Blick zu Boden. Er wusste, dass sein Freund im Grunde recht hatte. Doch seine deutlichen Worte machten ihm Angst. Freilich wollte er einmal heiraten und Kinder haben, doch für ihn lag das alles in weiter Ferne. Die Frau dazu war noch ohne Gesicht.

Ana fiel ihm ein. Wollte er Ana zur Ehefrau nehmen? Zumindest tausendmal lieber als Melina, das wusste er sofort. Doch ihm war auch bewusst, dass er mit Ana kein normales Leben führen konnte.

Wie auch immer *ihre* Eltern später über die Beziehung denken mochten, ihm war klar, was *seine* Familie davon halten würde.

Und wenn sie sich noch so gut anpassen und verhalten mochte. Jeder kleine Fehler ihrerseits würde zum Anlass genommen, um ihn zu verspotten, was für eine lächerliche Frau er zur Ehefrau habe.

Ihre Kinder würden nur zum Teil albanisch erzogen werden, eventuell die Sprache nicht fließend sprechen können. Von dem Streit, welche Religion sie annehmen sollten, ganz zu schweigen. Er war gläubiger Moslem und das war für ihn auch die einzig wahre Religion. Unvorstellbar, wenn seine Kinder womöglich … Nein, er schüttelte den Kopf. Er hatte auch seine Prinzipien!

Doch er liebte Ana. Würde sie konvertieren? Würde sie seine Lebensweise akzeptieren? War sie es wert, alles aufs Spiel zu setzen?

Rion musterte ihn, als könne er seine Gedanken erraten. Mit beruhigender Stimme redete er auf ihn ein: „Mein Freund, du weißt es selbst. Früher oder später wäre es ohnehin so weit gekommen, ob es nun Melina oder ein anderes albanisches Mädchen gewesen wäre. Eigentlich ist es perfekt, wie es gelaufen ist."

Verzweifelt reckte Arian seine Hände zum Himmel: „Rion, begreifst du es nicht? Ich kann sie nicht aushalten. Ich hasse sie! Und diese Nummer, die sie da mit mir abgezogen hat … Ich werde sie nie, nie akzeptieren. Ihr Leben mit mir wird die Hölle sein."

„Was redest du da? Ja klar, das war nicht cool, was sie gemacht hat. Dafür aber kannst du dir sicher sein, dass sie dich von ganzem Herzen liebt und alles für dich tun wird, wie sie es eben auch auf ihre Art getan hat. Du wirst eine gute, fleißige Frau an deiner Seite haben, die dich glücklich machen will. Mit der Zeit wirst du dich an sie gewöhnen. Oder haben unsere Eltern etwa eine Wahl gehabt? Meine haben sich erst am Tag der Hochzeit zum ersten Mal gesehen und sind immer noch glücklich verheiratet, genauso wie deine auch."

Arian nickte zustimmend. „Ich weiß, wie das bei unseren

Eltern war, aber das ist doch nicht der Punkt. Ich bin nicht bereit für eine Ehe."

„Eigentlich wollte ich es dir noch nicht erzählen, aber aufgrund dieser besonderen Umstände …" Unruhig rutschte Rion auf seinem Sessel hin und her, ohne Arian direkt in die Augen zu schauen.

Der wandte sich ihm gespannt zu. Als Rion zögerte, reckte er auffordernd das Kinn. „Raus damit. Sofort!"

Rion verschränkte die Arme vor der Brust, während er stolz verkündete: „Ich werde nächste Woche in den Kosovo fahren und mir ein Mädchen ansehen. Meine Eltern haben Bekannte, die ihnen zugetragen haben, dass sie sie gerne verheiraten möchten. Dabei haben sie an mich gedacht, denn ich wäre ein anständiger Sohn und so weiter. Du kannst dir den Rest ja denken."

Arian blieb der Mund offen stehen. Sein konservativer Freund war sogar so hinterwäldlerisch, dass er sich seine Frau von den Eltern aussuchen ließ.

„Und wirst du zustimmen?" Arian rückte mit seinem Stuhl ein wenig auf Abstand. „Ich meine, willst du wirklich jetzt schon heiraten? Ein Mädchen, das du genau einmal gesehen hast?"

Rion blieb ernst. „Doch, ich habe mir alles gut überlegt. Wenn sie mir gefällt, dann hole ich sie nach Deutschland. Sie wird ein wenig Deutsch lernen, aber eigentlich ist das gar nicht notwendig, denn alle Erledigungen werde sowieso ich für uns machen. Sie wird zu Hause sein und sich um den Haushalt und die Kinder kümmern, genau wie es sich gehört."

Arian wandte sich ab und starrte nachdenklich Löcher ins Leere.

Nach einiger Zeit schmiss er etwas Kleingeld auf den Tisch, sprang vom Stuhl auf und ächzte: „Sorry, Rion, alles Gute für dich, aber ich muss jetzt weg."

Waren denn alle um ihn herum verrückt geworden? Von seinem Freund hätte er sich Verständnis erwartet. Er wusste selbst nicht, was er hätte hören wollen, aber bestimmt nicht einen weiteren Hochzeitstermin.

Was blieb ihm anderes übrig, als wieder nach Hause zu fahren? Hoffentlich war niemand da. Er wollte nur noch seine Ruhe haben.

„Kind, was ist in letzter Zeit los mit dir?", fragte Anas Mutter besorgt, als sie in ihr Zimmer trat und Ana vor dem Fenster träumend vorfand. „Man könnte meinen, du wärst verliebt."
Ana sah ertappt zu ihr rüber, dann wandte sie sich ihren Schulbüchern zu. Doch ihre Mutter dachte nicht daran, gleich wieder zu verschwinden.
Sie stellte einen Korb voll mit gebügelter Wäsche auf Anas Bett ab und begann, die Hosen und Shirts einzuordnen. Dabei plauderte sie fröhlich: „Ach, ich kann mich noch gut an die Zeit erinnern, als dein Vater um mich geworben hat. Er bemühte sich sehr. Jeden Tag stand er vor meinem Fenster und sah zu mir hoch."
Ana machte große Augen und schluckte. Ahnte ihre Mutter etwas? Sie betrachtete sie misstrauisch, während ihr Herz laut pochte.
„Für mich war er der schönste junge Mann weit und breit. Ich konnte vor Aufregung kaum schlafen." Und mit einem seligen Blick auf Ana seufzte sie: „So sehr habe ich mir damals ein Baby gewünscht. Du bist die Krönung unserer Liebe."
Sie ging auf Ana zu, nahm ihr Gesicht in beide Hände und drückte ihr einen liebevollen Kuss auf die Stirn.
Ana lächelte. „Ich hab dich auch lieb, Mama."
Ihre Mutter wurde ernst: „Du würdest es mir sagen, wenn dich etwas belastet, oder? Du weißt, dein Vater und ich haben immer ein offenes Ohr für dich. Auch wenn er manchmal streng ist, er ist es aus Liebe zu dir."
Ana nickte. Auf keinen Fall wollte sie ihre Mutter beunruhigen. Solange sie nicht wusste, welches Geheimnis Arian vor ihr verbarg und ob ihr seine Liebe sicher war, konnte sie ihren Eltern nichts von ihm erzählen.
Doch es tat ihr im Herzen weh, ihre Mutter belügen zu

müssen. Sie tröstete sich mit dem Gedanken, dass es nicht um eine dumme Mädchenschwärmerei, sondern um die wahre Liebe ging. Und sie fand sich erwachsen genug, diese Verantwortung tragen zu können.

Sanela hatte ihr versichert, dass ihr *Glanz* noch nicht verloren war. Auch wenn sie das Thema etwas ins Lächerliche zog, würde sie ihr die Wahrheit sagen, denn sie wusste als beste Freundin, dass Ana dieses Anliegen wichtig war.

Sanela erzählte ihr jedoch nicht, wie sie selbst darüber dachte. Ana konnte sich nicht daran erinnern, dass sie jemals von einem anderen Jungen außer Ben geschwärmt hatte, und der schien nach wie vor unerreichbar zu sein.

All diese Gedanken konnte ihre Mutter nicht erraten, sie gab sich aber endlich zufrieden, schnappte den leeren Wäschekorb und verließ das Zimmer.

Ana konnte nicht umhin, erleichtert aufzuatmen. Sie wollte sich bemühen, zukünftig nicht mehr mit offenen Augen zu träumen.

Sie griff zum Handy und las Arians letzte Nachricht. Noch knapp vier Stunden und er würde wieder unten auf der Straße darauf warten, dass sie für ihn am Fenster saß.

Angestrengt ging Melina die Einladungsliste durch. Sie wollte auf keinen Fall jemanden vergessen. Alle sollten bei ihrer Traumhochzeit dabei sein. Doch erst einmal galt es, die Verlobung zu planen.

Ihr Blick fiel beiläufig auf das Handy. Sie ärgerte sich, dass Arian nicht auf ihre Nachrichten antwortete, bemühte sich aber weiterhin, sich ihm gegenüber nichts anmerken zu lassen.

„Irgendwann wird er sich mit der Situation abfinden müssen.“ Sie legte das Telefon beiseite und schnappte sich erneut die Einladungsliste.

„Na, Schwesterchen!“ Ihr Bruder Ridvan war ins Zimmer hereingeplatzt. „Hockst du schon wieder über deinen Hochzeitsvorbereitungen?“ Mit einem breiten Grinsen im Gesicht gesellte er sich zu ihr an den Tisch.

„Schaut so aus, als würde es eine indische Hochzeit werden, wenn man die vielen Namen liest. Bist du dir sicher, dass der Stadtsaal genug Platz für den gesamten Kosovo hat?"

„Ach du!" Blitzschnell drehte sie sich zu ihrem Bruder. „Bist du etwa neidisch?"

„Nein, nein, Arian würde ich nicht heiraten wollen."

Sie verdrehte die Augen. Immer musste ihr Bruder seine Scherzchen machen.

„Das ist mir klar! Aber wie wäre es mit einer heißblütigen, dunkelhaarigen Albanerin? Ihr würdet hübsche Kinder bekommen!" Dabei zupfte sie an seinen schwarzen Locken herum, die er lässig hinter das Ohr gesteckt hatte.

Eigentlich wollte ihr Vater, dass er sie endlich abschnitt, doch Ridvan konnte ihn immer wieder überreden, sie doch auf dieser Länge zu lassen. Er hatte so viel mehr Freiheiten als sie. Typisch für albanische Jungs – und ihre Väter.

„Wenn sie auch in der Küche heißblütig ist, könnte ich darüber nachdenken."

Genervt winkte Melina ab. „Mit dir kann man nicht ernsthaft reden. Mach, dass du raus kommst! So eine Hochzeit organisiert sich nicht von allein."

„Mama, Mama, Melina will nicht mit mir spielen!" Er verzog seinen Mund wie früher, als Melina keine Lust auf seine Späßchen gehabt hatte. Belustigt öffnete er die Tür.

„Keine Sorge, ich geh ja schon. Ich wollte nur nachsehen, ob sich mein Schwesterchen auch nicht überarbeitet. Nicht, dass wir mit einem Skelett als Braut ankommen."

Sanftmütig lächelte sie ihn an. Im Grunde war er ein herzensguter Kerl und sie verstanden sich prima.

„Ist schon gut, Ridvan. Du kannst mich auch mal …"

Diesen rauen Ton gab es seit jeher zwischen ihnen. Doch beide wussten, wie es gemeint war.

Hoheitsvoll verbeugte er sich vor ihr. „Stets zu Diensten, meine ehrenwerte Dame!"

Damit machte er kehrt und schloss mit großem Tamtam die Tür hinter sich.

„Seine Frau braucht einmal gute Nerven", stellte Melina seufzend fest. Ob ihr Bruder wohl jemals vernünftig werden würde?

Spiel mit dem Feuer

Arian fürchtete sich vor der Begegnung mit Ana. So sehr er sie auch herbeisehnte, so wenig wollte er ihr die Wahrheit sagen.

Wie jeden Abend hatte sie erwartungsvoll am Fenster gestanden und unschuldige Liebesbekundungen mit ihm ausgetauscht.

Sie war so zerbrechlich und unschuldig. Nie würde sie ihm bei ihrem gutmütigen Charakter etwas Schlechtes nachsagen. Und auch er war kein schlechter Mensch. Er war mies hereingelegt worden – doch würde sie ihm glauben?

Wie wird sie nur reagieren?, fragte sich Arian immer und immer wieder.

Ungeduldig wartete er am Tor des Stadtparks auf ihre hastigen Schritte. Wie ein scheues Reh wandte sie sich nach allen Seiten, um sicherzugehen, nicht beobachtet zu werden. Dabei stand für ihn nun viel mehr auf dem Spiel als für sie.

„*Zemra*, mein Herz!" Er schloss sie in seine Arme, roch ihr duftendes Haar.

„Wartest du schon lange?", fragte sie schüchtern.

„Ich warte schon mein ganzes Leben auf dich."

„Ach ja?" Belustigt kniff sie ihn in die Seite. „Gehen wir wieder zu unserem Platz?"

„Wo möchtest du denn hin, mein Engel? Zur Trauerweide oder zum See? Beide sind unsere Plätze geworden."

„Heute ist mir mehr nach einem einsamen Plätzchen zumute." Sie lächelte ihn verschmitzt an.

Er fasste nach ihrem Arm und zog sie an sich.

„Was hast du vor, meine Liebste?", raunte er ihr überrascht und zugleich verführerisch ins Ohr.

Lachend riss sie sich los und lief ein paar Schritte Richtung Trauerweide. Dann drehte sie sich um und lockte ihn mit Gesten, ihr zu folgen.

„Das wirst du gleich sehen!"
Übermütig rannten sie den ganzen Weg zur Trauerweide und

fielen sich dort völlig außer Puste in die Arme. Unter den hängenden Ästen fühlten sie sich geborgen und eins. Dieser Ort war ihre kleine Welt der Zuflucht.

„Liebst du mich?", fragte er und sah ihr dabei ernst in die Augen.

Ana legte ihren Kopf schief, als müsste sie ihre Antwort genau abwägen. Dann schoss es wie aus der Pistole geschossen aus ihren wunderschönen Lippen.

„Ja, Arian, ich liebe dich! Ich möchte nie mehr ohne dich sein." Liebevoll schmiegte sie sich an seine Brust.

Diese Worte trafen ihn mitten ins Herz. Nachdenklich streichelte er über ihren Rücken.

Eine Weile standen sie so da, innig in ihrer Umarmung, bis Ana ein Stückchen von ihm abrückte. Sie umfasste sein Gesicht mit beiden Händen und gab ihm einen langen, sehnsuchtsvollen Kuss.

Arian erwiderte ihre Zuneigung mit dem leidenschaftlichen Spiel seiner Zunge. Mit festem Griff hielt er ihre langen Haare umschlungen und zog sie näher zu sich heran. Seine andere Hand packte sie an der Hüfte und er drückte ihren Po gegen seine Lenden.

Er spürte, wie es zwischen seinen Beinen zu brennen begann. Sein Verstand schien auszusetzen. Keine Melina, keine Familie konnte ihn von dieser Liebe abhalten.

Anas Handgriffe wurden gleichzeitig unsicherer. Er bemerkte, dass er sie mit seiner Leidenschaft überrumpelt hatte. War sie anfangs mutig gewesen, hielt sie nun etwas davon ab, den nächsten Schritt zu gehen.

„Es tut mir leid." Ihre Rehaugen blickten scheu zu Boden und sie wandte sich von ihm ab.

Völlig erhitzt, klopfte er seine Hose zurecht. Er musste sich zügeln. Erst als er sich halbwegs gefasst hatte, trat er auf sie zu.

„War es das, was du vorhattest?"

Kleinlaut nickte sie.

„Und warum genau willst du es jetzt nicht mehr?"

Sie schnappte nach Luft und schien in den Sonnenkringeln am Boden nach einer Antwort zu suchen.

„Macht es dir Spaß, mich heißzumachen und dann abblitzen zu lassen?" Eigentlich wollte er nicht so mit ihr reden, doch ihr Verhalten machte ihn zornig. Er hatte genug Probleme.

Entrüstet fauchte sie ihn an: „Ach, und du findest es vollkommen in Ordnung, mich gleich hier flachzulegen?"

Die Tigerin hatte wieder ihre Krallen ausgefahren. Wie liebte er sie dafür!

„Jetzt hör mal zu!" Er schnappte sich ihren Arm, dabei drehte er Ana zu sich, sodass sie ihn anschauen musste. „Ich bin nicht irgendein dahergelaufener Vollidiot, hast du verstanden? Zuerst gestehst du mir deine Liebe und dann lässt du mich abblitzen? Ich glaube, du solltest dir in Zukunft besser überlegen, zu wem du *Ich liebe dich* sagst."

Seine deutlichen Worte trafen sie, da war er sich sicher. Er konnte sehr verletzend sein, wenn er es darauf anlegte.

Schmollend wollte sie ihren Arm befreien, aber er ließ sie nicht los, sondern packte sie fest am Hinterkopf. Drohend hielt er sein Gesicht genau vor ihres und zischte: „Spiel besser nicht mit mir, Mädchen! Albanisches Blut kann sehr schnell kochen. Das ist ein Feuer, mit dem du nicht umgehen kannst."

„Warum sagst du das zu mir?" Ihre Stimme klang ängstlich, fast weinerlich.

„Weil ich mir nicht gerne auf der Nase herumtanzen lasse. Wenn du sagst, du liebst mich, dann bekennst du dich zu mir und dann hast du auch zu tun, was ich sage. Du musst unsere Regeln befolgen. So ist das bei uns. Kommst du damit klar?"

„Du bist gerade so anders …" Verzweifelt suchte sie in seinen Augen den alten Arian. Doch er hatte gerade nicht vor, den Netten zu spielen.

Ana musste ihm beweisen, dass sie zu ihm stand, sonst hatte ihre Liebe keine Chance. Als seine Frau musste sie die Regeln befolgen, und er musste *jetzt* herausfinden, ob sie dazu imstande war. Ob es sich lohnte, um sie zu kämpfen.

„Ob du damit klarkommst, habe ich dich gefragt!?"

„Ich … ich weiß nicht." Sie war sichtlich verwirrt.

Er antwortete, jetzt wieder etwas ruhiger geworden: „Schau, Ana, machen wir uns nichts vor. Wir haben nicht gerade die besten Voraussetzungen als Liebespaar …"

„Ja, aber warum denn nicht?" Verzweifelt wollte sie sich an ihm festhalten, doch er signalisierte ihr, sich zu setzen.

Als sie beide auf dem weichen Moosboden Platz genommen hatten, legte er den Arm um sie.

„Du weißt nicht, was es heißt, einen Albaner als Freund zu haben, oder?"

Unsicher schüttelte sie den Kopf.

„In unserer Kultur ist vieles ganz anders als bei euch. Bei uns tanzen die Mädchen nicht an den Diskostangen. Sie trinken keinen Alkohol, rauchen nicht. Eigentlich sind sie nur brav zu Hause, helfen im Haushalt, putzen und passen auf ihre kleineren Geschwister auf. So werden sie auf das Eheleben vorbereitet, wo sie genau das zu tun haben. Ein Albaner würde nie eine Frau akzeptieren, die das anders sieht."

„Aber ich darf doch auch nie weggehen. Das eine Mal ist eine Ausnahme gewesen …"

„Ich weiß, darum habe ich mich ja auch in dich verliebt. Du bist ein anständiges Mädchen, gar nicht wie diese typischen Deutschen. Dennoch muss ich wissen, ob du dir ein Leben mit mir vorstellen kannst."

„Aber, Arian, wir kennen uns erst ein paar Wochen. Ich denke ja auch an ein Leben mit dir, aber können wir das nicht alles auf uns zukommen lassen?"

Er seufzte. „Bei euch ist alles anders. Ihr heiratet erst nach vielen Jahren. Selbst wenn Kinder da sind, lebt ihr ohne Eheversprechen miteinander. Bei uns ist es wichtig, zuerst zu heiraten, dann kommt alles andere. Ich habe keine andere Wahl, verstehst du, sonst würde ich meine Familie vor den Kopf stoßen. Alle würden über meine Eltern lachen und herumerzählen, was für einen missratenen Sohn sie aufgezogen haben."

„Nur weil du eine Freundin hast und sie nicht gleich heiratest?"

Er wusste nicht, wie er es ihr erklären sollte, und versuchte vorsichtig, die richtigen Worte zu finden.

„Es ist nicht üblich, dass ein Albaner ein Mädchen aus einem anderen Kulturkreis heiratet. Du kannst dir nicht vorstellen, was das für einen Aufschrei geben würde. Und wenn das Mädchen dann noch ein blamables Verhalten an den Tag legt ... Nicht auszudenken!"

„Also wird von dir erwartet, dass du eine von euch heiratest?", brachte es Ana auf den Punkt.

„Eigentlich ja", gab Arian zu. „Weil es ansonsten schwierig wird. Es könnte zu leicht passieren, dass du etwas falsch machst und mich damit blamierst."

Ana wurde wütend. „Was kann ich denn groß falsch machen", blaffte sie ihn an. „Was soll denn bitte bei euch so anders sein?"

„Bei uns wird eben genau darauf geachtet ... Wie soll ich es dir nur erklären? Zum Beispiel sind bei uns alle Mädchen noch Jungfrauen, wenn sie heiraten. Es ist unheimlich wichtig, dass die Braut in der Hochzeitsnacht blutet. Die Laken werden unmittelbar danach den Schwiegereltern feierlich übergeben. Das ist schon mal das eine." Arian holte tief Luft.

„Dann wird bei uns viel gekocht. Es kann jederzeit Besuch kommen, den man verköstigen muss. Als meine Frau musst du allen Tee einschenken und darfst nur sprechen, wenn du gefragt wirst. Okay, das hört sich jetzt schlimmer an, als es ist. Es kommt darauf an, welcher Besuch da ist."

Aufmerksam hörte ihm Ana weiter zu.

„Meine Mutter fürchtet sich zum Beispiel sehr, wenn mein Onkel zu uns kommt.

Er ist ein Imam und verteufelt alles Westliche. Es darf lediglich albanische Volksmusik gehört werden. Läuft im Fernsehen eine Sendung, in der leicht bekleidete Frauen zu sehen sind, müssen wir umschalten.

Sobald er das Zimmer betritt, stehen wir alle auf, um ihn ordnungsgemäß zu begrüßen. Selbst mein Vater, obwohl es sein

eigener Bruder ist. Und meine Mutter muss sich an diesem Tag in einen langen Mantel werfen und ein Kopftuch tragen. Sie ist sehr glücklich, wenn er wieder weg ist und sie alles ablegen kann."
Bei diesen Worten musste er schmunzeln.

„Arian, was hat das alles mit mir zu tun?"

„Als meine Frau hast du dich in die Familie einzufügen. Diese Regeln gelten auch für dich. Ich als dein Mann bin dann so etwas wie dein Chef. Du musst mich wegen allem fragen und ich entscheide dann. Diese Entscheidung darfst du nie infrage stellen. Wenn ich sage, du darfst nicht mit deiner Freundin ins Kino gehen, dann gehst du auch nicht, verstehst du?"

Hoffnungsvoll schaute er zu ihr. Doch Ana hatte ihren Blick in die Ferne gerichtet und gab vor, nachzudenken. Mit den Fingern spielte sie am Moos herum.

Schweigsam saßen sie nebeneinander, keiner wagte mehr, etwas hinzuzufügen. Die Leidenschaft von vorhin war vergessen.

Vielleicht hatte Rion recht, ging es Arian durch den Kopf. Vielleicht konnte ein Albaner nur eine Albanerin heiraten, um glücklich zu werden. Anders würde es viel schwieriger werden. Vielleicht würde er sich doch an Melina gewöhnen und mit ihr ein angenehmes Leben führen können?

Doch welches Gesetz besagte, dass sein Leben mit Ana nicht viel glücklicher als das mit Melina wurde. Nicht nur, weil er sie aufrichtig liebte. War Liebe nicht wichtiger als albanische Traditionen?

Und Ana war in ihrem Verhalten fast wie eine Albanerin. Was sie nicht wusste, konnte sie lernen. Im Grunde war er überzeugt davon, dass auch sie eine ordentliche Hausfrau sein würde.

„Ana, sag doch was", forderte er sie endlich auf.
Sie lächelte ihn unsicher an, wandte sich aber gleich darauf wieder von ihm ab. Ihre Finger spielten mit dem Moos. Sie schien nur darauf konzentriert zu sein.

Arian verlor die Geduld. Er sprang auf und seine Worte klangen bitter: „Du brauchst nichts mehr zu sagen. Ich weiß Bescheid. Es war wohl zu viel verlangt, über eine gemeinsame

Zukunft nachzudenken. Dabei habe ich wirklich geglaubt, dass deine Liebe aufrichtig ist."

Er bahnte sich einen Weg durch die hängenden Zweige und trat entschlossen den Rückweg an.

Erst nach einer halben Minute folgte ihm Ana und hielt ihn zurück.

„Arian, warte bitte."

„Was soll ich warten?", stieß er wütend hervor. „Warten auf eine Frau, die die meine gar nicht sein will?"

„Arian, lass mir etwas Zeit, ich muss darüber nachdenken … Bisher haben wir noch nie so ernst miteinander gesprochen."

„Aber es war immer ernst gemeint, Ana!" Er ging einen Schritt auf sie zu.

Plötzlich schrie jemand aus der Ferne: „Du Hurensohn! Was machst du mit dieser Schlampe?"

Arian schaute sich um, da sah er Ridvan vom Eingangstor hasserfüllt auf ihn zukommen.

Ihm wurde kurz schwarz vor Augen, wusste er doch nur zu gut, was das für ihn bedeutete.

Er stellte sich schützend vor Ana und versuchte, die Situation abzuschwächen.

„Ridvan, zieh keine voreiligen Schlüsse. Hör mir erst einmal zu!"

Doch Ridvan, scheinbar geblendet von dem, was er soeben gesehen hatte, gab ihm einen heftigen Stoß. Arian stolperte auf Ana, sodass diese fast zu Boden gegangen wäre, hätte sie sich nicht an Arians Arm festgeklammert.

„Arian, was ist los?", fragte sie erschrocken.

„Was los ist, du Schlampe?", brüllte Ridvan wutentbrannt.

„Hey, lass sie in Ruhe!", konterte Arian, dann flüsterte er Ana zu: „Lauf nach Hause, ich muss hier etwas klären!"

Doch Ana rührte sich nicht vom Fleck. Sie stand wie erstarrt. Ihre schreckgeweiteten Augen fixierten Ridvan. Arian fluchte.

„Nein, nein, bleib schön da", zischte Ridvan.

„Komm, gehen wir auf einen Drink!" Arian versuchte es auf die brüderliche Tour, dabei wollte er Ridvan an der Schulter packen und wegziehen. Doch Ridvan wehrte sich.

„Lass das! Also hast du nicht gelogen, als du gemeint hast, du hättest eine Freundin!"

„Arian, was läuft hier?", fragte Ana ängstlich aus dem Hintergrund.

Ridvan fing erneut an, zu toben. „Eine miese Ehebrecherin bist du!" Er spuckte ihr vor die Füße. Angeekelt ging Ana einen Schritt zurück.

„Hey, Ridvan, jetzt beruhige dich! Noch bin ich nicht mit Melina verheiratet."

„Verheiratet?", flüsterte Ana erstaunt.

Ridvan verzog säuerlich das Gesicht. „Dein Arian wird bald meine Schwester heiraten. Hat er dir das etwa nicht erzählt?"

„Nein … Arian?" Ana sah ihn fragend an.

„Ridvan, jetzt halt mal die Luft an!" Arians Angst wich der aufsteigenden Wut. „Was soll das jetzt? Ich wollte das gerade mit ihr klären."

„Das würde ich dir auch raten!" Angewidert schaute Ridvan Ana an. Dann griff er blitzschnell nach ihrer Tasche und entriss sie ihren Händen.

Ana blieb fassungslos stehen, ihr Blick wanderte hilflos zwischen Ridvan und Arian hin und her.

„Gib ihr die Tasche wieder, Mann!" Arian versuchte, mit ruhigen Worten zu sprechen. Doch Ridvan kramte verbissen in Anas Tasche und zog dann freudig ihr Handy heraus. Er grinste Ana hämisch ins Gesicht, bevor er es mit aller Gewalt zu Boden schleuderte.

Ana schrie entsetzt auf.

Sofort stürmte Arian auf Ridvan zu, doch der versetzte ihm einen harten Stoß, sodass er zur Seite flog. Diese Zeit nutzte er, um noch einmal kräftig mit der Ferse darauf zu treten.

Anas Telefon zersprang in tausend Teile.

Als wäre das nicht genug, fing Ridvan an, in den Einzelteilen herumzuwühlen. Schließlich trat er mit der SIM-Karte an Ana heran und zerbrach sie vor ihren Augen. Er genoss ihren verzweifelten Blick, als er sie triumphierend zu Boden warf.

„Ich hoffe, ich konnte bei eurem klärenden Gespräch etwas behilflich sein." Und zu Ana gewandt: „Wenn ich dich noch einmal mit Arian sehe, bist du tot."

Er wandte sich zum Gehen, drehte sich aber noch einmal um und drohte ihr mit dem Zeigefinger. „Und glaube mir: Wenn dir ein Albaner so etwas sagt, solltest du das besser ernst nehmen!"

Ohne Arian eines weiteren Blickes zu würdigen, spazierte er gemütlich davon.

Ana kniete nieder und versuchte, die Handyteile aufzusammeln. Tränen standen in ihren Augen.

Arian half ihr zunächst, sah aber, dass es sinnlos war, und zog sie behutsam auf.

„Ana, es tut mir so leid."

Ana sagte nichts. Sie betrachtete die zerstörten Teile zu ihren Füßen und fing hemmungslos an, zu weinen.

In ihrem Kopf hämmerte es wie verrückt. *Warum tut er mir das an? Was hat das alles zu bedeuten?*

Regungslos ließ sie sich von ihm zu einer Parkbank führen.

„Ich kaufe dir ein neues Handy!"

„Es ist nicht nur das Handy, das nun kaputt ist." Wieder begann sie, zu weinen.

Arian wollte tröstend den Arm um sie legen, doch sie rückte von ihm ab.

„Ich weiß, das ist alles gerade sehr viel für dich."

„Du gibst es also zu?" Ihre Stimme war nur ein Flüstern.

Er fuhr sich mit den Händen übers Gesicht und atmete laut ein. „Du darfst nicht glauben, dass es meine Entscheidung war. Sie hat mich hereingelegt und jetzt muss ich sie heiraten."

„Niemand im einundzwanzigsten Jahrhundert *muss* jemanden heiraten." Ihre Worte klangen ungewöhnlich hart und bestimmt.

„Bei uns ist das anders."

„Mir scheint, bei euch ist alles ein wenig anders. Der Vorteil liegt dabei klar bei den Männern."

„Wie meinst du das?"

„Hast du es mir vorhin nicht genau erklärt? Ich muss alles tun, was du sagst. Das war doch der Kern der Aussage, oder?"

„Ich habe gemeint, wenn wir beide später ein Ehepaar sind." Sie funkelte ihn böse an. „Und nun muss ich mir gefallen lassen, dass du eine andere neben mir hast? Eine Verlobte sogar? Was treibst du für ein Spiel mit mir, Arian?"

Ihre Stimme versagte wieder und sie verbarg den Kopf schützend in ihren Händen.

Sie wollte nach Hause. Was für ein Glück, dass sie ihren Eltern noch nichts von ihm erzählt hatte!

„Ana, ich will das nicht. Ich hasse diese Frau, nur – es bleibt mir nichts anderes übrig. Unsere Familien wären auf ewig verfeindet, über Generationen hinaus. Man sagt: *Wirf einen Stein in den Garten eines Albaners und es kommen tausend Steine zurück.* Ein Albaner verzeiht und vergisst nie. Er verteidigt seine Ehre bis ins Grab."

„Ich glaube, ich habe heute genug über euch Albaner erfahren." Sie schniefte, drückte ihre Tasche an sich und stand auf.

Als sie ihm bereits den Rücken zugewandt hatte, flüsterte sie: „Ich habe geglaubt, du liebst mich wirklich."

Sie ging los und hoffte, er würde sie ziehen lassen, doch Arian sprang auf.

Mit einer schnellen Bewegung fasste er nach ihrem Arm und drehte sie ruckartig um. „Ana, ich kann dich jetzt nicht gehen lassen."

Ihre Lippen zitterten. „Hast du mir nicht genug angetan? Lass mich bitte in Ruhe!"

„Ana, ich liebe dich! Ich möchte nicht ohne dich leben."

„Du hast mir aber gerade erklärt, dass du das musst."

Zögernd ließ er ihren Arm los. „Ich werde einen Weg finden."

Sie schaute in seine dunklen Augen. Wenige Minuten zuvor hatte sie sich noch an ihn geschmiegt, nun war ihr alles genommen worden.

„Ich muss jetzt nach Hause, Arian."

Er streichelte zärtlich ihre Wange, dabei schaute er ihr ein letztes Mal eindringlich in die Augen. „Ich werde einen Weg finden, glaube mir! Heute Abend werde ich wieder vor deinem Fenster warten. Bitte schau runter zu mir. Ich will dich nicht verlieren."

Den gesamten Weg zurück zur Schule befand sie sich wie in Trance. Ihr Blick war zu Boden gerichtet und ihre Augen füllten sich immer wieder mit Tränen.

Sanela begrüßte sie besorgt: „Was ist passiert? Du siehst ja furchtbar aus!"

Ana ließ sich erschöpft auf einen freien Stuhl sinken. Dicke Tränen liefen über ihre Wangen und hinterließen dort schwarze Rillen.

Sanela suchte nach einem Taschentuch.

„Ana, du musst mir jetzt erzählen, was los ist!"

„Arian … Er …"

Geräuschvoll putzte sie sich die Nase. Dann versuchte sie erneut, die richtigen Worte zu finden. „Er wird heiraten. Nein!" Sie lachte bitter auf. „Er *muss* heiraten."

Wieder schnäuzte sie ins Taschentuch.

Sanelas Blick spiegelte zuerst Betroffenheit, gefolgt von Misstrauen.

„Wie, er *muss*? Niemand muss, wenn er nicht will."

Ana schluchzte laut auf. „Genau das habe ich auch gesagt."

„Und das hat er dir einfach so unter die Nase gerieben?" Sanela konnte nicht glauben, was sie da hörte.

Kopfschüttelnd erzählte ihr Ana von Ridvan. „Der ist plötzlich aufgetaucht, hat mich als Schlampe beschimpft und mein Handy kaputtgemacht."

„Was? Das gibt's nicht!" Sanela ballte ihre Hände zu Fäusten. „Der Typ ist so was von tot!"

„Das hat er zu mir auch gesagt." Ana heulte jetzt hemmungslos.

Sanela rang nach Worten. Dann zog sie Ana an sich heran und tätschelte ihre Schulter.

„Mein armes Mädchen, wie kann ich dir jetzt nur helfen?"
Ana schob sie ein Stückchen weg von sich. „Gar nicht, fürchte ich. Ich muss jetzt wirklich nach Hause."

Verständnisvoll half ihr Sanela auf und begleitete sie durch die Stadt bis zu ihrem Haus.

Als sich Ana von ihr verabschieden wollte, drückte ihr Sanela ihr eigenes Handy in die Hand.

„Nimm meins, ich bekomme bestimmt ein neues. Und du musst deinen Eltern nichts erklären. Wenn ich sonst schon nichts für dich tun kann …"

„Sanela, das ist doch nicht nötig. Ich sage, es ist gestohlen worden."

„Hast du vergessen, wie deine Eltern drauf sind? Die gehen gleich zur Polizei und machen eine Anzeige."

Genervt winkte Ana ab. „Ich will mir darüber keine Gedanken machen. So wichtig ist das jetzt nicht für mich."

„Okay." Sanela trat den Rückzug an. „Reden wir morgen in Ruhe über alles. Das Beste ist, du schläfst jetzt erst mal über die ganze Sache."

Traurig nickte Ana und ging ins Haus.

Vor der Wohnungstür sammelte sie alle Kräfte. Ihre Eltern durften ihr nichts anmerken; sie wollte so schnell wie möglich auf ihr Zimmer. Doch als sie den Schlüssel im Schloss herumdrehte, hörte sie die Stimme ihrer Mutter aus der Küche „Endlich kommst du! Hat der Kurs etwa wieder länger gedauert?"

„Nein, Mama, Sanela und ich haben uns verquasselt."
Sie streifte ihre Schuhe im Vorraum ab und ging zu ihrer Mutter, um ihr einen Kuss auf die Wange zu drücken. In der Küche duftete es bereits nach Bratkartoffeln und Speck.

„Das Essen ist bald fertig, du kannst dich eigentlich zu Tisch setzen."

„Wenn es geht, möchte ich gleich in mein Zimmer. Ich habe noch Schulaufgaben zu machen."

Ihre Mutter schaute sie entsetzt an. Dann tastete sie ihr Blick von oben bis unten ab.

„Kind, du musst was essen! Übertreibst du es jetzt nicht mit der Sportlichkeit? Du bist nicht zu dick, Ana!" Ihr Tonfall wurde eindringlicher.

Ana bemühte sich, so unbesorgt wie möglich zu wirken.

„Ein paar Gramm weniger schaden nicht, außerdem habe ich gehört, dass man nach dem Sport nicht hungrig ist."

„Wie soll ich das wieder deinem Vater erklären?" Hilfe suchend rang ihre Mutter mit den Händen. Doch das kümmerte Ana nicht weiter.

Erleichtert schloss sie die Tür ihres Zimmers hinter sich. Sie spürte die Ruhe und Geborgenheit ihrer gewohnten Umgebung und ließ sich völlig entkräftet aufs Bett fallen.

Es war alles so schnell gegangen. Nun konnte sie endlich alle Eindrücke in ihrem Kopf ordnen.

Arian, wie sie seine Umarmung genossen hatte. Dieser Moment hätte niemals enden sollen.

Ihr Gesicht verdüsterte sich, als sie daran dachte, wie er begann, seltsame Fragen zu stellen. Dennoch hätte sie ihn niemals verlassen wollen, auch wenn es merkwürdig war, was er von ihr verlangte.

Irgendwie erschien es ihr schlüssig, dass in einer Ehe der Mann das Sagen hatte. War es doch bei ihren Eltern auch so, nur wurde nicht direkt darüber gesprochen.

Als sie an diesen Jungen – Ridvan – dachte, fingen ihre Hände an, zu zittern. Der Schreck saß ihr immer noch in den Knochen. *Seine* Schwester musste Arian also heiraten.

Sie fragte sich, wie diese aussah, welchen Namen sie hatte und ob sie Arian aufrichtig liebte.

Wie grausam dieser Junge gewesen war. Und dann seine Drohung am Schluss. Musste sie nun Angst um ihr Leben haben?

Am liebsten wäre ich jetzt tot, schoss es Ana durch den Kopf.

„Sag mir das bitte noch mal!", forderte Melina ihren Bruder auf. Sie traute ihren Ohren kaum. Wenn es nicht ihr Bruder gewesen wäre, der ihr das gerade erzählt hatte, dann hätte sie es nicht geglaubt.

„Mach dir keine Sorgen, Schwesterchen." Cool klopfte er mit der Faust auf seine Brust. „Denen hab ich's gezeigt. Ich weiß nicht, was sie miteinander hatten, aber jetzt ist es mit Sicherheit endgültig vorbei. Mann, Mann!" Er schnalzte mit der Zunge. „Die hat sich fast in die Hosen gemacht, als ich ihr Handy zertrümmert hab."

„Aber du weißt nicht genau, ob sie seine Freundin war?"

„War sie bestimmt! Er hat doch behauptet, dass er eine hat, oder? Und so, wie er sie gleich verteidigt hat …"

Melina zog es das Herz in der Brust zusammen. Ihr schrieb er nicht einmal zurück, obwohl sie bald seine Frau werden würde.

„Wie hat sie denn ausgesehen?", flüsterte sie verunsichert, bereute ihre Frage jedoch sofort.

„War schon eine geile Schnecke! Hat eigentlich fast wie eine Albanerin ausgesehen, mit ihren langen, dunklen Haaren. Vielleicht steht er deswegen auf sie. Schöne Augen hatte sie auch." Nachdenklich kratzte er sich am Kinn. „Aber mir wäre sie zu dünn. Ich brauche etwas Handfesteres!"

Lachend formte er zwei Wölbungen mit seinen Händen. Erst da fiel sein Blick auf Melina und er sah ihre Bestürzung.

Besorgt legte er ihr den Arm um die Schulter und drückte sie brüderlich an sich.

„Hey, Schwesterchen, lass den Kopf nicht hängen. Ich hab ja gesagt, es ist vorbei. Außerdem ist Blut dicker als Wasser. Mit so einer kann er doch daheim nicht ankommen, das wissen wir beide. Früher oder später wäre die Sache ohnehin für sie gelaufen."

Melina starrte an die Wand. Ein schwacher Trost, fand sie. Wenn er das Mädchen nun wirklich liebte? Wie groß war da ihre Chance, sein Herz zu gewinnen?

„Er hat sogar vorgegeben, sich mit ihr getroffen zu haben, um mit ihr Schluss zu machen", wandte Ridvan ein. „Und sehr glücklich hat sie nicht ausgesehen."

Diese Aussage ließ Melina aufhorchen. „Nicht? Meinst du, sie hatten Streit, bevor du aufgetaucht bist?"

Ridvan zuckte mit den Schultern. „Genau weiß ich es natürlich nicht, aber sie haben über irgendwas angestrengt geredet und nicht wild herumgeknutscht oder so."

Ihre Augen begannen, hoffnungsvoll zu leuchten, also fuhr er fort: „Es war gut, dass ich mich eingemischt habe. Nehmen wir mal an, er *hat* sich von ihr getrennt. Dann habe ich ihr nun jede Chance genommen, sich wieder bei ihm zu melden. Ohne SIM-Karte, ohne Nummer ..."

Melina winkte misstrauisch ab. „In der Liebe findet man Mittel und Wege ..."

„Auf die er nicht eingehen wird. Ich sag es dir: Er wollte sich bestimmt von ihr trennen. Und jetzt denk nicht weiter darüber nach." Er zwickte sie liebevoll in die Wange. „Das wollte er ganz bestimmt tun – nur wegen meiner hübschen Schwester, die er bald heiraten wird!"

So gern würde sie ihrem Bruder glauben. Nur kannte dieser leider nicht die ganze Wahrheit und wusste nicht, wie es wirklich zu dem Eheversprechen gekommen war.

Mit einem Mal fühlte sie sich schlecht. So gut ihr Plan bisher funktioniert hatte, überkam sie nun die Angst, dass alles einen ganz anderen Verlauf nehmen könnte.

Melina versuchte ein dankbares Lächeln und stand dann auf, um Ridvan sanft aus ihrem Zimmer zu schieben.

„Sei nicht böse, aber ich möchte jetzt ein wenig allein sein."

„Schon klar. Aber bevor du das ganze Bett mit Tränen überflutest, rufst du mich, verstanden?"

„Jawohl, Sir", versuchte sie, zu scherzen und war doch erleichtert, als sie die Tür hinter sich schließen konnte.

Einige Minuten stand sie regungslos da. Dann griff sie hastig zum Telefon und wählte.

Nun konnte nur noch ihre Großmutter helfen.

Das Gefühl der Verzweiflung

Ratlos stand Arian auf der Straße und sah zu dem dunklen Fenster hoch.

Üblicherweise würde Ana nun in einem ihrer seidenen Nachthemden die Vorhänge beiseiteziehen, das Fenster öffnen und sich ein wenig über das Fensterbrett lehnen, sodass er den Ansatz ihrer Brüste erkennen konnte.

Sie tat das nicht mit Absicht. Wahrscheinlich wäre sie sogar sehr verlegen, wenn sie es wüsste. Was er ihr aber bestimmt nicht sagen wollte. Viel lieber genoss er allabendlich den Anblick ihrer liebreizenden Gestalt. Bis heute.

Nichts rührte sich am Fenster, obwohl er pünktlich zur üblichen Zeit aufgetaucht war.

Er war doch ihre erste große Liebe. Die gibt man nicht so schnell auf. Zumindest hoffte er, dass es so war.

Noch einmal schaute er hoffnungsvoll zum Fenster hoch, doch das Szenario blieb unverändert.

Arian wartete noch eine halbe Stunde, dann stieg er niedergeschlagen in seinen Wagen. Er warf einen letzten sehnsüchtigen Blick zu Anas Fenster hoch, als er den Zündschlüssel drehte und aus Wut und Protest den Motor laut aufheulen ließ, bevor er entschieden um die Ecke bog.

Viele Gedanken kreisten in seinem Kopf, sodass es ihm schwerfiel, sich auf die Straße zu konzentrieren.

Er bemühte sich, seine miese Stimmung auf später zu verschieben, wo er in seinem Zimmer Zeit genug hätte, einen klaren Kopf zu bekommen.

Umso überraschter war er, als ihn zu Hause seine Mutter glücksstrahlend empfing. „Endlich bist du da! Onkel Bekim hat angerufen. Stell dir vor, er hat sich bereiterklärt, dir und Melina einen Nachmittag zu zweit zu gönnen. Nur ihr beide, Arian. Ist das nicht herrlich? Ich freue mich so für dich." Dabei schloss sie ihn in ihre Arme und drückte ihn fest an sich.

„Dein Vater und ich sind überglücklich über deine Entscheidung, Melina zur Frau zu nehmen."

Mit finsterem Blick schob er seine Mutter von sich und nahm erst einmal Platz, um sich seinen Schuhen und der Jacke zu entledigen. Dabei wurde er von ihr genau beobachtet. Schließlich hielt sie es nicht mehr länger aus und stellte ihn zur Rede.

„Arian, was hast du denn? Freust du dich nicht?"

„Doch, doch", brummte er missmutig, „wann soll das glückliche Treffen denn stattfinden?"

„Also, welche Laus ist dir denn über die Leber gelaufen?" Verständnislos schüttelte sie den Kopf. „Sie bringen sie Samstagnachmittag vorbei und bleiben bei uns zum Tee. Ihr dürft währenddessen einen kleinen Spaziergang machen."

„Wie lange? Drei Stunden?" Arian konnte die Ironie in der Stimme nicht verbergen. Seine Mutter sollte ruhig merken, wie lächerlich er diesen Vorschlag fand.

Sie reckte die Hände zum Himmel. „Meine Güte, willst du nun Ansprüche stellen? Sei froh, dass du sie vor der Verlobung überhaupt zu Gesicht bekommst."

Verärgert kehrte sie ihm den Rücken zu und ging zu seinem Vater und Bruder ins Wohnzimmer zurück.

Arian folgte ihr, steckte aber nur kurz den Kopf zur Tür herein.

„Gute Nacht allerseits. Ich bin hundemüde, und nein, Mutter, essen möchte ich auch nichts mehr." Damit verschwand er in sein Zimmer.

Fragend blickte der Vater zur Mutter, doch diese zog nur selbst verwundert die Schultern hoch.

„Er hat sich nicht einmal gefreut, dass er Melina am Samstag sehen darf. Weiß der Himmel, was er schon wieder für einen Ärger hat."

Mit einem lauten Seufzer ließ sich Arian ins Bett fallen. Samstagnachmittag also. Seine Mutter irrte sich, wenn sie annahm, er würde sich nicht freuen. Er freute sich sogar sehr.

Endlich konnte er Melina von Angesicht zu Angesicht

gegenüberstehen. Alleine. Und er würde ihr mit allen Mitteln klarmachen, was er von ihrer hinterlistigen Aktion hielt. Wenigstens diese Möglichkeit hatte er, um sich zur Wehr zu setzen.

In dieser Nacht schlief er hochzufrieden ein.

Als Ana den aufheulenden Motor hörte, war sie beinahe erleichtert. Eine ganze Stunde lang hatte sie sich zwingen müssen, nicht zum Fenster zu gehen. Es war kaum auszuhalten gewesen.

Nun war er weg.

Wie sehr wünschte sie sich, dass alles war wie zuvor. Doch so würde es nie wieder sein. War er nun endgültig für sie verloren?

Nach einer schlaflosen, verheulten Nacht stand Ana mit tiefen Augenringen vor dem Badezimmerspiegel. Sie hatte keine große Lust, sich hübsch zu machen. Eigentlich würde sie lieber im Bett liegen bleiben; sie fühlte sich kraftlos und schwach.

Gähnend fuhr sie sich mit der Bürste durch die Haare. Sie spritzte sich eiskaltes Wasser ins Gesicht, in der Hoffnung, etwas mehr Farbe auf die Wangen zu bekommen. Danach traute sie sich zum Frühstückstisch, doch ein prüfender Blick ihrer Mutter genügte.

„Hast du nicht gut geschlafen, Ana?", fragte sie, als sie nebenbei geschäftig zwischen Kaffeemaschine und Brötchenkorb hin und her wirbelte.

Ana setzte sich und rieb sich die müden Augen.

„Mich plagten die ganze Nacht Bauchschmerzen", log sie. „Kann ich heute zu Hause bleiben?"

Ihre Mutter hielt inne. Besorgt kam sie auf Ana zu und legte ihr liebevoll die Hand auf die Schulter.

„Natürlich, mein Schatz. Wenn du einen Tag fehlst, wirst du nicht viel versäumen. Ach, ich kenne das gut. Warum wir Frauen damit so geplagt sein müssen ..." Sie öffnete den Apothekerschrank und griff nach einer Schmerztablette.

„Ich werde gleich wieder zu Bett gehen, Mama."

„Willst du nichts frühstücken?"

„Nein, nein." Ana schüttelte den Kopf und schlurfte zurück in ihr Zimmer. Die Tablette versteckte sie in ihrem Nachtschränkchen.

Dann vergrub sie ihr Gesicht tief in ihr weiches Kissen und schlug die wärmende Decke um ihren Körper.

Ihre Gedanken waren anfangs leer, dann tauchte Arians Gesicht vor ihr auf. Sie wollte es verdrängen, aber es gelang ihr nicht.

Alle Erinnerungen an ihn begannen, in ihrem Kopf umherzuschwirren. Das Kennenlernen, die Treffen im Park und seine täglichen Abendbesuche.

Obwohl es schmerzte, rief sie sich seine geschriebenen Nachrichten ins Gedächtnis.

Lautlos weinte sie in das Kissen und war doch froh, mit niemandem sprechen zu müssen.

Am späten Nachmittag stattete ihr Sanela einen Besuch ab. Verschwörerisch wedelte sie mit einer bunten Papiertüte vor ihrer Nase herum. „Ich hab hier was für dich. Mach's auf!"

Ana machte große Augen und griff zögerlich nach der Papiertüte.

Voller Vorfreude ließ sich Sanela aufs Bett plumpsen. „Für mein Sorgenkind!"

Ana quittierte diese Aussage mit einem ärgerlichen Seitenblick, dann zog sie eine Schachtel aus der Tüte.

„Ein Handy! Bist du wahnsinnig? Das hat bestimmt ein Vermögen gekostet!"

Fassungslos drehte Ana die Schachtel in ihren Händen, doch Sanela winkte bescheiden ab. „Ach, was kostet die Welt? Außerdem brauchst du ganz dringend eines. Es macht mich ganz kribbelig, wenn ich dich nicht erreichen kann."

„Aha, eigennütziges Handeln also!", stellte Ana grinsend fest, dann fiel sie ihrer Freundin, wie so oft in letzter Zeit, um den Hals. „Vielen Dank, Sanela! Ich bezahl es dir natürlich!"

„Du kannst es mit deiner alten Nummer einrichten lassen. Wie geht es dir denn?" Bei den letzten Worten wurde ihre Stimme ernster.

Sofort bekam Ana feuchte Augen. „Ich ... Es ist so ..." Sie sank weinend auf das Bett zurück.

Tröstend streichelte ihr Sanela über den Rücken.

„Keine Sorge, meine Süße, alles wird wieder gut. Wie heißt es so schön? Die Zeit heilt alle Wunden."

„Aber eine Narbe bleibt zurück", konterte Ana schluchzend.

Unschlüssig drehte sich Melina vor dem Spiegel hin und her. Heute war Samstag und sie würde Arian endlich sehen!

Die ganze Woche hatte sich gezogen wie Kaugummi, vor lauter Aufregung hatte sie kaum schlafen können.

Sie schnappte sich die dunkle, enge Röhrenjeans – ein Hauch „Sexyness" musste sein – und ein schlichtes, weißes T-Shirt. Darüber warf sie eine khakifarbene Strickjacke, die im Ton zu ihren High Heels und ihrer Tasche passte.

Ihre Haare ließ sie diesmal glatt über die Schultern fallen, schließlich machten sie einen Nachmittagsspaziergang, dazu passte keine aufgedonnerte Frisur oder aufwändige Schminke. Daher hielt sie auch ihr Make-up eher schlicht, lediglich ihre grünen Augen betonte sie mit schwarzem Kajal, sodass sie ein wenig anziehender wirkten.

Perfekt!, lachte sie ihr Spiegelbild an.

Ihr lag die Erzählung ihres Bruders noch schwer im Magen, dennoch galt es, vorwärts zu schauen. Schon bald würden Arian und sie ein Ehepaar sein.

Die Worte ihrer Großmutter neulich hatten sie beruhigt. Ihre Großmutter war ruhig und gefasst geblieben und hatte sie an eine alte albanische Weisheit erinnert:

Zwei Frauen trafen sich zum Tee. Die eine war völlig aufgelöst und jammerte: „Mein Mann, mein Mann, er hat mich betrogen."

Die andere Frau stand ihr tröstend bei, fragte jedoch, wie sie dahintergekommen sei, dass er sie betrogen hätte.

Die erste Frau schluchzte weiter: „Er hat sich mit einer anderen Frau getroffen."

Da schüttelte die andere den Kopf und meinte: „Aber das ist noch lange kein Betrug."

Dann schrie die eine entrüstet auf: „Aber es war an meinem Geburtstag!"

Da schlug die andere entsetzt die Hände vor den Mund und sagte: „Du hast recht, er hat dich betrogen!"

Für albanische Männer war die Ehefrau heilig. Erst wenn ein Mann wegen einer anderen Frau sogar ihren Geburtstag vergaß, musste sie sich ernsthaft Sorgen machen.

Melina hatte verstanden, was ihre Großmutter ihr damit sagen wollte, und beschloss, sich der Vermutung ihres Bruders anzuschließen: Arian wollte an dem Tag bestimmt nur mit diesem Mädchen Schluss machen, und alles würde nun gut für sie beide werden.

Außerdem war es ihrer Großmutter gelungen, ihren Vater zu diesem Besuch zu überreden, wofür sie ihr für immer dankbar sein wollte.

Fröhlich tänzelte sie in die Küche, wo ihre Eltern bereits lautstark mit ihrem Bruder diskutierten.

„Es ist unhöflich, wenn du zu Hause bleibst!"

„Könnt ihr nicht sagen, ich muss dringend Onkel Dardan helfen? Der braucht immer jemanden, der mit ihm an seinem Auto schraubt."

„Aber sie kennen Onkel Dardan, und es wird herauskommen, dass du gar nicht dort warst. Also entweder du rufst ihn an oder du kommst mit uns mit!" Entschieden verschränkte sein Vater die Arme vor der Brust.

Ridvan gab sich geschlagen und holte seine Jacke.

Griesgrämig saß er anschließend neben Melina im Auto, die vor Freude und Glück fast platzte.

„Schön, dass du mitkommst." Sie kniff ihm dankbar in den Oberarm.

Er verdrehte nur gelangweilt die Augen, doch Melina ließ sich ihre großartige Stimmung nicht verderben.

Gleich sah sie ihren Arian, und sie durfte sogar mit ihm allein sein!

„Frau, es ist nicht das erste Mal, dass uns jemand besuchen kommt", schimpfte Arians Vater, „also warum ist der Tisch noch nicht fertig gedeckt?"

„Ich beeil mich doch, ich beeil mich doch."

Belustigt beobachtete Arian seine Mutter, die wie eine aufgeregte Henne zwischen Speisekammer und Küchentisch hin und her flatterte.

Derart aufgeregt erlebte er seine Eltern selten. Eigentlich hätte er laut losgelacht, wenn der Anlass nicht so traurig gewesen wäre.

Doch selbst er verspürte ein klein wenig Vorfreude auf das, was an diesem Nachmittag geschehen würde, wenn auch aus einem ganz anderen Grund, als alle vermuteten: Er würde sich an Melina rächen. Zigmal hatte er es in Gedanken in den letzten Tagen durchgespielt.

Die erfolglosen Abende vor Anas Fenster ermutigten ihn nur noch mehr in seinem Vorhaben.

Ach, er wünschte, Ana wäre nicht so hart zu ihm. Wie sehr sehnte er sich nach einem Gespräch mit ihr. Er wollte es ihr so gerne erklären und wusste doch, dass sie nichts davon verstehen würde.

Nicht einmal mit Rion konnte er sich austauschen. Der war gerade auf Brautschau im Kosovo und würde im schlimmsten Fall verlobt wieder zurückkommen.

Emsig huschte seine Mutter auf ihn zu. Mit einem kritischen Blick musterte sie ihn von oben bis unten, dann nickte sie anerkennend.

„So kannst du dich sehen lassen, Junge!"

Sie klopfte ihm auf die Schulter und war auch schon wieder fort, um nach seinem Bruder zu suchen.

In Erwartung der nächsten Stunden setzte er sich zu seinem Vater an den Tisch. Für ein Gespräch blieb jedoch keine Zeit, denn sobald er sich gesetzt hatte, klingelte es an der Tür.

„Sie sind da, sie sind da!" Völlig aufgelöst rannte seine Mutter in die Küche zurück und begutachtete noch einmal die Speisen. Dann nahm sie ihre Schürze ab, richtete die Frisur vor dem Spiegel und öffnete in gespielter Gelassenheit die Tür. Arian bewunderte sie dafür, dass sie von einer Minute zur nächsten ihre Stimmung ändern konnte.

Ruhig und besonnen begrüßte sie die Jakajs, doch Melina wurde von ihr besonders geherzt. „Meine Lieben, schön, dass ihr da seid!"

„Na, dann wollen wir mal." Mit einem Ruck erhob sich sein Vater vom Tisch und folgte seiner Frau zur Tür. Arian gesellte sich letztendlich auch dazu.

So sehr er Melina auch hasste, sie besaß Geschmack. Ihr Outfit war absolut konkurrenzlos und auch sie selbst war ein bildhübsches Mädchen, was ihn jedoch nicht von seinen düsteren Gedanken abbrachte.

Als alle Begrüßungen und Höflichkeiten ausgetauscht waren, schlug Onkel Bekim schmunzelnd vor: „Entlassen wir die zwei Verliebten. Ich denke, sie möchten sich keiner Minute berauben lassen."

Seine Mutter klatschte zustimmend.

„Aber lass dir gesagt sein, Junge ..." Onkel Bekim zog ihn verschwörerisch an sich und raunte ihm drohend ins Ohr: „Es ist meine Tochter, mit der du unterwegs bist. Hab ein Auge auf sie und bring sie wohlbehalten wieder zurück!" Er schaute ihm mit ernstem Blick in die Augen. „Du weißt schon, was ich damit meine."

Arian hob beschwichtigend beide Hände und versicherte: „Keine Sorge, Onkel Bekim. Ich schwöre dir, auf mich kannst du dich verlassen!"

„So ist's recht!" Mit einem kräftigen Schlag auf die Schulter schob er Arian in Melinas Richtung.

Seine zukünftige Ehefrau schenkte ihm ihr strahlendstes Lächeln.

Mit einem falschen Grinsen auf den Lippen nahm Arian sie an der Hand und sprach mehr zu den anderen als zu ihr: „Dann wollen wir mal keine Zeit verlieren." Damit gingen sie zur Tür hinaus.

Sobald sie außer Sichtweite waren, ließ Arian Melinas Hand los. Bisher hatten sie kein Wort miteinander gewechselt.

Schüchtern wagte sie den ersten Schritt: „Wohin gehen wir?" „Ich habe einen netten Platz für uns ausgesucht", antwortete Arian, „dort kann uns niemand stören."

Ihm war nicht entgangen, dass Melina offensichtlich annahm, ihr Plan sei aufgegangen.

Er brachte sie zur Trauerweide im Stadtpark. Schmerzlich erinnerte er sich an die Zeit mit Ana, doch dieser Ort half ihm auch, aus seiner Liebe zu Ana Kraft zu schöpfen.

„Was für ein schöner Platz!" Melina drehte sich bewundernd im Schutz der hängenden Zweige.

Abrupt stoppte er sie, indem er sie fest an den Oberarmen packte und festhielt. Sein Gesichtsausdruck verhieß nichts Gutes. Mit Wohlgefallen beobachtete er, wie Melina plötzlich ängstlich wurde und sich seinen Händen zu entwinden versuchte.

„Aber, Melina", flüsterte er mit einem schneidenden Unterton, „das war es doch, was du wolltest, nicht wahr?"

„Arian, tu nichts Unüberlegtes!"
„Oh, keine Sorge! Ich hatte die ganze Woche Zeit, mir ganz genau zu überlegen, was ich mit dir tue."

Er ließ sie kurz los, doch nur, um sie mit einem Arm zu umschlingen und an sich zu drücken. Mit der anderen Hand nestelte er an den Knöpfen ihrer Hose.

Melina schrie entsetzt auf: „Lass das, das dürfen wir nicht!" Doch Arian ließ sich nicht beirren. „Wer sagt mir denn, dass du noch Jungfrau bist? Wie du sicher weißt, brauche ich dich dann nicht zu heiraten …"

Ihre Augen weiteten sich vor Schreck.
Daran hat sie wohl nicht gedacht, stellte Arian amüsiert fest.

Endlich hatte er alle Knöpfe aufgemacht und ihr die Hose bis zu den Knien heruntergezogen.

Sie hüpfte und wand sich verzweifelt umher, in einem hoffnungslosen Versuch, ihm zu entkommen.

Ihr verängstigter Blick gefiel ihm. Er mochte es, wenn er seine Macht beweisen konnte. Die Frau an seiner Seite musste ihn als König betrachten. Nun bekam sie einen Vorgeschmack davon, was es heißen würde, mit ihm zu leben. Jetzt galt es, ihr ihre Grenzen aufzuzeigen. Seine Aktion musste jedenfalls heftig genug sein, damit sich dieser Nachmittag in ihr Gedächtnis einbrannte und sie in Zukunft ihren Mund hielt.

Er grub seine Finger in ihre Pobacke.

Mit beiden Händen stemmte sie sich mit aller Kraft gegen seine Brust, doch er war zu stark.

Süffisant lächelte er sie an. „Aber, mein Schatz, warum wehrst du dich? Hast du dir das nicht erträumt?"

Wütend spuckte sie ihm ins Gesicht.

Mit einem Ruck stieß er sie von sich. „*Das* hat noch keine gewagt", schrie er, wischte sich angewidert den feuchten Schleim von der Wange, dann holte er aus und schlug ihr ohne zu Überlegen mitten ins Gesicht.

Sie stürzte zu Boden und hob schützend die Arme über den Kopf. „Arian, hör auf! Bitte!"

Er packte sie an ihren langen Haaren, um sie wieder hochzuziehen. Drohend hielt er ihr den Zeigefinger vor die Nase.

„Hast *du* mir das zu sagen? Hast *du* mir zu sagen, wann ich aufhören soll?" Rasend vor Wut schleuderte er sie wieder zu Boden. Melina lag wimmernd vor ihm.

Arian ging rastlos auf und ab und versuchte, sich wieder in den Griff zu bekommen.

Nervös zündete er sich eine Zigarette an, dabei betrachtete er sie von oben herab.

Melina wagte es kaum, sich zu rühren, bis er sie unsanft mit dem Fuß anstieß und brummte: „Los, steh auf! Du schaust erbärmlich aus, wenn du so rumheulst."

Als wären ihre Glieder eingefroren, bewegte sie sich wie in Zeitlupe langsam wieder hoch. Sie zitterte am ganzen Körper. Die schön gepflegten Haare standen wirr in alle Richtungen ab.

Melina zog ihre Hose wieder hoch und strich ihr T-Shirt glatt. Mit dem Handrücken fuhr sie sich über die tränennassen Wangen.

Arian ging zu ihr, schnappte nach ihrer Hand und bewegte die glühende Zigarettenspitze darauf zu.

Doch Melina wehrte sich nicht mehr. Der Schock saß ihr scheinbar tief in den Knochen. Sie schluchzte herzergreifend.

„Also, du Hexe", zischte er, „was hast du dir dabei gedacht, mein Leben zu zerstören? Hast du bei der ganzen Sache *einmal* an mich gedacht?" Er war beim Sprechen lauter geworden.

Melina schüttelte heftig den Kopf, als sie stotterte: „Arian, so ist das nicht. Ich dachte … bei der Grillfeier … du hast mich doch angerufen!" Verzweifelte Augen schauten ihn fragend an.

„Ach, und weil ich dich angerufen habe – was immerhin *du* von mir verlangt hast –, hab ich meine Zukunft mit dir besiegelt?"

„Aber … aber, du hast mit mir geflirtet, oder nicht?" Wie ein trotziges Schulmädchen zog sie die Rotz die Nase hoch.

„Geflirtet? Bist du irre?" Arian schrie aus Leibeskräften. „Du bist meine Cousine! Was soll ich mit dir flirten?"

Im hintersten Winkel seines Gedächtnisses kannte er die Wahrheit, doch nie im Leben würde er das ihr gegenüber zugeben.

„Du wirst das wieder geradebiegen, hörst du?" Er nahm einen tiefen Zug von der Zigarette, dann ließ er sie endlich los.

Sofort wich sie ein Stück zurück. „Ist es wegen dieser Schlampe, mit der dich Ridvan neulich erwischt hat?", schoss es aus ihr heraus.

Blitzschnell hatte er sie erneut an den Haaren gepackt und zog ihren Kopf vor seinen. Sie waren sich so nah, dass sich ihre Lippen beinahe berührten. Doch ihm war nicht nach küssen zumute.

„Sag noch einmal Schlampe und ich schlag dich grün und blau."
Melina war nun nicht mehr zu stoppen. „Also, liebst du sie?"
„Ich werde solche Dinge überhaupt nicht mit dir besprechen, verstanden?"
„Deine Eltern würden sie dir sowieso niemals erlauben. Was willst du also mit ihr?"
„Darüber wollte ich mir eigentlich in den nächsten Jahren keine Gedanken machen – bis *du* mich dazu gezwungen hast."
„Und zu welchem Ergebnis bist du gekommen?", fragte sie frech.
Er zog sie wieder näher an sich, seine Augen waren zu schmalen Schlitzen geworden. „Dass ich dir dein Leben zur Hölle machen werde!"
Melina schluckte, dann senkte sie ihren Blick. Plötzlich war ihre Angriffslust wie weggeblasen. Sie wirkte nur noch müde.
Ohne den Blick wieder nach oben zu richten, flüsterte sie leise: „Arian, wir könnten es schön haben. Warum machst du es uns so schwer?"
Mit beiden Händen schüttelte er sie, während er sprach. „Weil ich kein *uns* wollte, begreifst du das nicht?"
Sie verharrte zunächst regungslos, dann nickte sie kaum merklich.
„Und?", fragte er eindringlich, „wirst du es jetzt wieder geradebiegen?"
Es kam ihm vor wie eine Ewigkeit, bis sie ihm endlich trotzig ihre Antwort gab: „Nein, das werde ich nicht. Ich glaube an unsere gemeinsame Zukunft!"
So viel Uneinsichtigkeit war Arian unbegreiflich; er schlug sich mit der Hand heftig auf die Stirn, sodass es wehtat.
„Du bist irre! Anders kann ich mir das nicht erklären."
Doch Melina blieb ruhig.
„Arian, begreifst du denn nicht? Wir können das nicht mehr rückgängig machen. Einer von uns beiden müsste seine Eltern beschämen, und das wollen, nein, das können wir beide nicht in Kauf nehmen. Die Einladungen sind bereits verschickt.

Stell dir vor, was es für einen Aufstand gäbe …"

Insgeheim wusste Arian, dass sie recht hatte. Allerdings hielt er an der Hoffnung fest, dass es einen Ausweg für ihn geben könnte.

„Magst du mich denn gar nicht?" Bekümmert stand Melina vor ihm und kämpfte mit den Tränen.

Als er nichts darauf antwortete, seufzte sie. „Gut, machen wir einen Deal." Unsicher trat sie dabei von einem Bein auf das andere. „Wir heiraten wie geplant. Falls du nach einem Jahr deine Meinung nicht geändert hast, lassen wir uns wieder scheiden."

Überrascht hob er die Augenbrauen. „*Das* würdest du tun?"

Sie zuckte mit den Schultern. „Immerhin habe ich uns die ganze Sache eingebrockt. Da muss ich die Suppe auch wieder auslöffeln."

„Aber du könntest nie wieder heiraten …"

Zögerlich streckte sie ihren Arm nach ihm aus und nahm seine Hand. Sie drückte sie leicht, als sie wisperte: „Ob du es glaubst oder nicht, ich würde niemanden außer dir heiraten!"

Wie sie dastand, scheu und ihm treu ergeben, empfand er Mitleid mit ihr.

Sie war seine Cousine, seine *bildhübsche* Cousine, und sie würde alles für ihn tun. Was wollte ein Mann mehr?

Und Ana? Nun, er würde Ana dennoch treffen. Kein Mensch konnte ihn dazu zwingen, es nicht zu tun, und schon gar nicht Melina. Sie würde alles daransetzen, dass diese Ehe funktionierte, und er war ihr keine Rechenschaft schuldig, wohin er ging und wie lange er blieb. Ein Jahr konnte schnell vergehen, und dann hatte er seine Freiheit wieder. Und was viel wichtiger war: auch Ana.

Er atmete tief ein und aus, drückte ihre Hand und verkündete: „Okay, ich denke wir haben einen Deal."

Erfreut hob sie ihren Blick und schaute ihm direkt in die Augen. „Danke, Arian, ich werde dich nicht enttäuschen!"

„Mal sehen", brummte er weniger freundlich. „Und über

heute Nachmittag verlierst du kein Wort, verstanden? Wir waren schön spazieren, ich hab dir die Entchen gezeigt, und nun bist du ganz berauscht vor lauter Glück."

Sie strahlte ihn an. „Das bin ich tatsächlich."

Augenrollend schüttelte er den Kopf und steckte sich mürrisch die nächste Zigarette an. Wenn das so weiterging, würde er zum Kettenraucher werden.

Den gesamten Rückweg über schlenderten sie schweigsam nebeneinander her, jeder stumm in seinen eigenen Gedanken versunken.

Das Netz der Lügen

„Ana, warte doch mal!"

Überrascht drehte Ana sich um und sah Arian halb versteckt hinter der nächsten Hausecke stehen. Ihr Herz machte einen Satz.

Er fuchtelte mit den Armen und schaute ängstlich um sich.

Ana war hin- und hergerissen. Sollte sie zu ihm gehen? Die Sehnsucht nach ihm war in den letzten Tagen unerträglich geworden. Immer wieder hatte sie das neue Telefon in der Hand gehalten und auf eine Nachricht von ihm gehofft.

Ana ging einen Schritt auf Arian zu und flüsterte: „Arian, was machst du hier? Wenn dich jemand sieht ..."

„Dann komm doch endlich her zu mir!", erwiderte er grinsend.

Ana seufzte. Sosehr sie sich bemühte, standfest zu bleiben, sie musste sich doch eingestehen, dass sein Engagement der letzten Tage sie längst tief im Inneren überzeugt hatte.

Seit dem Streit hatte er keinen einzigen Abend ausgelassen und unter ihrem Fenster gewartet.

Manchmal sah sie durch einen Spalt zu ihm hinunter, manchmal begnügte sie sich damit, im Bett auf das wütende Aufheulen des Motors zu warten.

„Ich muss zur Schule. Solltest du nicht auch bei der Arbeit sein?"

„*Shpirt*, ich musste mir freinehmen, um dich sehen zu können. Komm", er streckte ihr auffordernd die Hand entgegen, „lass uns kurz reden."

„Nein, das geht nicht. Ich komme sonst zu spät."

„Jetzt sei doch nicht so stur. Hast du nach der Schule Zeit, um zu unserem Treffpunkt zu kommen? Heute wäre eigentlich unser Montag ... Wie sehr habe ich darauf gewartet."

Mit Engelszungen versuchte er, sie zu überreden, und sie spürte, wie ihr Willen brach.

Er kam auf sie zu, streichelte sanft über ihre Oberarme.

Sie genoss den kurzen intimen Augenblick, dann schüttelte sie ihn jedoch ab und schaute rundum, um zu sehen, ob jemand sie beobachtete. „Na gut, aber lange kann ich nicht bleiben."

„Ich genieße jede Minute mit dir. Hauptsache, du kommst, mein Herz." Dankbar berührte er ihre Wange.

Sie nickte ihm zum Abschied kurz zu, ehe sie kehrtmachte. Mit seinem Blick im Nacken stolperte sie aufgewühlt die Straße entlang. Erst als sie sich unbeobachtet fühlte, atmete sie wieder auf und ein freudiges Lächeln huschte über ihr Gesicht.

Sie würden sich wiedersehen! Schon heute nach der Schule.

„Du hast sie ja nicht mehr alle!" Sanela tippte sich mit dem Finger auf die Stirn. „Hat er dir nicht genug angetan?"

„Aber er fehlt mir."

„Das geht vorbei! Was wird er wohl für eine Meinung von dir haben, wenn du gleich bei den ersten lieben Worten nachgibst …"

Stumm blickte Ana zu Boden. Daran hatte sie nicht gedacht.

„Und überhaupt, ich dachte, Arian wäre Geschichte. Warum triffst du dich noch mit ihm?"

„Weil … Na ja, vielleicht haben wir eine Chance. Vielleicht wird er sich doch für mich entscheiden", antwortete Ana verlegen.

„Süße", Sanela runzelte die Stirn, „wenn du *hoffen* musst, dass er sich für dich entscheidet, dann ist *er* eindeutig die falsche Wahl!"

„Du kennst ihn gar nicht", begehrte Ana maulend auf.

„Das ist auch gut so, denn dadurch kann ich mich auf die Fakten konzentrieren und falle nicht auf schönes Gerede herein."

Dass ihre Freundin auf alles eine Antwort haben musste! Noch bevor sich Ana überlegen konnte, wie sie Sanela am besten überzeugen könnte, kam diese drohend mit dem Zeigefinger auf sie zu.

„Und was machst du, wenn wieder dieser Verrückte auftaucht? Noch mal besorg ich dir kein neues Handy!"

Jetzt wurde Ana wütend. „Der war damals zufällig im Park,

der weiß gar nicht, um welche Zeit wir uns treffen. Es wird schon gut gehen. Warum malst du gleich alles schwarz?"

„Weil ich mir Sorgen um dich mache. Gerade hast du dich ein wenig erholt, da taucht dieser Lump auf und macht dir schöne Augen! Und was machst du? Du fällst blindlings darauf rein."

Sanela schlug Ana leicht auf den Hinterkopf. „Er wird eine andere heiraten! Warum will das nicht in deine Birne?"

Natürlich wusste sie, was es bedeutete, wenn jemand davon sprach, dass er heiraten würde. Aber erstens wollte Arian nicht und zweitens ging es ihr nicht in den Kopf, wie es möglich war, dass man jemanden heiraten *musste*.

„Ich glaub das nicht!" Kopfschüttelnd wandte sie sich Sanela zu. „Ich kann das nicht glauben."

Warnend hob Sanela die Augenbrauen. „Dann wirst du es erleben müssen."

Schweigend saßen die beiden Freundinnen einen Moment lang nebeneinander.

„Du könntest behaupten, dass du einen Verehrer hast", schlug Sanela plötzlich vor. „Dann muss *er* um dich kämpfen. Männer jagen ihre Beute viel lieber, als sie gleich auf dem Teller serviert zu bekommen. Vielleicht bringt ihn das sogar dazu, die Situation neu zu überdenken."

„Glaubst du?" Ana wirkte nicht überzeugt.

„Nun ja … Wenn er gerade in der Zwickmühle ist, könnte sich das als ein Vorteil herausstellen. Männer wollen genau das, was sie nicht haben können. Warum sonst stehen sie auf diese überteuerten Sportwagen?" Sanela lachte.

Auch Ana kam jetzt ein Lächeln über die Lippen. „Er wird den Schwindel bestimmt sofort merken. Ich bin keine gute Lügnerin. Und was soll ich ihm denn erzählen? Er weiß doch, dass ich eigentlich fast nichts darf …"

„Ach, das ist nicht schwer", ereiferte sich Sanela, „du sollst nur erzählen, dass jemand aus deiner Schule unbedingt ein Date mit dir haben möchte. Oder noch besser", Sanelas Augen leuchteten vor lauter Kampflust, „nimm Dario, den Sohn von den

Freunden deiner Eltern. Dann kommst du ihm mit derselben Geschichte."

„Ich weiß nicht … Ich möchte ihn nicht anlügen. Wenn das rauskommt, dann habe ich ihn bestimmt für immer verloren."

Ihre Freundin ließ nicht locker. „Ich darf dich daran erinnern, dass du ihn bereits verloren hast. Ich meine, *er wird eine andere heiraten!* Was Schlimmeres kann nicht mehr passieren. Im Gegenteil, damit kannst du das drohende Unheil vielleicht abwenden."

„Ich habe Dario ewig nicht gesehen", sagte Ana zweifelnd, „auch wenn deine Idee gar nicht übel ist. Ich könnte mir eine Geschichte mit ihm ausdenken, damit es mir leichter fällt, zu lügen. Vor allem wohnt Dario über vierzig Kilometer weit entfernt. Niemand kennt ihn hier."

„Ja, ja!" Sanela klatschte in die Hände. „Das hört sich gut an. Außerdem, auch bei uns Kroaten ist es nicht unüblich, dass die Familie jemanden aus dem eigenen Volk bevorzugt. Darauf könntest du ihn ruhig hinweisen!"

„Du hast recht." Ana freute sich. Nun sah sie wieder einen kleinen Hoffnungsschimmer am Horizont. „Ich werde lügen, dass sich die Balken biegen."

„Und Arian wird dir wie ein Dackel hinterherlaufen!" Sanela lachte.

Dankbar umarmte Ana ihre Freundin. Dieses Treffen heute Nachmittag würde besonders werden. So leicht würde sie Arian nicht aufgeben.

„Hey, Alter!" Freudig schlug Arian bei Rion ein. „Haben sie dich wieder reingelassen?" Er liebte es, Rion wegen seines albanischen Passes aufzuziehen.

„Klar doch, so einen vorbildlichen Arbeiter wie mich."

Arian war froh, dass er diesen Tag freigenommen hatte, so konnte er nach Rions Rückkehr gleich mit ihm Mittagessen gehen und erfahren, wie es ihm im Kosovo ergangen war. Er platzte fast vor lauter Neugier.

„Und, hast du deine Traumfrau gefunden?"

Rion grinste nur. Seelenruhig schnappte er sich einen Sessel, nahm darauf Platz und rückte näher an den Tisch heran.

Arian tat es ihm gleich, stützte sich dabei erwartungsvoll mit den Ellbogen ab und lehnte sich, soweit es möglich war, zu Rion nach vorne.

Dieser schnalzte belustigt mit der Zunge. „Du schaust aus wie ein kleiner Junge, der auf seine Märchengeschichte wartet."

„Na, Märchen erzählst du mir ja hoffentlich keine. Los, Mann, spann mich nicht unnötig auf die Folter!"

„Tja, wie geplant habe ich sie mir angesehen. Du weißt schon, das Mädchen, das meine Eltern vorgeschlagen haben."

„Jaja, ich weiß. Und?"

Doch anstatt weiterzuerzählen, kramte Rion in seiner Jackentasche und zog ein Foto hervor, das er Arian unter die Nase hielt.

„Das ist sie. Was sagst du?"

„Hübsch, hübsch", stellte Arian anerkennend fest. Das Mädchen auf dem Foto hatte dunkelblonde, lange, gewellte Haare, dazu aber überraschenderweise braune Augen.

„Die Haare sind nicht echt, oder?"

„Doch", erwiderte Rion stolz, „sie hat wirklich blonde Haare."

„Und ihre Figur? Den Hamsterbäckchen nach zu urteilen …"

Schnell nahm ihm Rion das Foto wieder aus der Hand und betrachtete es liebevoll. „Genau *die* finde ich sehr süß, und nein, sie ist keine fette Kuh, wenn du das damit andeuten wolltest."

„Ja, fett vielleicht nicht, aber eventuell ein wenig … rundlich?"

„Das ist das Gleiche", herrschte ihn Rion an, „und sie ist nichts davon, okay?"

„Okay, okay! Es scheint dich ordentlich erwischt zu haben."

„Sie ist echt super. Alles, was man sich von einer Frau wünscht. Wir waren ein paarmal bei ihr und ihrer Familie eingeladen. Sie hat für alle gekocht und ordentlich serviert."

„Das hat bei deinen Eltern bestimmt Eindruck gemacht." Arian schmunzelte.

„Nicht nur bei denen", gab Rion zu. „Sie ist eine brave Hausfrau und redet keinen Blödsinn, verstehst du? Sie weiß, wann sie was zu sagen hat – und wann nicht."

„Ja, das ist durchaus wichtig!" Arian hatte Rions bedächtigen Sprachstil nachgeäfft. „Sag mal, du verarscht mich doch! Geht es dir echt um all so was? Das hört sich an, als wolltest du dir ein Haustier zulegen …"

Rion reagierte ungehalten. „Solche Dinge entscheiden aber, ob eine Ehe Bestand haben wird. Wenn es mal um mehr geht, als irgendwo seinen Schwanz reinzustecken", fügte er süffisant hinzu.

Arian hatte den tadelnden Unterton durchaus gehört, doch er ließ sich nichts anmerken.

„Also wirst du bald heiraten?"

„So sieht's aus!" Rion strahlte über das ganze Gesicht.

„Tja, dann gratuliere ich dir ganz herzlich!" Arian erhob sich und klopfte Rion auf die Schulter. „Wann wird die Hochzeit stattfinden?"

„So bald wie möglich. Allerdings werden wir zweimal heiraten müssen: einmal mit ihrer Familie im Kosovo und einmal bei uns."

„Und sie bleibt dann hier bei dir?"

„Ja, selbstverständlich", erwiderte Rion mit stolzgeschwellter Brust. „Deshalb wird es auch gut für sie sein, wenn sie in Melina eine Freundin hat."

Beim Thema Melina verzog Arian das Gesicht.

„Du *wirst* sie doch heiraten, oder?"

„Muss ich ja wohl", entgegnete Arian mürrisch, „doch wir haben einen Deal. Nach einem Jahr kann ich mich scheiden lassen."

Überrascht hob Rion die Augenbrauen. „Was? Darauf hat sie sich eingelassen?"

„Ich staune selbst. Wahrscheinlich hat sie endlich kapiert,

dass man nicht so einfach jemanden haben kann."

„Und was ist mit Ana?"

„Die hat Ridvan ganz schön eingeschüchtert. Spaziert der Idiot doch ausgerechnet genau dort durch den Park, wo ich mich mit Ana getroffen habe. Natürlich war er außer sich. Er hat Ana sogar das Handy zerdeppert."

„Oh, Scheiße! Hat er etwas zu Hause erzählt?"

Nervös tippte Arian mit den Fingern auf den Tisch. „Ich glaube nicht. Zumindest hat es kein Theater deswegen gegeben, und mit Ana werde ich mich heute noch treffen und alles wieder klarstellen."

Rion blieb der Mund offen stehen. „Du machst nicht Schluss mit ihr?"

Arian grinste verschmitzt. „Warum sollte ich? In einem Jahr ist der Zauber mit Melina vorbei und ich kann wieder meinen eigenen Weg gehen."

„Aber ihr werdet eine gemeinsame Wohnung haben, vielleicht ein Kind bekommen …"

Entrüstet winkte Arian ab. „Hast du sie noch alle? Bevor die ein Kind von mir bekommt, prügel ich es vorher aus ihr raus!"

Rion wiegte unsicher den Kopf hin und her. „Ich weiß nicht, ob das alles gutgehen wird. Du musst sie immerhin abfinden. Unter zehntausend Euro kommst du aus der Sache nicht raus. Eigentlich würde ich dir wünschen, dass du an Melina doch noch Gefallen findest. Sie ist die perfekte Frau für dich. Außerdem kannst du diese Schande deinen und ihren Eltern nicht antun!"

„Kommt Zeit, kommt Rat", knurrte Arian ungeduldig.

„Hör besser auf, zu träumen", warnte Rion ihn, „du siehst selbst, dass dich das wahre Leben bereits eingeholt hat."

Nun hatte Arian endgültig genug. „Das ist mir scheißegal!"

Damit sprang er auf und stampfte wütend zum Auto. Schon wieder ließ er Rion sitzen.

Ohne sich noch einmal zu ihm umzudrehen, stieg er heftig aufs Gaspedal, sodass die Reifen ordentlich quietschten und brauste davon.

Ana kam dem Stadtpark näher, wo Arian am Eingangstor auf sie wartete und unruhig auf und ab lief. Selbst aus der Entfernung spürte sie seine Unsicherheit.

Als er sie endlich bemerkte, huschte ein erleichtertes Lächeln über sein Gesicht.

Sie nahm ihren ganzen Mut zusammen und ging mit ernstem Gesicht schnurstracks auf ihn zu.

So sehr sie ihn liebte und ihm am liebsten in die Arme gefallen wäre – sie musste sich zusammenreißen. *Sie* wollte die Beute sein, die es zu erjagen galt.

Deswegen wich sie galant zurück, als er ihr wie gewohnt einen Kuss auf die Lippen drücken wollte.

Arian schaute sie fragend an, sagte jedoch nichts.

Langsam schlenderten sie los in Richtung Trauerweide, wo sie sich ungestört unterhalten konnten.

Erst unter den schützenden Zweigen versuchte Arian schließlich, die alte Vertrautheit wieder herzustellen.

„*Shpirt*, es ist schön, dich wiederzusehen. Ich habe dich sehr vermisst. Du mich auch?" Dabei kam er vorsichtig einen Schritt näher auf sie zu.

„Ich habe heute nicht lange Zeit", erwiderte sie ungewohnt kühl.

„*Zemer*, mein Herz, sei doch nicht so streng zu mir! Ich verspreche dir, es wird alles gut werden."

„Wird es das?", konterte Ana scharf. „Vielleicht kann *ich* dir das nun nicht mehr versprechen …"

Arian runzelte die Stirn. „Was meinst du damit?"

Um etwas Zeit zu gewinnen, kramte sie ihr neues Telefon aus der Tasche und hielt es ihm unter die Nase.

„Von Sanela. Ich wüsste nicht, was ich ohne sie täte …"

„Heißt das, ich kann dich endlich wieder erreichen?"

„Du kannst es ja versuchen", neckte sie ihn, fuhr jedoch gleich zusammen, als Arian sie wild am Arm packte.

„Hey, was soll dieses Spielchen? Auch wenn ich Scheiße gebaut hab, muss ich mir so etwas noch lange nicht gefallen lassen! Sprich ordentlich mit mir, ich rede ja auch ordentlich mit dir!"

Ana biss sich auf die Lippen. In der Theorie hatte sich das, was sie mit Sanela besprochen hatte, viel leichter angehört, doch direkt vor Arian zu stehen und ihn an der Nase herumzuführen – das fiel ihr schwerer als gedacht.

„Also, was ist jetzt? Kann ich dir wieder schreiben?"

Sie nickte schnell und packte das Telefon wieder zurück in ihre Tasche.

„Und wirst du auch wieder zum Fenster kommen? Ich habe nun lange genug wie ein Idiot davor gestanden, ohne dich auch nur einmal zu Gesicht zu bekommen."

„Ich kann *schon* zum Fenster kommen, doch wir müssen gut aufpassen, damit uns niemand sieht."

„Das weiß ich, Ana. Bisher hat uns noch keiner erwischt!"

„Ja, das stimmt." Ihr Herz begann, wie wild zu pochen. Es war an der Zeit, dass sie ihre neue Taktik einschlug. „Aber die Situation hat sich nun ein wenig geändert …"

„Was ist heute nur los mit dir?" Kopfschüttelnd musterte er sie. „Liebst du mich nicht mehr?"

Unbeirrt fuhr Ana fort. „Doch, Arian, es ist nur so …" Sie musste kurz durchatmen. „Wir hatten neulich Besuch von den Bekannten meiner Eltern. Sie haben durchblicken lassen, dass sie es gern sehen würden, wenn ich mit ihrem Sohn in Zukunft etwas mehr Zeit verbringen würde …" Scheinbar betreten schaute sie zu Boden.

„Was sagst du da?" Arians Stimme klang alarmiert.

„Ich glaube, du hast schon verstanden, was ich gesagt habe", flüsterte sie kraftlos.

Er ging einen Schritt rückwärts und sah sie scharf an. „Und, wirst du es tun? Wirst du den Typen treffen?", fragte er kalt.

Ana konnte ihm nicht in die Augen sehen. Schlimm genug, dass sie ihn anlog. Sie provozierte ihn ja regelrecht. Ob das Ganze den Effekt nach sich zog, den sich Sanela davon versprach?

„Es wird mir nichts anderes übrig bleiben. Vielleicht ist es besser für mich." Sofort darauf biss sie sich auf die Lippen.

Arian wirkte anfangs überrascht – dann verzog er angewidert seine Mundwinkel.

„Du hast dir offensichtlich schon deine Gedanken dazu gemacht. Da kann ich dir nur alles Gute wünschen." Damit machte er mit einem Satz kehrt und ließ sie verzweifelt zurück.

Einige Minuten lang dachte sie, dass er bestimmt gleich wieder zurückkommen würde, um sie anzuflehen und um Verzeihung zu bitten. Doch nach einer Viertelstunde war ihr klar, dass das nicht passieren würde. Ana hatte sein Temperament eindeutig unterschätzt. Nun sah sie keine Möglichkeit mehr, das wieder geradezubiegen.

Während sie sich langsam ins weiche Gras sinken ließ, füllten sich ihre Augen mit Tränen.

Erst gegen Abend schleppte sich Ana mühevoll nach Hause.

Vor der Eingangstür versuchte sie hektisch, alle Spuren in ihrem Gesicht zu beseitigen, doch als sie schließlich die Wohnung betrat, waren ihre Eltern zu ihrem Erstaunen mit ganz anderen Themen beschäftigt.

„Ana, heute Abend wirst du allein zu Hause sein. Dein Vater hat sich aufgerafft und geht endlich mit mir in *das* Musical, von dem ich schon seit Monaten schwärme", jubelte ihre Mutter vergnügt wie ein kleines Schulmädchen.

Erst jetzt fiel Ana auf, dass sie ungewöhnlich schick zurechtgemacht war. Sie trug sogar die teuren Perlenohrringe ihrer Großmutter, die sie nur zu besonderen Anlässen auspackte.

„Ich kann dir nun mal keinen Wunsch abschlagen." Mit verliebtem Blick zwinkerte ihr Vater ihrer Mutter zu.

So muss Liebe aussehen, dachte Ana traurig. Papa hatte bestimmt immer nur Mama zur Frau haben wollen.

„Also, warte nicht auf uns. Es kann heute länger werden", trällerte ihre Mutter.

„Ich wünsche euch beiden viel Spaß! Ihr habt es euch verdient", fügte sie noch leise hinzu.

„Danke, mein Schatz!" Ihre Mutter wedelte freudig herum, kam dann auf sie zu und drückte ihr einen fetten Schmatz auf die Stirn. Als wäre sie noch ein kleines Mädchen, wuschelte sie ihr durch die Haare.

„Geh aber trotzdem bald ins Bett, ja? Du hast morgen Schule. Wir verlassen uns auf dich."

„Schon klar, Mama. Ich weiß, was ich zu tun habe."

„Und kannst du so lieb sein und den Tisch abräumen? Wir müssen jetzt nämlich los …"

„Wird sofort erledigt!"

„Mein braves Mädchen!", schwärmte ihre Mutter, während sie mit ihrem Vater zur Tür hinauswehte.

Sorgsam räumte Ana den Tisch ab und verstaute das Geschirr im Geschirrspüler.

Erst nachdem sie auch noch den Tisch und die Küchenanrichte abgewischt hatte, ging sie zurück in ihr Zimmer und warf sich erschöpft aufs Bett.

Ob Arian heute Abend kommen würde? Er war so aufgebracht gewesen.

Sie erschrak furchtbar, als das Telefon in ihrer Hand plötzlich laut zu läuten begann.

„Mensch, Sanela, du hast mir jetzt aber einen Schrecken eingejagt."

„Bist du paranoid? Ein Handy läutet nun mal …"

„Ja, ich weiß", lachte sie, „aber ich hatte es gerade in der Hand und …"

„… und hast draufgestarrt?"

Ana kicherte. „Ja, du hast es erraten."

„Wartest du auf Arian?"

„Irgendwie schon. Aber ich glaube nicht, dass er sich melden wird."

„Warum? Du hast mich gar nicht angerufen!", kreischte Sanela aufgebracht. „Also, erzähl sofort, wie es war!"

Bekümmert seufzte Ana und versuchte dann, Sanela Arians Reaktion zu schildern.

„Ich habe, wie wir es besprochen hatten, Dario, den Sohn unserer Bekannten, erwähnt und dass unsere Eltern es gerne sehen würden, wenn wir in Zukunft mehr Zeit miteinander verbringen würden, doch dann …"

„Was dann?", unterbrach Sanela aufgeregt.

„Dann war ich wohl zu zickig, als ich gemeint habe, dass es vielleicht sogar besser so wäre …"

Sanela lachte laut auf. „Ich finde das super, aber Arian hast du damit beleidigt, oder?"

„Das kannst du annehmen!", antwortete Ana mit leiser Stimme. Eine erste Träne kullerte über ihre Wange. „Er ist einfach abgehauen. Er will mich bestimmt nie wieder sehen."

„Ach, jetzt warte erst mal ab", versuchte Sanela, sie zu beruhigen. „Albaner sind heißblütig. Arian wird bestimmt darüber nachdenken. Ich wette, er meldet sich noch."

„Dein Wort in Gottes Ohr", flüsterte Ana. „Sag mal, das wollte ich dich schon lange fragen … Du erzählst gar nichts mehr von diesem Ben."

Sanela kicherte. „Ach, das ist ein Blödi! Der hat nur gut ausgesehen. Bei unserem Date hat er sich so unmöglich benommen, dass ich mich nie wieder mit ihm treffen will."

„Wirklich?" Ana riss vor Staunen den Mund weit auf. „Das hast du mir gar nicht erzählt …!"

„Tja, du hattest nur noch deinen Arian im Kopf", erwiderte sie gelassen.

„Trotzdem brenne ich auf Details. Du musst mir alles genau erzählen, hörst du?", beharrte Ana.

Beide begannen, loszuprusten und wünschten sich bald eine gute Nacht.

Erst nachdem Ana aufgelegt hatte, sah sie die Nachricht von Arian.

Shpirt, ich muss mit dir reden. Komm bitte zum Fenster!

Oje, wie lange wartete er schon? Ana huschte schnell zum Fenster. Unten auf dem Gehweg ging Arian ungeduldig auf und ab. Immer wieder zog er nervös an seiner Zigarette.

Ich bin da!, schrieb sie eilig und sah, wie er das Handy aus der Hosentasche holte.

Lächelnd schaute er zu ihr nach oben. Ana atmete erleichtert aus. Da piepste es gleich wieder.

Sag mir, wann wir miteinander reden können. Ich kann nicht mehr bis nächste Woche warten.

Sein Blick war ernst. Anas Herz begann, zu klopfen. War nun der Moment gekommen, der alles entscheiden würde?

Ihre Eltern kamen bestimmt nicht in der nächsten Stunde zurück. Und obwohl sie das schlechte Gewissen plagte, wollte ihr keine andere Möglichkeit einfallen. Schließlich gab sie sich einen Ruck.

Meine Eltern sind heute ausgegangen. Ich könnte vielleicht ganz kurz weg.

Als sie zu ihm nach unten blickte, winkte er sie aufgeregt herbei und Ana lief, ohne weiter nachzudenken, das Treppenhaus hinab.

Arian hielt ihr grußlos die Beifahrertür seines Autos auf, das er gleich am Straßenrand geparkt hatte.

Ana schaute ihn fragend an, stieg dann aber hastig ein, um nicht von einem Nachbarn gesehen zu werden.

Gleich darauf sprang Arian ins Auto und knallte die Tür lautstark zu. Ana zuckte leicht zusammen. Zum ersten Mal war sie mit ihm allein.

Hier im Auto war es etwas anderes als im Park. Vielleicht fühlte sie sich deshalb ein wenig unbehaglich. Im Grunde war sie ihm ausgeliefert.

Nachdem er losgefahren war und noch kein Wort verloren hatte, versuchte Ana ein Gespräch.

Ahnungslos fragte sie: „Arian, wohin fahren wir?"

Arians finsterer Blick blieb starr auf die Straße gerichtet. Bäume zogen immer schneller am Fenster vorbei. Es dämmerte und bald würde völlige Finsternis über der Stadt liegen.

Sie versuchte einen erneuten Anlauf.

„Ich habe gedacht, wir bleiben beim Parkplatz und unterhalten uns?"

Wieder keine Antwort. Ana wurde zunehmend unruhiger. Verzweifelt betrachtete sie sein Profil, doch Arians Blick wollte nicht von der Straße weichen. Seine Hände verkrampften sich um das Lenkrad, sodass die Knöchel bereits weiß hervortraten. Seine Stirnfalten und der zusammengekniffene Mund verhießen nichts Gutes.

Ana versuchte es dennoch: „Sag es mir bitte. Wohin fahren wir?"

„Ich bringe dich jetzt um!"

Ana erstarrte augenblicklich. Nach den Erlebnissen der vergangenen Wochen und wie sie ihn inzwischen kennengelernt hatte, würde sie ihm alles zutrauen.

Aber das konnte gar nicht sein. Wahrscheinlich erlaubte er sich nur einen schlechten Scherz mit ihr.

Sie beschloss, keine Angst zu zeigen.

„Arian, komm schon, was soll das? Warum solltest du mich umbringen wollen?"

Doch Arian blieb todernst. Ohne den Blick von der Straße zu nehmen, antwortete er mit fester Stimme: „Weil ich dich nicht haben darf und ich es nicht ertragen kann, dass dich jemand anderes hat!"

Anas Hände begannen, zu zittern. Trotzdem legte sie vorsichtig eine Hand auf seinen Oberschenkel, um ihn zu beruhigen.

Leise flüsterte sie: „Arian, komm, bleib mal stehen. Wir wollten uns doch unterhalten."

Sie sah, wie eine Schweißperle von seinem dunklen Haaransatz bis zu seinem rechten Ohr herablief, obwohl es nicht sonderlich heiß war. Auf seiner Oberlippe hatten sich kleine Schweißtröpfchen angesammelt.

Unruhig rutschte sie in ihrem Sitz hin und her.

„Arian, ich bitte dich …“, versuchte sie es noch einmal, doch er blieb stumm.

Nach einer Weile bog er scharf um eine Ecke und bremste abrupt. Sie sah sich um. Offenbar befanden sie sich auf dem großen Gelände eines Autohändlers.

Ungefähr ein Dutzend Autos verschiedenster Marken waren reihum aufgestellt. In der Mitte des Platzes befand sich ein hübsches Gebäude, das, obwohl es klein war, mit seinen stämmigen Säulen einem Palast glich.

„Das ist der Autohandel meines Onkels“, klärte Arian sie knapp auf. „Um diese Zeit ist niemand mehr da. So viel ist sicher.“

Ana faltete ihre Hände im Schoß und überlegte fieberhaft, wie sie sich aus dieser Situation retten könnte, doch ihre Angst blockierte all ihre Gedanken.

Arian stellte den Motor ab, zog den Zündschlüssel und steckte ihn in seine Hosentasche. Dann drehte er sich zu Ana und sah sie schweigend an.

Sie brachte keinen Ton mehr hervor, schaute ihm kurz in die Augen, um daraufhin sofort den Blick auf ihre Hände im Schoß zu lenken. Sie musste wie ein eingeschüchtertes Reh auf ihn wirken.

Langsam hob er seine linke Hand und strich ihr zärtlich über die Wange. Sie wanderte weiter ihren Hals hinab und blieb dort liegen. Mit dem Daumen streichelte er die kleine Grube am Halsansatz.

Ana konnte nicht aufhören, zu zittern. Normalerweise genoss sie seine Berührungen, doch diesmal fühlten sie sich anders an. Er tastete jeden Zentimeter ihrer Haut ab, als müsste er sich jeden Fleck, jedes ihrer Muttermale sorgsam einprägen.

Es wurde kalt im Auto. Arian schien dennoch unsagbar zu schwitzen, sodass die Fensterscheiben rund um ihn zu beschlagen begannen.

Sie schauderte. Wie hatte er vor, sie umzubringen? Würde er sie erwürgen? Besaß er möglicherweise sogar eine Waffe?

Vielleicht ein Messer? Tausend Gedanken wirbelten Ana durch den Kopf.

Ihr stockte der Atem, als Arian den Ausschnitt ihres Shirts beiseiteschob und seine Hand auf ihre Brust legte.

„Wie lange habe ich mir das gewünscht", raunte er mit heiserer Stimme.

Zärtlich begann er, am Ansatz ihres BHs entlangzustreichen, bis seine Finger sich schließlich einen Weg unter das Kleidungsstück suchten.

Er rückte näher an sie heran. Sie spürte seinen heißen Atem an ihrem Ohr, während er ihre Brust knetete.

„Ana!", flüsterte er leise. „Ich liebe dich so sehr! Ich will, dass du ganz mir gehörst."

Mein Glanz, schoss es ihr durch den Kopf, *er möchte meinen Glanz haben.*

Plötzlich erschien ihr das Gesicht ihrer Großmutter vor Augen, die warnend den Zeigefinger hob. Sie erinnerte sich an ihre Worte.

„Dein Glanz, mein Kind, ist ein ganz besonderes Geschenk für einen besonderen Mann. Wähle diesen Mann gut aus, denn dieser besitzt ihn für immer; er kann ihn dir nie wieder zurückgeben. Falls du den Falschen gewählt hast, ist dein Glanz für alle Zeit verloren, und niemand weiß, ob der richtige besondere Mann dich ohne deinen Glanz dann noch finden kann."

Ist Arian der eine Besondere?, fragte sich Ana.

Er machte ihr Angst. Warum tat er das? Ihr Vater hatte ihrer Mutter bestimmt nie Angst gemacht.

Mit einem Mal fand sie seine Berührung nur noch abstoßend. Sie nahm seine Hand und schob sie weg.

„Lass das." Sie schaffte es, mutig und gefasst zu klingen. „Ich dachte, wir hätten etwas Wichtiges zu besprechen?"

Arian hielt überrascht inne. Doch seine Leidenschaft war längst geweckt. Ungestüm zog er sie an sich und versuchte, seine nasse Zunge in ihren Mund gleiten zu lassen.

Ana drehte sich angewidert weg, da spürte sie bereits, wie seine Lippen gierig ihren Hals küssten. Gleichzeitig tastete seine linke Hand nach ihrer Brust.

Er schien wie von Sinnen, seine Griffe wurden fester und wilder.

Voller Verzweiflung begann Ana, zu weinen.

Sie versuchte, klar zu denken, während er sie mit seiner Lust überrannte. Mit beiden Händen wollte sie ihn krampfhaft von ihrem Körper abhalten, das stachelte ihn nur noch mehr an.

„Bitte, Arian, lass uns reden."

Ein erneuter kläglicher Versuch, ihn zur Vernunft zu bringen, doch ihre Worte schienen nicht mehr zu ihm durchzudringen.

Erst als er anfing, seine Hand zwischen ihre Beine zu schieben, wuchtete sie ihn mit aller Kraft von sich und schrie ihm ins Gesicht: „Hörst du schlecht? Ich will das nicht! Bring mich sofort wieder nach Hause!"

Wie aus einer Trance erwacht, atmete Arian tief durch. Er lehnte sich zurück und wischte sich den Schweiß von der Stirn. Dann warf er Ana einen finsteren Blick zu.

Noch immer signalisierte ihre Körperhaltung Abwehr, dennoch versuchte sie, wieder ruhig und vernünftig zu klingen.

„Arian, du musst mir Zeit geben. Wir kennen uns nicht lange genug. Außerdem habe ich Angst, dass meine Eltern nach Hause kommen. Wir müssen jetzt wirklich zurück!"

„Deine Eltern! Ich habe keine Angst vor deinen Eltern …"

„Das mag sein, aber *ich* respektiere meine Eltern, und ich möchte nicht, dass sie sich unnötig Sorgen machen."

„Also respektierst du auch, dass sie jemanden für dich ausgesucht haben?"

Ana schluckte schwer. Wenn sie gewusst hätte, wie ernst Arian die Sache mit ihrem angeblichen Verehrer nehmen würde, dann hätte sie niemals von ihm erzählt. Aber sie verstand jetzt, was es bedeutete, wenn in seiner Welt eine Ehe von den Eltern arrangiert wurde.

Nur – mittlerweile war ihr das einerlei. Sie wollte sofort nach

Hause und diese Schreckensstunde mit ihm am besten aus dem Gedächtnis streichen.

Sie nahm seine Hand und versuchte, ihn zu beruhigen. „Arian, bei uns ist das nicht so streng wie bei euch. Nur weil ihn meine Eltern mögen, heißt das noch lange nicht, dass ich ihn jetzt gleich heiraten muss."

Er drückte ihre Hand und sah ihr tief in die Augen. „Versprich mir, dass du auf mich warten wirst, bis ich meine … Angelegenheiten geklärt habe."

Sie nahm sein Gesicht in beide Hände. Dann gab sie ihm einen zärtlichen, langen Kuss und flüsterte: „Ich verspreche es dir."

Er küsste sie noch einmal, zuerst auf den Mund, dann auf beide Wangen, danach ihre Augen und zu guter Letzt drückte er sie eng an sich und raunte ihr ins Ohr: „Ich liebe dich, Ana! Ich sterbe, wenn ich dich verliere."

Liebevoll streichelte sie seine Wange. „Das wirst du nicht, ich gehöre dir."

Endlich lächelte er wieder. Er wischte sich den Schweiß vom Gesicht und suchte nach seinem Autoschlüssel in der Hosentasche. Er wirkte erleichtert.

Ana ließ sich in den Sitz fallen und versuchte, sich zu entspannen.

„Schade, dass deine Eltern so selten weggehen. Es gefällt mir, dich am Abend abzuholen."

Sie bemühte sich um ein müdes Lächeln. Niemals würde sie wieder einen Fuß in dieses Auto setzen, aber heute war der falsche Zeitpunkt, um darüber zu sprechen, deswegen entgegnete sie freundlich: „Vielleicht kann ich sie ja wieder einmal dazu überreden …"

„Das wäre schön, mein Schatz." Er warf ihr einen verliebten Blick zu.

Ruhelos betrachtete Ana die vorbeihuschenden Bäume. Endlich konnte sie das blaue Haus sehen; da bremste Arian ein paar Meter davor ab.

„Da wären wir wieder. Ich habe mich ein Stück weiter weg gestellt, damit du mir einen Abschiedskuss geben kannst." Er zwinkerte ihr zu.

Unter normalen Umständen hätte sie sich darüber gefreut. Sie bemühte sich, die Contenance zu wahren, als er sie auch schon an sich zog und leidenschaftlich küsste.

Aus dem Augenwinkel beobachtete Ana die Haustür. Schließlich riss sie sich ungeduldig von Arian los.

„Sie sind bestimmt noch nicht da." Er hatte ihre Gedanken erraten.

„Dann will ich mein Glück mal nicht überstrapazieren." Mit diesen Worten sprang sie endlich aus dem Wagen. Beim Überqueren der menschenleeren Straße drehte sie sich noch einmal kurz um und winkte Arian verhalten zu.

Vorsichtig drehte sie den Schlüssel im Schloss der Wohnungstür. Zuerst öffnete Ana sie nur einen Spalt. Kein Licht war zu sehen.

Etwas mutiger trat sie ein und streifte die Schuhe ab, damit ihre Schritte keinen Lärm verursachten.

Auf Zehenspitzen schlich sie zur Küche, dort war alles dunkel. Erst nachdem sie sich auch bei den anderen Räumen versichert hatte, dass noch niemand da war, atmete sie erleichtert auf und machte das Licht an.

Sie ging in die Küche und schenkte sich ein großes Glas Wasser ein, das sie sofort in wenigen gierigen Zügen austrank.

Anschließend hielt sie von ihrem Kinderzimmerfenster aus Ausschau nach ihren Eltern. Dabei warf sie einen Blick auf die Stelle, wo Arian geparkt hatte.

Sein Auto war weg. Dennoch fühlte sie sich beobachtet, sodass sie hastig die Vorhänge zuzog.

„Was für ein Abend", seufzte sie laut, als sie sich aufs Bett plumpsen ließ. Erst da bemerkte sie, dass ihr Handy in der Hand blinkte.

Shpirt, es tut mir leid wegen heute. Bitte verzeih, dass ich so ungestüm war. Bei dir vergesse ich alles um mich herum. Ich freue mich so sehr, dass unsere Liebe gesiegt hat. Du bist mein Mädchen, meine Prinzessin! Hab schöne Träume, mein Herz.

Konnte das ein und derselbe Mensch sein? Immerhin wollte er sie vor zwei Stunden umbringen, und jetzt säuselte er mit Engelszungen von Liebe und Sehnsucht, als wäre nichts gewesen?

Ana war das unerklärlich. Offenbar sollte er immer noch heiraten, sonst hätte er nicht erwähnt, dass er *Angelegenheiten* zu klären hatte. Gleichzeitig wollte er ihr aber das Leben nehmen, weil er davon ausging, dass sie selbst auch heiraten musste? Bei ihm war das okay, aber sie sollte deswegen sterben?

Was war das für eine Welt, in der er lebte, wo man so schnell über Leben, Heirat und Tod entscheiden konnte?

Sie fand das grausam und ungerecht. Ihre Gefühle für ihn waren ein einziges Chaos.

Wenn sie an die ersten Wochen ihrer Liebe zurückdachte, kamen ihr nur schöne, aufregende Bilder in den Sinn. Die Erinnerungen der letzten Tage ließen dagegen Verbitterung und Wut in ihr aufsteigen. Und die Gefühle, die in diesem Augenblick in ihr tobten, waren in erster Linie Angst und Ablehnung.

Doch sie war zu müde, um weiter über all das nachzudenken. Obwohl sie sehr aufgewühlt war, fand sie bald in einen unruhigen Schlaf.

Ständig schaute Arian auf das Display seines Handys, aber es kam keine Nachricht von Ana zurück.

Er hoffte, dass er nicht zu weit gegangen war, andererseits … sie kannte ihn und seine aufbrausende Art doch schon … Zuletzt hatte sie ihn immerhin leidenschaftlich geküsst.

Nein, er war sich sicher, dass alles wieder gut war.

Plötzlich vibrierte das Handy und er nahm es zuversichtlich in die Hand.

„Ach, Melina!", rief er verärgert aus.

Ich wollte dir eine gute Nacht wünschen. Auch wenn du mir nie zurückschreibst, sollst du wissen, dass ich an dich denke.

Warum konnte er nicht in *sie* verliebt sein? Es wäre viel einfacher. Bei Melina konnte er sich sicher sein, dass sie sofort zurückschreiben würde, wenn sie eine Nachricht von ihm bekäme.

Sie würde bestimmt die ganze Nacht mit ihm verbringen und nie wieder nach Hause wollen. Nicht so wie Ana.

Beleidigt begann er, in sein Telefon zu tippen, und zum ersten Mal schrieb er Melina zurück.

Gute Nacht.

Er legte das Handy wieder auf den Nachttisch zurück und rollte sich in der kuscheligen Bettdecke ein.

Er glaubte immer noch, Anas Brust in seiner Hand zu fühlen. Ihre samtweiche Haut, ihr anziehender Duft … Wie ihre Haare sein Ohr kitzelten, wenn er sie küsste …

Um alles in der Welt wollte er sie haben, und er würde nicht aufgeben, bis es so weit war.

Nie im Leben hätte Melina daran gedacht, dass sie noch einmal aus dem Bett hüpfen würde, weil tatsächlich das Telefon auf ihrem Schreibtisch vibriert hatte. Oder hatte sie sich verhört?

„Verdammt!", fluchte sie. In der Eile hatte sich ihr Fuß in der Bettdecke verheddert, sodass sie beinahe hingefallen wäre.

Endlich war sie am Schreibtisch angelangt. Neugierig schaute sie auf das Display.

„Gute Nacht", las sie laut vor. Dann wirbelte sie ausgelassen einmal im Kreis herum.

„Eine Nachricht!", freute sie sich. „Er hat mir tatsächlich zurückgeschrieben!"Mit einem Schlag war sie putzmunter.

Sie öffnete den Kleiderschrank und streichelte behutsam über den langen Plastiksack, der dort hing. Darin befanden sich drei wunderschöne Kleider, die sie heute mit ihrer Mutter für die Verlobungsfeier besorgt hatte.

Jedes in einer anderen Farbe, bodenlang und prächtig bestickt. Da sie maßgefertigt waren, saßen sie wie angegossen.

„Nur noch ein paar Wochen", sagte Melina fröhlich. Am liebsten hätte sie die Kleider gleich wieder anprobiert.

Zurück in ihrem Bett, griff sie nach Arians Bild. „Du hast mir zurückgeschrieben", wisperte sie ihm freudig zu. „Du wirst sehen, wir werden eine glückliche Ehe führen. Wenn du nur auch so an uns glauben könntest, wie ich es tue."

Als sie das Foto schließlich wieder zurücklegte, war sie sich sicher, dass ihr Wunsch bald in Erfüllung gehen würde.

Der Geschmack der Enttäuschung

„Und, war er gestern noch da?" Sanela schien vor Aufregung beinahe zu platzen.

Sie lauerte Ana bereits vor dem Schulhof auf, um sie ausquetschen zu können, doch Ana reagierte auf ihre Frage nur mit einem müden Blick.

Diesen Morgen fand sie die ganze Geschichte plötzlich nicht mehr sehr aufregend.

Selbst nach dem Aufwachen hatte sie nicht wie die Wochen zuvor zuerst auf das Handydisplay geschaut, sondern war aufgestanden und ins Bad geschlurft, ohne es eines Blickes zu würdigen.

Erst als sie das Telefon in die Schultasche einpacken wollte, packte sie doch die Neugier und schaltete es ein.

Vier Nachrichten. Alle von Arian.

Shpirt, schläfst du schon? Ich warte auf deine Antwort.

Warum schreibst du mir nicht? Es ist jetzt eine Stunde vergangen, seit ich dir geschrieben habe.

Ich schwör dir, wenn du mir nicht sofort antwortest, dann ruf ich dich so oft an, dass deine Eltern und das ganze Haus aufwachen!

Mein Herz, ich vermisse dich. Bestimmt schläfst du und hast meine Nachricht noch gar nicht gesehen. Ich wünsche dir schöne Träume. Bitte melde dich gleich morgen früh. Ich liebe dich.

„Er ist eindeutig verrückt geworden", stellte Ana bekümmert fest, warf das Handy in die Schultasche und machte sich auf den Weg.

Sie hatte keine große Lust, zurückzuschreiben. Eigentlich wäre es ihr lieber gewesen, zu Hause zu bleiben, anstatt zur Schule zu gehen, doch sie versuchte, tapfer zu sein.

Um Arian wollte sie sich später Gedanken machen. Nach der

Schule oder beim Einschlafen oder wann auch immer, nur nicht jetzt.

Sie wollte auch nicht mit Sanela über ihn sprechen und ihr ganz sicher nicht diesen furchtbaren Abend schildern.

„Ja, es war wie immer", sagte sie deshalb kurz angebunden. „Er war da und wir haben uns SMS geschrieben, dann ist er wieder gefahren. Nichts Besonderes."

„Nichts Besonderes?", kreischte Sanela. „Ich meine, ihr habt euch wieder vertragen, eure Liebe ist noch nicht verloren!"

„Mag sein." Ana zuckte mit den Schultern. Sie wollte gerade den Schuleingang betreten, da hielt sie Sanela zurück.

„Warte mal einen Moment. Siehst du das Mädchen da hinten? Diese Hübsche mit den schwarzen Haaren bis zum Po?"

„Die, auf die ungefähr alle Jungs der Schule stehen?", seufzte Ana.

„Jaja, genau." Sanela nickte und begann, sie am Arm zu dem Mädchen zu ziehen, doch Ana stemmte sich dagegen.

„Was willst du von der?"

„Ich hab herausgefunden, dass sie Albanerin ist. Da hab ich gedacht, wir könnten sie ein wenig über deinen Arian ausfragen. Die kennen sich doch alle untereinander …"

„Das halte ich für keine gute Idee." Ana dachte mit Schrecken an diesen Ridvan zurück. „Wenn die Wind bekommt, dass mit uns noch nicht Schluss ist, ich will es mir gar nicht vorstellen …"

„Na, dann sagen wir halt, es *ist* Schluss und du wolltest dich nur erkundigen. Komm schon, stell dich nicht so an! Ich rede für dich."

Sanela ließ kein Nein gelten und zog Ana ungestüm zu dem Mädchen. Unwillig stolperte sie mit.

Als Sanela der hübschen Albanerin zuversichtlich auf die Schulter tippte, fuhr die herum und starrte sie überrascht an.

„Was willst du?", fragte sie misstrauisch, während sie die beiden mit schmalen Augen musterte.

Am liebsten wäre Ana wieder umgekehrt, doch Sanela ließ sich nicht einschüchtern.

„Hey, ich wollte dich fragen, ob du einen Albaner namens Arian kennst. Er ist zwanzig, hat dunkle Haare, einen schön rasierten Bart …"

„Arian, wie noch?", unterbrach das Mädchen sie sofort.

Sanela warf Ana einen kurzen Blick zu, doch die schüttelte den Kopf.

„Wissen wir nicht."

„Du weißt nicht einmal seinen Nachnamen, willst dich aber über ihn erkundigen? Vergiss es!", fuhr sie Sanela scharf über den Mund und drehte sich wieder um.

Die beiden Freundinnen wechselten einen kurzen Blick. Dann stöhnte Sanela und tippte ihr noch einmal auf die Schulter.

„Hör mal, meine Freundin hier war mit ihm zusammen und nun wird er heiraten. Wir wollten wissen, ob du davon gehört hast."

Genervt fuhr das Mädchen herum und funkelte Sanela mit ihren Katzenaugen an: „Sie kennt nicht einmal seinen Nachnamen, oder? Was glaubt ihr beiden Pfeifen also, könnte er groß von ihr wollen?"

„Er liebt mich", stieß Ana nun wütend hervor.

„Ja und?" Das Mädchen verzog gelangweilt den Mund. „Lass es mich dir so sagen: Du trägst nicht den Adler in deinem Herzen, verstehst du? Dein Chef ist nicht Allah, oder? Sag, wenn ich mich irre!"

Ana schüttelte erstaunt den Kopf.

Das Mädchen nickte belustigt und beugte sich vor, um Ana genau in die Augen zu schauen. Langsam betonte sie Wort für Wort: „Also frage ich dich noch einmal: Was könnte er groß von dir wollen?"

Damit machte sie kehrt und stapfte auf die Schule zu.

Ana fühlte sich wie vor den Kopf gestoßen. Sie hatte sich nie Gedanken über seine Religion gemacht, geschweige denn über sein Land. Ihr war es einerlei, wo jemand herkam oder an wen er glaubte. Gerade wollte sie Sanela das mitteilen, da kam die ihr zuvor: „Aber im Grunde hat sie recht, oder nicht?"

„Spinnst du?" Ana starrte Sanela ungläubig an.

„Na ja ..." Betreten stieg Sanela von einem Fuß auf den anderen. Es fiel ihr nicht leicht, die richtigen Worte zu finden. „Wenn er Moslem ist, müssen deine Kinder auch Moslems werden."

„Wer sagt das?", fragte Ana kampflustig.

„Na *er* wird dir das sagen."

„Ist das denn so wichtig?"

Sanela legte tröstend den Arm um ihre Schulter. „Ich fürchte, für ihn schon."

„Er hat nie etwas deswegen erwähnt."

„Vielleicht hat diese Kuh ja genau das ausgesprochen, worum es in Wirklichkeit geht. Wieso sollte er diesbezüglich ein Gespräch mit dir führen, wenn er doch sowieso jemand anderen heiraten wird ..."

Ana war über alle Maßen verwirrt. So sehr sie Arian heute Morgen abgelehnt hatte, so sehr wollte sie ihm jetzt nahe sein. Sie wollte allen zeigen, dass sie sich irrten und ihre Liebe stärker war als blöde Konventionen.

Ohne auf Sanelas Worte einzugehen, griff sie nach ihrem Handy und tippte eine Nachricht.

Guten Morgen, mein Schatz. Es tut mir leid, dass ich mich erst jetzt melde. Du fehlst mir. Ich freue mich schon auf unser nächstes Treffen.

Ha, dachte sie, ihr werdet alle noch sehen, dass uns niemand trennen kann.

Den ganzen Tag lang versuchte sie, dem albanischen Mädchen nicht mehr über den Weg zu laufen.

Sanela musterte sie immer wieder mitleidig, tat ihr aber den Gefallen und sprach nicht mehr über Arian.

Nach Schulschluss schleppte sich Ana mühsam nach Hause. Völlig kraftlos ließ sie sich ins Bett fallen. In ihrem Inneren tobte ein Wirbelsturm, der ihr einen stechenden Schmerz in der Magengrube verursachte.

Sie rollte sich im Bett zusammen, doch so sehr sie sich

bemühte, sie konnte die Worte der hübschen Albanerin nicht mehr vergessen.

Arian quälten die ganze Nacht große Sorgen wegen seiner hirnrissigen Aktion mit Ana. Deshalb fühlte er sich seit ihrer SMS wie berauscht. Sein braves Mädchen liebte ihn genauso wie zuvor.

Erleichtert schlenderte er auf das kleine albanische Café zu, in dem er mit Rion verabredet war.

Als er den Raum betrat, stellte Arian fest, dass Rion noch nicht da war, dafür blieben seine Augen bei einem anderen Augenpaar hängen.

Dort hinten in der Ecke saß Onkel Bekim mit Ridvan, der ihn feindselig musterte und dabei den Mund verzog.

Arian wurde zuerst heiß, dann eiskalt, doch es war zu spät. Onkel Bekim winkte ihn bereits zu ihrem Tisch.

„Arian, mein Junge, setz dich doch zu uns!" Überschwänglich fuchtelte sein Onkel mit den Armen.

Arian setzte sich stockend in Bewegung.

„Onkel Bekim, Ridvan, wie geht es euch? Wie geht es der Tante? Und vor allem, wie geht es Melina?" Die letzten Worte kamen ihm nur widerstrebend über die Lippen.

Onkel Bekim lachte und klopfte ihm auf die Schulter.

„Sehr spendabel von dir, Arian, wirklich. Die Kleider, die sich Melina aussuchen durfte, sind wunderschön. Das war überaus großzügig von dir. Du bist bestimmt neugierig, wie sie darin aussieht, aber so viel kann ich dir verraten: Deine Zukünftige ist eine wahre Traumfrau …" Er lachte verschmitzt, dann zwinkerte er Arian fröhlich zu. „Beim Hochzeitskleid wird sie bestimmt einen genauso guten Geschmack beweisen. Du wirst nicht enttäuscht sein."

Arian bemühte sich um ein Lächeln, was ihm nur zaghaft über die Lippen kam.

Endlich trat Rion zur Tür herein. Arian atmete auf. Rion wirkte zuerst überrascht, als er Arian entdeckte, dann fasste er sich und kam an ihren Tisch. Höflich schüttelte er die Hände, die sich ihm entgegenstreckten.

Arians festen Händedruck erwiderte er mit einem kurzen Nicken. Arian konnte unbesorgt sein, sein Freund würde ihn niemals verraten.

Da erhob Onkel Bekim auch schon das Wort.

„Rion! Endlich lässt du dich wieder einmal anschauen! Ich habe gehört, du warst im Kosovo auf Brautschau."

Rion begann wie auf Geheiß, in seiner Tasche zu kramen, dann drückte er ihm endlich das Bild seiner Auserwählten in die Hand.

„Ist sie nicht hübsch?"

„In der Tat", erwiderte Onkel Bekim. „Sie wird dir eine gute Frau sein. Kräftige Mädchen sind fürs Zupacken bei der Hausarbeit bekannt."

Beleidigt zog Rion dem Onkel das Bild schnell wieder aus der Hand.

„Sie ist nicht kräftig", betonte er mit einem wütenden Seitenblick auf Arian, der ihn belustigt angrinste.

„Nicht?" Onkel Bekim schaute überrascht zu Arian und dann wieder zu Rion.

Arian musste ein Lachen unterdrücken.

„Das täuscht, wegen ihres rundlichen Gesichts", meinte Rion und schmollte.

„Na, wie auch immer …" Onkel Bekim lachte. „Hauptsache, ihr kommt jetzt alle unter die Haube. Ich sag es dir, Rion, bei meiner Frau war es auch nicht die Liebe auf den ersten Blick, doch über die Jahre habe ich sie schätzen gelernt. Und heute wüsste ich nicht, was ich ohne sie täte. Eine Ehe braucht keine Romantik, sie braucht nur zwei tüchtige Partner, die dasselbe Ziel haben, nämlich, eine glückliche Familie zu gründen, nicht wahr?"

Rion nickte anerkennend. „Da gebe ich dir hundertprozentig recht." Dabei schaute er zu Arian und zog demonstrativ eine Augenbraue hoch.

Arian quittierte seine Geste mit einem gelangweilten Blick. Insgeheim seufzte er. Es schien, als würde es derzeit kein anderes Thema geben.

Da es unhöflich gewesen wäre, sich mit Rion an einen anderen Tisch zu setzen, begnügte er sich damit, etwas tiefer in seinen Stuhl zu rutschen und das Gespräch über sich ergehen zu lassen.

Ridvans feindlichem Blick versuchte er, so gut wie möglich, auszuweichen.

Er verstand, dass der ihm nicht mehr vertraute, nach allem, was im Park geschehen war, dennoch fand er sein Verhalten lächerlich. Er musste den Jungen im Auge behalten.

„Was hältst du davon, Arian?"

Arian fühlte sich ertappt. Irritiert ließ er seinen Blick durch die Runde schweifen; alle Augen waren auf ihn gerichtet.

Verdammt, warum musste er so tief in seine Gedanken versunken sein?

Onkel Bekims Augen wurden schmal. Schnell haspelte Arian eine Entschuldigung.

„Tut mir leid, ich war gerade ..."

„... anderweitig in Gedanken?", unterbrach ihn Ridvan unwirsch.

Arian warf ihm einen düsteren Blick zu, während Onkel Bekim tief die Luft einsog, bevor er wiederholte:

„Ich wollte vorschlagen, dass Melina ein paar Tage bei euch verbringt. Dann bekommt ihr schon mal eine kleine Aussicht auf das zukünftige Eheleben." Er beugte sich zu Arian und hob verschmitzt den Zeigefinger. „Nicht dass mir im Nachhinein dann Klagen kommen!"

Arian bemerkte, wie seine Hände zu schwitzen begannen. Mit all seiner gesammelten Kraft versuchte er einen freudestrahlenden Blick.

„Das ist ja wunderbar, Onkel. Weiß Melina schon von unserem Glück?"

„Ich werde es ihr zu Hause gleich mitteilen. Von mir aus kann sie sofort ihre Tasche packen. Je früher, desto besser. Immerhin rückt die Verlobungsfeier in Windeseile näher."

Arian überlegte, warum Onkel Bekim diesen Vorschlag machte. War er etwa misstrauisch geworden? Oder hatte Ridvan die Sache im Park ausgeplaudert?

Wie auch immer, er musste vorsichtig sein.

„Großartig! Ich kann es kaum erwarten, sie tagtäglich um mich zu haben."

„Dann machen wir uns am besten gleich auf den Weg, nicht wahr, Ridvan?" Onkel Bekim nickte seinem Jungen auffordernd zu, woraufhin dieser sich spürbar langsam erhob. Es war offensichtlich, dass er vom Plan seines Vaters nicht begeistert war.

Nach einem kurzen Abschiedsgruß war Arian endlich mit seinem Freund allein.

Rion stieß einen überraschten Pfiff aus. „Gute Güte, die Schlinge zieht sich zu, Arian."

„Halt die Klappe!"

„Vergiss Ana endlich! Du hast ein anderes Leben vor dir. Sieh es endlich ein, bevor du noch mehr im Schlamassel steckst."

Ohne darauf zu antworten, wischte sich Arian müde mit den Händen übers Gesicht, doch Rion ließ sich nicht beirren.

„Melina ist mindestens genauso hübsch wie diese Ana, wenn nicht sogar hübscher. Von dieser Verbindung hast du viel mehr, mit Ana bekommst du nur Probleme."

„Warum müssen Albaner so starrköpfig sein?", schimpfte Arian.

„Vielleicht weil es sie die Erfahrung gelehrt hat", konterte Rion.

Arian verdrehte die Augen. Was sollte er von einem Freund halten, der daherschwatzte wie ein alter Opa?

„Mensch, kannst du diese Alte nicht einfach ficken, damit du endlich genug von ihr hast?"

„Halt die Fresse! Ana ist nicht so …!"

„Wie schade", seufzte Rion, „dann wäre dieses Thema schnell erledigt. Was findest du nur an ihr?"

Arian schlug wütend mit der Faust auf den Tisch. „Ich bin verliebt in sie, checkst du das nicht?"

„Wie Onkel Bekim bereits sagte: Romantik hat in einer Ehe nichts verloren."

„Sag mal, redest du eigentlich gern so einen Schwachsinn daher? Oder ist das nur, weil du selber keine aufreißen konntest und nun eine heiraten musst, die deine Eltern ausgesucht haben?"

Das traf. Rion schwieg.

Nervös fingerte Arian an seinem Glas herum.

„Du bist mein bester Freund, weißt du", sagte Rion endlich.

„Ich bin dein einziger Freund", erwiderte Arian.

„Du bist mein bester Freund", begann Rion noch einmal, „und ich will nicht, dass du dich ins Unglück stürzt. Jeder, wirklich jeder würde dir sagen, dass du mit dieser Ana die falsche Entscheidung triffst. Wenigstens war Melina so gescheit und hat die ganze Sache klug eingefädelt. Irgendwann wirst du ihr dankbar dafür sein."

Rion stand auf.

„Man könnte fast meinen, dass ihr alle unter einer Decke steckt", zischte Arian verbittert.

Kopfschüttelnd wandte sich Rion von ihm ab und verließ ohne ein weiteres Wort das Café.

Fröhlich plaudernd schlenderte Sanela mit Ana im Arm durch die Einkaufsstraße.

Ana wollte sich ein neues Outfit für ihr nächstes Treffen mit Arian besorgen, denn ihre Freundin war davon überzeugt, dass dafür unbedingt der passende Look notwendig war.

Deswegen hielt sie Ana ein knappes Kleidungsstück nach dem anderen vor die Nase.

„Ich weiß nicht so recht …"

„Warum? Was gefällt dir an dem Kleid nicht?"

„Na ja, es ist ziemlich kurz."

„Es ist warm draußen …"

„Und es liegt ziemlich eng an."

Sanela schüttelte den Kopf. „Du hast doch eine gute Figur, Mädchen."

„Aber so etwas passt doch gar nicht zu mir."

„Du machst es einem echt nicht leicht", klagte Sanela, hing es aber wieder zurück.

Anas Blick streifte die umliegenden Kleiderständer, als sie spürte, dass jemand dicht hinter ihr stehen blieb.

Überrascht drehte sie sich um und erschrak.

Ridvan grinste sie überheblich an.

Ana stolperte einen Schritt zurück, dabei schaute sie sich verzweifelt nach Sanela um, die gerade angestrengt dabei war, sich durch einen vollen Kleiderständer zu wühlen.

„Na? Besorgst du dir ein paar hübsche Sachen?"

Mit großen Augen starrte sie ihn an, unfähig, sich einen Millimeter zu rühren.

Ridvan ging einen Schritt auf sie zu. Er stand so nahe vor ihr, dass sie seinen Atem auf ihrer Stirn spürte.

„Ich hoffe, du donnerst dich nicht für Arian auf", flüsterte er bedrohlich.

Ana holte tief Luft, da kam Sanela, ohne den Blick von dem Minikleid in ihrer Hand zu heben, auf sie zu.

„Vielleicht könnte Arian das hier gefallen?"

Erst als sie direkt bei Ana stand, sah sie auf und war überrascht von Ridvans Anwesenheit. „Hoppla, wen haben wir denn da?"

Ana schluckte. Mit belegter Stimme flüsterte sie: „Das ist der Bruder von Arians zukünftiger Frau."

Sanela schlug die Hand vor den Mund. „Oh Shit!", platzte es aus ihr heraus.

„*Das* kannst du laut sagen", erwiderte Ridvan unfreundlich. Er fixierte Ana einen Moment lang eindringlich, drehte sich dann um und ging.

Ana ließ kraftlos die Schultern sinken. „Er hat gehört, was du gesagt hast."

„Was glaubst du, passiert jetzt?", fragte Sanela besorgt. „Es tut mir ja so leid."

„Ich weiß es nicht", erwiderte Ana heiser.

„Na, im besten Fall erzählt er es seiner Schwester und die Hochzeit wird abgeblasen."

„Oder die gesamte albanische Sippschaft ist nun hinter mir her."

„Ja, aber was sollen sie dir schon tun?"

„Keine Ahnung", stellte Ana bedrückt fest. „Du kannst dir ja nicht vorstellen, wie es bei denen zu Hause zugeht."

„Wo zu Hause? Bei Arian?"

„Nein, im Kosovo. Dort werden Leute auf offener Straße erschossen, und keiner unternimmt etwas dagegen, weil die Regierung korrupt ist und man mit Bestechung alles bekommt."

„Hat er dir das erzählt?"

Ana nickte.

„Wer weiß, ob er da nicht ein wenig zu dick aufgetragen hat?" Wieder versuchte Sanela, sie zu beschwichtigen.

„Kann sein." Ana zuckte mit den Schultern. „Kann aber auch nicht sein. Er meinte, bei manchen Familien würden Streitigkeiten auf diese Weise gelöst. Überhaupt wenn es um Betrug oder versprochene Frauen geht."

„Ich kann das nicht glauben. Okay, vielleicht ist das dort so, aber hier bei uns kann niemand einfach umgebracht werden. Du musst bestimmt keine Angst haben."

Ana haderte mit sich, ob sie Sanela von dem letzten Treffen mit Arian erzählen sollte. Dann würde ihre Freundin die Sache sicher nicht mehr locker sehen. Sie entschied sich aber dagegen.

Am besten verhielt sie sich die nächsten Tage ruhig und wartete ab, was weiter passieren würde. „Lass dein Telefon bitte immer in deiner Nähe."

„Auf jeden Fall", versicherte Sanela. „Am liebsten würde ich bei dir einziehen und auf dich aufpassen."

„Das wäre zu schön", murmelte Ana.

Drei Tage lang im Haus der Kolajs, mit Arian an ihrer Seite. Nach einem Riesenluftsprung war Melina ihrem Vater dankbar um den Hals gefallen.

„Schon gut, Mädchen", sagte er und klopfte ihr gütig auf den Rücken. „Pass auf, dass du uns keine Schande machst, und schau, dass du dich anständig verhältst. Hilf brav mit und rede nur, wenn du gefragt wirst. Na ja, du weißt ja, was eine Frau zu tun hat."

„Mach ich, Vater! Ach, ich bin so überglücklich!"

„Dann pack deine Sachen. Sie haben gesagt, du kannst jederzeit kommen."

Sofort flitzte sie in ihr Zimmer, suchte nach dem schönsten Nachthemd sowie nach allen anderen Klamotten, die haushaltstauglich, aber dennoch ein Hingucker waren.

In Windeseile hatte Melina ihren kleinen Reisekoffer gepackt. Die restliche Zeit kümmerte sie sich um ihr gutes Aussehen.

Seitdem ihr Vater die gute Nachricht verkündet hatte, konnte sie ihr Glück kaum fassen.

Nun tuschte sie zum dritten Mal ihre ohnehin langen Wimpern und legte noch ein wenig Rouge auf. Sie wollte hübsch, aber nicht zurechtgemacht wirken.

„Es kann losgehen", zwitscherte sie ihren Eltern zu, während sie den Koffer in den Flur rollte.

Arians Vater öffnete die Tür und breitete die Arme weit auf. Überschwänglich begrüßte er Melina und ihren Vater.

„Bekim! Schön, dass ihr es so schnell einrichten konntet. Eine fabelhafte Idee von dir, möchte ich betonen. Die jungen Leute werden ihre Freude haben."

Melina nahm zuerst die Hand von Arians Vater, küsste den Handrücken und berührte ihn danach mit der Stirn, ganz wie es der muslimische Glaube von ihr verlangte.

„Ich bedanke mich ganz herzlich."

„Wir freuen uns auf dich", vernahm man nun Arians Mutter, die aus der Küche angerauscht kam.

Melina und ihr Vater wurden in das große Wohnzimmer geführt, wo sie Platz nehmen sollten.

Bedrückt verkündete Arians Mutter: „Meine Liebe, Arian ist noch nicht da, aber er wird bestimmt gleich kommen."

In Wahrheit wusste sie nicht, wohin er gegangen war, nachdem er wutentbrannt hinausgestürmt war.

Nach dem Telefonat mit den Jakajs hatte sie ihn sofort darüber informiert, dass Melina heute kommen würde. Sie hatte erwartet, dass sich Arian darüber freuen würde, doch das Gegenteil war der Fall gewesen.

Ohne ein Wort zu sagen, hatte er seine Jacke und die Autoschlüssel geschnappt und die Haustür lautstark ins Schloss fallen lassen.

„Ich zeige dir dein Zimmer, damit du deine Sachen ablegen kannst."

Melina wunderte sich nicht, dass Arian nicht da war. Und doch fiel es ihr schwer, ihre Enttäuschung darüber zu verbergen. Sie versuchte dennoch, positiv zu denken.

In der Zwischenzeit würde sie ihre Sachen auspacken und seiner Mutter zur Hand gehen.

Sie wollte ein sensationelles Abendessen zaubern, damit er gleich wusste, womit er zukünftig rechnen konnte. Und auch wenn es *ihn* nicht glücklich stimmen würde, seine Eltern begeisterte sie damit auf jeden Fall.

Die Stunden vergingen, doch Arian ließ sich nicht blicken.

Beunruhigt wechselten seine Eltern ständig Blicke miteinander und glaubten, Melina würde das nicht bemerken. Dadurch wurde sie noch betrübter.

Schließlich aßen sie ohne ihn zu Abend. Sie bemühten sich alle um eine schöne Atmosphäre, zumal auch sein Bruder mit am Tisch saß, aber der Abend war für Melina nicht mehr zu retten.

Lustlos legte sie schließlich ihr Besteck zur Seite. Wie es aussah, würde sie Arian erst morgen früh zu Gesicht bekommen.

Dann muss er da sein, dachte sie verbittert. Das erlaubt er sich nie, dass er über Nacht nicht nach Hause kommt.

Nach dem Spätfilm im Fernsehen verabschiedete sie sich förmlich und ging ins Bad, um sich fürs Bett fertig zu machen.

Zu gern wäre sie im Wohnzimmer geblieben und hätte auf Arian gewartet, doch sie wollte bei seinen Eltern keinen schlechten Eindruck hinterlassen.

Im Badezimmer suchte sie nach seinen persönlichen Gegenständen. Sie wollte ihm nahe sein, und wenn es nur eine Parfumflasche gewesen wäre, an der sie hätte schnuppern können. Aber sie konnte nichts entdecken, was nicht auch seinem Vater oder Bruder gehören konnte.

Unbefriedigt zog sie sich ins Zimmer seines jüngeren Bruders zurück, das für diese Tage ihres war und ließ sich ins Bett fallen.

An Schlaf war nicht zu denken, deswegen lauschte sie aufmerksam den dumpfen Stimmen seiner Eltern.

Plötzlich bekam Melina Angst.

Was, wenn sie bemerkt hatten, dass ihr Sohn nicht glücklich über diese Heirat war, und deswegen nicht mehr ihr Einverständnis gaben? Wenn sie Arian schlussendlich doch glauben würden, wie sich alles zugetragen hatte?

Ihr Vater würde furchtbar böse werden, aber auf eine Heirat bestehen, da war sich Melina sicher. Immerhin hatten sie gemeinsam Zeit miteinander verbracht, und sie waren sich umarmend im Treppenhaus entdeckt worden.

Das allein würde reichen, dass er sich veranlasst sah, die Ehre seiner Tochter und seiner Familie zu schützen.

Schließlich beruhigte Melina sich.

Gerade als ihr endlich die Augen zufallen wollten, hörte sie das Klimpern eines Schlüssels an der Haustür.

Arian! Sie fuhr im Bett hoch.

Sie hörte, wie er den Schlüssel auf die Kommode warf, wie er zügig ins Wohnzimmer stapfte und die Tür laut hinter sich schloss.

Aufgeregtes Murmeln war zu vernehmen.

Die Versuchung war groß, aufzustehen und in die Unterhaltung reinzuplatzen. Sie wollte ihn so gerne sehen, ihn fragen, wo er gesteckt hatte. Doch ihr Herz riet ihr, das besser nicht zu tun und ihn in Ruhe zu lassen.

Offensichtlich freute er sich nicht über ihren Besuch. Ihre Karten standen denkbar schlecht.

Am besten, ich überrasche ihn morgen mit einem leckeren Frühstück, dachte Melina.

In dieser Nacht konnte sie lange keinen Schlaf finden. Die ungewohnte Umgebung tat das ihre dazu.

Erst als alles ruhig geworden war und sie keine Schritte und Stimmen mehr vernehmen konnte, wurde ihr Herzschlag langsamer. Endlich drückte die dunkle Nacht schwer auf ihre Augenlider und sie schlief langsam ein.

Aufgeregt wartete Ana an diesem Abend auf Arians Besuch. So sehr sie auch hin und her überlegte, sie konnte sich nicht entscheiden, ob sie ihm von dem Zusammentreffen mit Ridvan erzählen sollte oder nicht.

Es schien zwischen ihnen gerade wieder gut zu laufen und sie wollte ihn auf keinen Fall ein weiteres Mal verärgern.

Früher als sonst hörte sie ein Auto vor dem Haus stehen bleiben. Überrascht trat sie ans Fenster. Es war tatsächlich Arian.

Du bist heute früh da, tippte sie ins Telefon.

Kannst du wieder zu mir runterkommen? Arian stieg aus dem Auto und winkte zu ihr hoch.

Nein, leider nicht. Das letzte Mal war eine Ausnahme."

„Schade, ich hätte gern ein wenig Zeit mir dir verbracht.

Ana seufzte. Er hatte ja recht. Wie sollte das nur weitergehen, wenn sie eine ernsthafte Beziehung führen wollten? Irgendwann musste ihr dafür eine Lösung einfallen, selbst wenn das hieße, dass sie ihn ihren Eltern vorstellen musste.

Ihr Handy piepte erneut.

Was hast du heute gemacht, Shpirt?

Ich war mit Sanela einkaufen.

Mit Sanela oder diesem Typen?

Ana stutzte. Welcher Typ? Dann fiel ihr ein, dass er von Dario sprach. Längst hatte sie alle Gedanken an ihre peinliche Lüge verdrängt.

Nein, ich habe dir schon gesagt, der interessiert mich nicht.

Brav, meine Kleine. Ich breche ihm sonst sämtliche Knochen, wenn er dich anrührt. Sehen wir uns morgen wieder beim Treffpunkt?

Die Woche war viel schneller vergangen als sonst. Auch wenn sie mit Grauen an das letzte Treffen zurückdachte –freute sie sich auf das gewohnte Date, bis auf … Ridvan fiel ihr ein.

Ihr Pulsschlag erhöhte sich. Sie musste sich eingestehen, dass er ihr Angst einflößte. Wie er sie herablassend angesehen hatte, als würde er sie am liebsten anspucken.

Schnell versuchte Ana, auf andere Gedanken zu kommen.

Ja, wir sehen uns. Obwohl mir meine Mutter die Sache mit dem Zumba-Kurs nicht mehr abnimmt.

Dann lass dir was Neues einfallen, Schatz. Ich sterbe, wenn ich dich nicht sehen kann.

Plötzlich klopfte es an der Tür. Ana fuhr erschrocken herum.

Hastig zog sie die Vorhänge zu und schaltete das Handy lautlos. Danach setzte sie sich unschuldig aufs Bett. „Ja?"

Ihre Mutter trat ein. „Ich dachte, du schläfst schon."

In diesem Augenblick begann das Handy in Anas Hand, zu leuchten.

„Wer meldet sich um diese Zeit bei dir?", fragte ihre Mutter erstaunt.

„Das wird Sanela sein. Sie hat morgen eine Prüfung, deswegen ist sie ganz aufgeregt."

„Aha." Ihre Mutter ging nicht näher darauf ein, sondern nahm dicht neben Ana Platz und ergriff ihre Hand.

„Schätzchen, ich weiß, ich habe dich schon einmal gefragt, aber in letzter Zeit … Du bist so anders. Manchmal aufgekratzt, dann wieder ganz verträumt. Man könnte meinen, du bist verliebt."

„Ach, Mama." Ana schüttelte widerwillig den Kopf. Sie hasste solche Gespräche.

„Dann dieser Zumba-Kurs … Und glaubst du, mir ist nicht aufgefallen, dass du plötzlich ein anderes Handy hast?"

Verlegen schaute Ana auf ihr Telefon.

„Ana, ich will dich zu nichts drängen, aber ich bitte dich! Du kannst Vertrauen zu mir und deinem Vater haben! Wir meinen es immer gut mit dir. Aber wir können dir nur zur Seite stehen, wenn du uns erzählst …"

Schon wieder leuchtete das Handy auf.

Ana verfluchte Arians Hartnäckigkeit. Konnte er denn nicht ahnen, dass er sie damit in Teufels Küche bringen konnte? Es musste ihm doch klar sein, dass sie nicht aus freien Stücken die Vorhänge zugezogen hatte.

Ihre Mutter starrte auf das Handy. Dann fuhr sie langsam fort.

„Unser Nachbar hat mir erzählt, dass seit einigen Wochen abends ein Auto vor unserem Haus parkt. Ungefähr um diese Zeit. Jedes Mal steigt ein Junge aus, schaut an der Hausmauer hoch und tippt wie wild in sein Handy. Meistens fährt er nach einer Viertelstunde wieder weg. Willst du mir dazu vielleicht etwas sagen?"

Ana traute sich kaum, zu atmen. Sie glaubte, jeder Luftzug könnte sie verraten. Sie spürte, wie sich ihre Wangen rot färbten und war dankbar über die sanfte Dämmerung.

„Mama, keine Ahnung." Sie rieb sich demonstrativ die Augen. „Ich bin müde."

Ihre Mutter schüttelte nachdenklich den Kopf. Dann legte sie ihre Hand auf ihre Wange und sagte eindringlich: „Ich bitte dich, mein Mädchen, mach keine Dummheiten! Ich merke doch, dass etwas nicht in Ordnung ist. Wenn das länger so weitergeht … Ich fürchte, dann muss ich mit deinem Vater sprechen!"

Das war allerdings eine Drohung! Ana schauderte.

Ihr Vater würde toben! Allein die Tatsache, dass ihre Mutter besorgt war, würde ihn fürchterlich aufregen.

Ana nickte kaum merklich.

Ihre Mutter drückte ihr einen Kuss auf die Wange, dann ließ sie sie wieder allein.

Angespannt blieb Anas Blick zur Tür gerichtet. Sie traute sich kaum, sich zu bewegen. Erst als die Schritte draußen im Flur leiser wurden, atmete sie auf.

Ausgerechnet morgen wollte sie sich mit Arian treffen.

Ana fluchte innerlich. Sie *musste* gehen. Sie musste Arian sehen, sonst würde sie ihn noch an dieses albanische Mädchen verlieren. Und wenn es das letzte Mal wäre.

Sie griff nach dem Handy und las Arians SMS.

Shpirt, was ist los? Warum gehst du einfach weg?

Und die nächste.

Bin ich dir vom Arsch abgefallen, weil du mich hier so stehen lässt? Macht man so was?

Ana biss sich auf die Lippen. Sein Blut kam zu schnell in Wallung.

Eine Weile hielt sie das Handy in der Hand, dann legte sie es in die Schublade. Sie hatte keine Lust auf seine Verrücktheiten. Außerdem war sie todmüde. Das Gespräch mit ihrer Mutter hatte sie alle Kraft gekostet.

Sie atmete dreimal tief ein und wieder aus, so wie es ihre Großmutter ihr als kleines Kind beigebracht hatte, wenn sie aufgebracht gewesen war.

Morgen sieht die Welt wieder anders aus, sprach sie in Gedanken mit ihrer Großmutter zusammen.

Ach, wäre ich nur so stark wie sie!

Ana lächelte und ignorierte das Leuchten, das aus ihrer Schublade drang.

Arian konnte sich denken, dass seine Eltern so lange wach bleiben würden, bis er endlich nach Hause kam. Deswegen war er nicht überrascht, als ihn sein Vater mit einem strengen Gesichtsausdruck empfing.

„Komm in die Küche", sagte er barsch.

Arian rüstete sich innerlich für das Gespräch. Es würde nicht leicht werden. Sogar er selbst verstand, dass er sich unmöglich benahm. Aber er wollte Melina nicht sehen. Schon gar nicht in dem Zuhause, das er liebte.

Bedrückt folgte er seinem Vater in die Küche und nahm Platz, sobald dieser sich gesetzt hatte. Schweigend schauten sie einander an, dann ergriff sein Vater das Wort.

„Erklär mir, was das soll."

„Vater …" Oft hatte Arian darüber nachgedacht, wie er aus der Situation wieder herauskommen könnte, nun sah er seine Chance gekommen. Ein Versuch war es allemal wert. Er faltete flehend die Hände ineinander.

„Vater, ich möchte dir die Wahrheit sagen. Wirst du mir glauben?"

Sein Vater runzelte zuerst angestrengt die Stirn, dann nickte er.

„Was immer es ist, raus damit! Es wird höchste Zeit. Nicht auszudenken, wenn Melina zu Hause erzählt, wie du mit ihr umgegangen bist."

Arian blies hörbar die Luft aus seinen Lungen.

„Okay, hör zu. Ich hätte versucht, euch darüber aufzuklären, aber ihr habt es mir alle nicht leicht gemacht. Ich habe eine Freundin, die ich sehr liebe."

Sein Vater seufzte.

„Mittlerweile geht das ein paar Wochen. Nein, es könnten sogar zwei Monate sein. Wie auch immer, Melina hat mich hereingelegt. Sie ist mir bei den Jakajs einfach um den Hals gefallen, und wie es der Zufall wollte, oder besser gesagt, wie es Melina eingefädelt hatte, habt ihr alle genau das gesehen.

Sie hat gelogen und behauptet, wir wären glücklich verliebt. Ich *habe* ja meine Freundin erwähnt, doch Onkel Bekim ist gleich fuchsteufelswild geworden, da wollte ich euch nicht in Verlegenheit bringen. Ich wollte Zeit gewinnen, um nachzudenken, wie ich aus dieser Sache wieder herauskomme. Dann kam alles so schnell …" Er schüttelte verzweifelt den Kopf.

Sein Vater lehnte sich nachdenklich im Stuhl zurück. Den Blick zur Decke gerichtet, stellte er fest: „Ich verstehe. Das erklärt dein merkwürdiges Verhalten. Und wer ist deine Freundin?"

„Sie heißt Ana und ..."

„Ana ist kein albanischer Name", unterbrach ihn sein Vater.

Arian senkte schuldbewusst den Kopf.

„Ich weiß ... Aber sie ist ein anständiges Mädchen. Sie könnte fast eine Albanerin sein. Sie wohnt bei ihren Eltern zu Hause. Ich bin ihr erster Freund, und glaub mir, das weiß ich ganz sicher. Ihre Eltern lassen sie ja kaum aus dem Haus."

Insgeheim wusste Arian längst, dass er seinen Vater nicht überzeugen konnte.

„Weißt du ...", begann sein Vater und richtete sich nach vorne, um Arian besser in die Augen schauen zu können. „Eigentlich bin ich bei dieser Geschichte gar nicht unglücklich über Melinas Plan. Sie scheint dich sehr zu lieben, wenn sie diese peinliche Situation in Kauf genommen hat. Und es ist gut, eine Frau zu haben, die dich bedingungslos liebt."

„Ana liebt mich auch ...", begehrte Arian auf, doch sein Vater wehrte mit der Hand ab.

„Das mag sein, dennoch kennt sie nicht unsere Sitten und Bräuche. Wie wird sie eure Kinder erziehen? Hat sie überhaupt unseren Glauben? Ich denke, wohl eher nicht, wenn sie Ana heißt, oder?"

Arian legte müde den Kopf in den Nacken. Er wusste bereits, welche Wendung dieses Gespräch nehmen würde.

„Melina ist ein gutes Mädchen, genau wie wir es uns für dich wünschen. Noch dazu ist sie deine Cousine, ihr kennt euch euer Leben lang. Das sind alles gute Voraussetzungen für eine glückliche Ehe. Onkel Bekim schätzt dich sehr. Du kannst stolz darauf sein, dass er dir sein Mädchen anvertraut."

Ungeduldig trommelte Arian mit den Fingern auf der Tischplatte. Er wollte eilig ins Bett.

„Denk vernünftig, mein Sohn, und vergiss das Mädchen!

Oder besser gesagt, gib Melina eine Chance. Wenigstens in diesen drei Tagen."

„Und dann?" Arian schaute hoffnungsvoll auf.

„Auch dann werden wir auf keinen Fall einen Familieneklat provozieren", erwiderte sein Vater. „Schau, bei uns damals … Das waren noch ganz andere Zeiten. Da hast du das Mädchen, das du geheiratet hast, gar nicht gekannt, wenn es nicht zufällig deine Cousine war."

„Ich weiß, ich weiß." Arian konnte diese alten Geschichten nicht mehr hören.

„Also pass auf: Nach diesen drei Tagen setzen wir uns wieder zusammen, aber so lange bleibst du zu Hause und verhältst dich wie ein richtiger zukünftiger Ehemann. Du wirst diese Zeit ausschließlich mit Melina verbringen. Du wirst ihr zuvorkommend und freundlich begegnen. Das bist du mir und deiner Mutter schuldig."

Der Vater hob drohend den Finger. „Ich hoffe von ganzem Herzen, dass du uns nicht dazu nötigst, über andere Konsequenzen nachzudenken."

Es blieb Arian nichts anderes übrig, als einzuwilligen. Er liebte seine Eltern; niemals wollte er sie demütigen. Wenn nur diese blöde Melina nicht … Aber momentan hatte es keinen Sinn, sie zu verfluchen. Wohl oder übel musste er diese drei Tage hinter sich bringen.

„Einverstanden." Er drückte seinem Vater die Hand.

Der klopfte ihm aufmunternd auf die Schulter.

„Sehr gut, mein Sohn. Du wirst sehen, es werden nicht deine schlechtesten drei Tage werden." Er zwinkerte ihm zu und machte sich auf den Weg ins Schlafzimmer.

Arian blieb noch eine Weile am Küchentisch sitzen. Wie oft in letzter Zeit, vergrub er den Kopf in seinen Händen.

Für morgen war das Treffen mit Ana vereinbart, und nun würde er sie nicht sehen können.

Obwohl, es handelte sich dabei um eine lächerliche kurze Stunde – was war da schon dabei?

Ach, Melina! Er ballte seine Hände zu Fäusten. Dann sprang er kurzentschlossen auf und schlich zur Schlafzimmertür seiner Eltern. Kein Ton war zu hören.

So leise wie möglich ging Arian weiter zum Zimmer seines Bruders, indem Melina friedlich im Bett schlief.

Vorsichtig öffnete er die Tür.

Dort lag sie. Unschuldig und nichtsahnend. Ihre langen, dunklen Haare umrahmten das hübsche Gesicht, sie schlängelten sich um ihren Hals – ihren langen, dünnen Schwanenhals …

Er ging auf sie zu und schob eine Haarsträhne beiseite. Als Melinas Augen anfingen, zu blinzeln, legte er blitzschnell beide Hände um ihren Hals und drückte mit aller Kraft zu.

Mit weit aufgerissenen Augen starrte sie ihn an. Ihr Mund schnappte nach Luft, während ihre Hände und Füße wild zappelten. Erfolglos versuchte sie, auf ihn einzuschlagen.

Arian genoss die grenzenlose Macht, die er über sie hatte. Es amüsierte ihn geradezu, wie sie angestrengt röchelte, wie mit jeder Sekunde das Leben aus ihrer Lunge wich.

Er senkte seinen Mund zu ihrem Ohr und flüsterte: „Ich hasse dich Melina, hörst du? Ich hasse dich! Du wirst büßen für das, was du mir antust!"

Abrupt ließ er los. Sie setzte sich auf, sog gierig nach Luft und fasste sich dabei an ihren Hals.

Ohne ein weiteres Wort ging er aus dem Zimmer.

Sie würde nichts sagen. Sie liebte ihn ja so sehr …

Der Schreck saß ihr noch in allen Gliedern, als sie zitternd den Wecker ihres Handys ausstellte.

Kein Auge hatte sie seit Arians Überfall mehr zugetan. Wie hätte sie das auch tun können?

Er hasst mich, dachte sie.

Vorsichtig befühlte sie ihren Hals, stieg dann aus dem Bett und kramte nach ihrem Handspiegel. Beim Blick hinein stellte sie erleichtert fest, dass sie die Druckstellen gut mit einem leichten Seidenschal verbergen konnte.

Schwerfällig ließ sie sich zurück auf die Bettkante sinken, ihr Blick war zum Fenster gerichtet. Heiße Tränen liefen die Wangen hinab, während draußen vergnügt die Vögel zwitscherten und süße Spatzen emsig auf den Ästen umherhüpften. Welch skurriler Gegensatz.

Am liebsten wäre sie hier sitzen geblieben und hätte hemmungslos weitergeschluchzt. Und doch – sie musste sich zusammenreißen!

Der kleine „Zwischenfall" in der Nacht würde sie nicht von ihren Plänen abbringen.

Sie wollte unbedingt ein schönes Frühstück bereiten, genau so, wie sie es sich vorgenommen hatte.

Melina griff nach ihrer langen Jeansbluse. Für darunter hatte sie eine einfache, schwarze Leggins mitgebracht. Das war alltagstauglich, aber doch ein wenig sexy, wie sich die Leggins um ihre schlanken Beine schmiegten.

Ihre langen Haare band sie zu einem Dutt, damit sie ihr nicht im Weg waren.

Um ihre grünen Augen zu betonen, setzte sie auf einen tiefschwarzen Lidstrich und etwas Wimperntusche. Ihre ohnehin schon kräftigen Augenbrauen benötigten keine Sonderbehandlung, lediglich ein wenig Röte wollte sie sich auf ihre Wangen zaubern.

Zufrieden betrachtete sie sich im Spiegel und war froh, dass das Make-up ihre verheulten Augen ganz gut verdeckte.

Melina atmete ein letztes Mal tief durch, dann begab sie sich mit der Zahnbürste in der Hand ins Badezimmer, wo sie auf Arians Mutter traf, die bereits munter an ihren Haaren herumzupfte.

Zur Begrüßung lächelten sie sich freundlich an.

„Schön, dass du wach bist. Da können wir ja gleich Frühstück machen."

„Ich putze nur kurz die Zähne, dann komm ich", antwortete Melina.

„Das ist lieb von dir." Seine Mutter küsste sie auf die Wange, bevor sie an ihr vorbei zur Küche ging.

Nachdem Melina ihr Zahnputzzeug wieder in ihren Koffer gepackt hatte, folgte sie ihr.

„Der Tee ist schon aufgesetzt", rief ihr die Mutter aus der Küchenecke zu.

„Dann werde ich mit dem Teig beginnen."

„Möchtest du Llokuma machen? Ich glaube, du weißt, wie du Arian eine Freude machen kannst."

Melina schmunzelte. Eigentlich wusste sie es nicht, aber sie freute sich, den richtigen Riecher gehabt zu haben.

Sie fischte im Kühlschrank nach den Zutaten und holte gleich den Feta-Käse und das eingelegte Gemüse, namens Turshi, heraus. Kurzentschlossen suchte sie noch nach Marmelade und Nutella. Vielleicht wollte Arian lieber ein süßes Frühstück?

Seine Mutter wedelte ihr mit einem Glas Honig in der Hand zu.

„Honig, Melina! Er mag Honig", flüsterte sie ihr ins Ohr, während sie das Glas zu den anderen auf den Tisch stellte.

Melina lächelte dankbar zurück.

Als das Öl in der Pfanne heiß war, briet sie die fertigen Teigstückchen, bis sie leicht braun waren. Ein leckerer Duft erfüllte die Küche.

„Oh, genau das Richtige für meinen Bärenhunger", freute sich Arians jüngerer Bruder, setzte sich an den Tisch und schaute den beiden Frauen erwartungsvoll zu.

Melina ließ sich davon nicht ablenken. Geschäftig gab sie etwas Öl in die Pfanne, bevor sie die bereitgestellten Spitzpaprika hineinlegte.

„Danke, dass du mir zur Hand gehst", sagte seine Mutter, während sie Melina die drei Becher Schmand reichte, die diese gleich über die Paprika verteilte.

Eigentlich hätte sie viel mehr zubereiten wollen, doch dazu blieb ihr keine Zeit. Zu ihrem Schrecken kam gerade Arian mit dem Vater zur Tür herein.

Bei seinem Anblick wäre ihr fast die Kelle aus der Hand gefallen.

„Guten Morgen." Arian grinste sie süffisant an. Dafür handelte er sich einen warnenden Seitenblick seines Vaters ein.

„Guten Morgen", strahlte Melina, so gut es ihre Aufregung erlaubte, dann fegte ihr Blick über den gedeckten Tisch.

Eigentlich sieht es ganz annehmbar aus, dachte sie.

Mit zittrigen Händen füllte sie die Teegläser auf, während sie deutlich Arians Blick im Rücken spürte.

Schließlich fasste sie all ihren Mut, drehte sich um und lächelte ihn charmant an.

Arians düstere Augen trafen sie mitten ins Herz. Sie schluckte, kümmerte sich dennoch weiter ums Frühstück.

„Melina, hab vielen Dank!" Arians Vater griff beherzt nach den frischen Brötchen. „Schön wird das, wenn du erst bei uns bist."

„Als wenn ich noch nie etwas Gutes für dich gezaubert hätte", entgegnete Arians Mutter.

„Wann war das noch mal …?" Dabei kratzte er sich fragend am Kopf.

„Ach, hör schon auf!" Zuerst warf sie ihm einen tadelnden Blick zu, dann schlug sie ihm amüsiert auf die Schulter.

Melina kicherte. Sie mochte Arians Familie sehr gern. Alle waren freundlich zu ihr. Bis auf Arian.

Sie wollte sich ihren Kummer auf keinen Fall anmerken lassen. Mustergültig servierte sie den Tee und die Speisen.

Die Mutter nickte ihr anerkennend zu.

„Ich muss heute ein wenig länger arbeiten."

Alle Blicke waren sofort auf Arian gerichtet.

„Ja, was soll ich machen?", murrte er. „Nur weil Melina ein paar Tage bei uns ist, kann ich nicht Nein sagen … Das interessiert doch meinen Chef nicht. Die Arbeit muss getan werden."

Sein Vater hob warnend die Augenbrauen, doch Arian ließ sich nicht abbringen.

„Ich komme, so schnell es geht. Versprochen!", versuchte er, zu beschwichtigen. „Ich kann ihn nicht hängen lassen. Das versteht ihr doch?" Erwartungsvoll schaute er Melina an.

Schnell nickte sie. „Sicher, Arian, die Arbeit geht vor. Ich verstehe das."

„Aber danach wirst du bestimmt Zeit für einen Spaziergang haben?" Sein Vater wollte nicht lockerlassen.

„Wenn Melina das gerne möchte." Arians Stimme war weicher und freundlicher geworden.

Wieder fixierten sie seine stechend schwarzen Augen.

Sie musste nun richtig reagieren.

„Ich würde mich sehr freuen, aber ich will dich auf keinen Fall von deinen üblichen … Tätigkeiten abhalten. Mein Besuch war ja eher kurzfristig."

Arian lächelte. Ihre Antwort schien ihm zu gefallen.

„Keine Sorge, ich richte es schon ein. Sobald ich zu Hause bin, werden wir beide einen schönen Spaziergang machen."

Trotz dieser aufbauenden Worte konnte sie sich nicht recht freuen. Meinte er es so, wie er es sagte, oder wartete er nur auf die nächste Gelegenheit, um sie zu quälen?

Sie musste sich wohl überraschen lassen. Um diese peinliche Konversation nun endlich zu beenden, begann sie, wieder Tee nachzugießen.

Wenigstens steht seine Familie hinter mir, sprach sie sich selbst Mut zu.

Sanela wartete wie jeden Morgen am Schultor auf sie.

„Warum musste ich mich beeilen?", keuchte Ana. „Ich hoffe, du hast einen guten Grund dafür."

„Wir müssen doch recherchieren", erwiderte ihre Freundin.

Ana hielt sich die Hand an den Bauch und versuchte, das Seitenstechen zu unterdrücken.

„Was denn recherchieren?"

„Na, über seine Religion. Wenn sich Arian für dich entscheiden soll, dann musst du darüber Bescheid wissen."

„Ich glaube, er mag mich so, wie ich bin." Ana rümpfte die Nase. „Er hat zumindest kein Wort darüber verloren."

„Das mag sein", sagte Sanela ungeduldig, „aber vielleicht erhöht das deine Chancen. Lass uns mal nachlesen."

„Von mir aus." Ana verdrehte die Augen und setzte sich mit Sanela auf die Stufen vor dem Schulgebäude.

Neugierig tippte Sanela die Schlagwörter *Frauen und Islam* in die Google-Suche auf dem Handy ein.

„Du hast wohl echt nichts Besseres zu tun."

„Ja, und wenn schon", murmelte Sanela, dann kreischte sie auf. „Da, siehst du, es gibt eine Kleiderordnung: Kopftuch, lange Mäntel …"

„Pah, so etwas ziehe ich ganz bestimmt nicht an."

„Muslimische Frauen versuchen, nicht durch ihre Bekleidung oder ihr Auftreten die Blicke auf sich zu lenken", las Sanela vor. „Dabei sollten die Kopftücher eintönig und nicht auffällig sein. Eine richtig gläubige Frau erkennt man daran, dass zum Beispiel der Mantel in einer schlichten Farbe und nicht figurbetont getragen wird. Sie benötigt keine übertriebenen Düfte oder Schminke. Eine wahre Muslima muss sich nicht präsentieren, sie strahlt aus dem Herzen."

„Diese eine Albanerin, die wir gefragt haben, zieht sich aber auch nicht so an."

„Ja, stimmt", überlegte Sanela. „Aber was ist, wenn er so eine will? Vielleicht ist die, die er heiraten soll, genau so eine brave Muslimin?"

Ana rümpfte die Nase. Sie wollte nicht an das andere Mädchen denken.

„Wann triffst du ihn wieder?"

„Heute ist doch unsere Zumba-Stunde."

„Ach ja." Sanela klatschte sich mit der Hand an die Stirn. „Dann kannst du das Gespräch auf das Thema lenken."

Allmählich hatte Ana die Nase voll, dass Sanela sich ständig mit ihren Ideen einbrachte. Es war ihr peinlich, dass sie diese Albanerin angequatscht hatte. Seither schaute die sie recht feindselig an.

Auch wenn sie an die Begegnung mit Ridvan dachte, wurde

ihr flau im Magen. Überhaupt fühlte sie sich in letzter Zeit nicht besonders wohl. Warum konnte nicht alles wieder wie vorher sein?

„Kann ich machen", antwortete sie knapp. „Komm, gehen wir rein, die Stunde fängt gleich an."

Das flaue Gefühl hielt den ganzen Tag an und wurde durch die Vorfreude um das bevorstehende Date nicht besser.

Endlich war der Zeitpunkt gekommen. Ana huschte in Richtung Stadtpark.

Würde Arian überhaupt kommen? Seit gestern Abend hatte er sich nicht mehr gemeldet, und auch sie hatte ihm keine Nachricht geschrieben.

Nachdem sie eine Weile am Eingangstor gewartet hatte, beschloss sie, direkt zur Laube zu gehen. Vielleicht würde sie ihn dort antreffen? Doch die Laube lag ruhig und bedächtig im glitzernden Sonnenlicht. Kein Arian.

Gerade als Ana kehrtmachen wollte, kam er ihr schlendernd entgegen.

„Sorry, ich konnte nicht von der Arbeit weg."

Misstrauisch funkelte sie ihn an. Sprach er die Wahrheit? Er war sonst immer pünktlich gewesen. Wollte er sie bestrafen, weil sie nicht zurückgeschrieben und sich den ganzen Tag nicht gemeldet hatte?

„Aha!", konterte sie und zog eine Augenbraue nach oben. Sogleich grinste er breit über das ganze Gesicht. „Hast du lange gewartet?"

„Ich wollte gerade gehen."

Plötzlich packte er sie am Handgelenk. Mit einem schnellen Ruck zog er sie an sich, sodass Ana beinahe stolperte.

„Dann weißt du jetzt, wie es sich anfühlt, wenn man im Unklaren gelassen wird."

Damit ließ er schlagartig ihre Hand wieder los, als hätte er glühende Kohlen angefasst. Ana rieb sich die schmerzende Stelle und war zu überrumpelt, um etwas zu erwidern

Genüsslich steckte sich Arian eine Zigarette an und blies ihr den Rauch ins Gesicht.

„Also? Was genau hat dich davon abgehalten, mir zu schreiben?"

„Meine … Meine Mutter ist gestern überraschend ins Zimmer gekommen. Ich konnte nicht -"

Barsch unterbrach er sie.

„Und du konntest nicht mehr, kurz bevor du die Augen zugemacht hast, eine klitzekleine Nachricht schreiben? Du willst mir doch nicht etwa erzählen, dass deine Mutter an deinem Bett gesessen hat, bis du eingeschlafen bist?"

„Nein … ich … es war schon so spät", stotterte Ana.

„So spät, soso", äffte er sie nach und blies ihr wieder eine Ladung Rauch ins Gesicht.

„Und heute Morgen? Hilft dir deine Mutter noch beim Anziehen, oder warum konntest du wieder nicht schreiben?"

So in die Enge getrieben, konnte Ana nicht mehr klar denken. Sie wusste eigentlich nicht, warum sie sich nicht gemeldet hatte.

„Tut man so etwas, wenn man jemanden liebt? Liebst du mich *überhaupt*, Ana? Es kommt mir eher vor, als wäre ich für dich der letzte Arsch, so wie du mich behandelst."

Er stand nun ganz nahe vor ihr; sie konnte die Wärme der Zigarettenglut an ihrem Unterarm spüren. War das Absicht von ihm? Wollte er ihr wehtun? Oder doch nicht? Sie wusste nicht mehr, was sie glauben sollte. Warum war plötzlich alles so kompliziert? Und er gab ihr auch noch die Schuld dafür!

„Bitte entschuldige", brachte sie mühsam über die Lippen.

„Was?" Er hielt sich die Hand an sein Ohr. „Was sagst du da? Ich habe dich nicht verstanden."

„Entschuldige, Arian. Es ist gestern blöd gelaufen."

„Und heute auch, oder wie?" Seine Stimme klang versöhnlicher, obwohl er sie nach wie vor streng betrachtete.

Er ließ ein paar Sekunden verstreichen, dann sagte er endlich in einem liebevolleren Ton: „Komm, gehen wir in unsere Laube."

Erleichtert folgte ihm Ana.

Unter den schützenden Zweigen entspannte sie sich ein wenig. Schließlich zog Arian sie behutsam an sich.

„Mein Mädchen, du machst mir Sorgen", flüsterte er ihr ins Ohr. „Und dabei liebe ich dich so sehr."

„Wirklich?" Unschuldig klapperte Ana mit ihren langen Wimpern.

Zur Antwort küsste er sie lange und innig. Wie gut es tat, ihn endlich wieder zu spüren!

Er streichelte über ihre weichen Haare, küsste ihre Stirn, ihren Hals. Ana war berauscht von seiner Zärtlichkeit.

Seine Hand wanderte unter ihr T-Shirt, berührte ihren nackten Rücken und drückte sie noch enger an ihn.

Diesmal ließ sie es zu, dass er sich bis in ihre Hose vorarbeitete, ihren Po fest mit der Hand drückte.

„Ich liebe dich, Ana", raunte er mit geschlossenen Augen, nur um sogleich wieder ihre Lippen mit den seinen zu verschließen.

„Wann wirst du mir ganz gehören?" Sein Mund glitt über ihre Wange bis zu ihrem Schlüsselbein. Mit seiner freien Hand zog er ihren Ausschnitt immer weiter nach unten und folgte mit seiner Zunge.

Ana gab sich ihren Gefühlen hin. Sie wollte ihn spüren, ihre Hände suchten fordernd nach seiner nackten Haut.

Leise stöhnte er auf.

Er drängte sie gegen den nächsten Baum, dabei öffnete er geschickt ihre Hose.

Schließlich hielt er inne und verweilte so lange regungslos, bis Ana verwundert ihre Augen aufschlug.

Seine Augen fixierten sie, doch sie hielt seinem Blick stand. Mit der Hand zog er bedeutend langsam ihre Jeans herunter.

„Willst du es jetzt?", hauchte er erregt. Ohne eine Antwort abzuwarten, küsste er sie stürmisch.

Sie fühlte seine Hand zwischen ihren Beinen; das Herz schlug ihr bis zum Hals. Überwältigt von seiner Leidenschaft, ließ sie ihn gewähren und wusste doch nicht, ob sie das eigentlich wollte.

Plötzlich läutete sein Handy.

„Fuck!", fluchte er mit gerötetem Kopf, suchte in seiner Hosentasche nach dem Teil und schleuderte es wütend auf den Boden. Dann zuckte er entschuldigend mit den Schultern.

„*Shpirt*, ich muss weg."

„Wer war das?", fragte sie atemlos.

„Das, meine Süße, war ein Weckruf. Ich muss heute leider pünktlich nach Hause."

„Wegen deiner Verlobten?"

„Sie ist *noch* nicht meine Verlobte", erwiderte er unwirsch. „Aber ja, wenn du es genau wissen willst …"

„Triffst du sie?"

Arian schüttelte unwillig den Kopf. „Deine Fragen werden dich noch mal umbringen."

Ana sah ihn erschrocken an.

„Genauer gesagt, brauche ich sie nicht zu treffen. Sie wohnt für ein paar Tage bei uns zu Hause. Zum Kennenlernen sozusagen."

Ana spürte einen Kloß im Hals.

Als sie nichts sagte, nahm er sie in die Arme und strich ihr beruhigend über den Kopf.

„Keine Sorge, Melina schläft im Zimmer von meinem Bruder und ist mehr oder weniger eine Haushaltshilfe, mehr nicht. Übermorgen ist sie wieder weg."

„Ist sie auch Moslem?", platzte es aus Ana heraus.

„Was soll die Frage?"

Betreten schaute Ana zu Boden. „Muss deine zukünftige Frau nicht deinen Glauben haben?"

Arian runzelte die Stirn. „Wer nicht Moslem ist, kann es ja noch werden."

„Möchtest du das?"

„Früher oder später wirst du es müssen, wenn wir beide eine Zukunft haben sollen."

„Und wie stellst du dir das vor?" fragte sie, obwohl sie sich vor seiner Antwort fürchtete. „Ich meine, soll ich dann ein Kopftuch und einen langen Mantel tragen?"

„Nein, das musst selbstverständlich nicht."

Ana lächelte erleichtert.

„Was aber nicht heißt, dass du dich als meine Frau wie eine Schlampe anziehen kannst."

Er zupfte an ihrem ärmellosen T-Shirt. „So etwas möchte ich nicht mehr sehen, wenn wir davon sprechen. Das wirst du in Zukunft sein lassen."

„Aber es ist Sommer", widersprach Ana entrüstet.

„Wie gesagt", er zog die Augenbrauen hoch, „noch ist es mir egal. Aber sobald du meiner Familie vorgestellt bist, hast du dich nach meinen Wünschen zu kleiden und zu verhalten."

„Das ist nicht dein Ernst!"

Er trat dicht an sie heran und sah ihr direkt in die Augen. „Du wirst schon sehen, was alles mein Ernst ist."

„Womöglich ist es auch dein Ernst, diese Melina zu heiraten."

„Lass das meine Sorge sein", herrschte er sie an. „Ich muss jetzt los. Ich fürchte, heute Abend kann ich nicht zum Fenster kommen."

Ana spürte, wie die Eifersucht in ihre Glieder kroch. „Bist du da mit ihr zusammen?"

Eigentlich hatte sich Arian zum Gehen gewandt, doch er blieb kurz stehen.

„Falls es dir noch nicht aufgefallen ist, ich spreche nicht gern über dieses Thema. Aber ja, mein Vater verlangt das von mir. Und jetzt lass mich damit in Ruhe! Ich frag dich ja auch nicht ständig, ob dieser Gigolo zu euch zu Besuch kommt."

Traurig sah sie ihm nach, wie er wütend über die Wiese stapfte. Ganz ohne Abschiedskuss.

Die Blüte der Annäherung

Nach einem verzweifelten Blick auf die Uhr stieg Arian aufs Gas. Sein Vater würde toben, wenn auch nicht augenscheinlich.

Was stellte Ana nur für sonderbare Fragen in letzter Zeit? Für ihn war es selbstverständlich, dass sie sich als seine Frau nach ihm zu richten hatte.

Aber war sie dafür auch bereit? Gerade eben klang das anders, was ihn ein wenig unsicher machte.

Ihm fiel Rions Warnung ein. Sein Freund glaubte nicht, dass er mit Ana glücklich werden könnte.

„Ach, scheiß auf alles!", schrie er und schlug mit einer Hand fest auf das Lenkrad. Er hatte jetzt keine Zeit für Ana. Vielmehr musste er die Sache mit Melina gut über die Bühne bringen.

Vor der Eingangstür atmete er tief durch.

Innerlich hatte er sich auf die Vorwürfe seines Vaters vorbereitet, doch es kamen keine. Sein Vater saß entspannt mit der Tageszeitung auf der Wohnzimmercouch.

„Schön, dass du es geschafft hast, mein Sohn."

Hinter ihm tauchte Melina auf, in einem atemberaubenden, langen Kleid. Wieder einmal musste er feststellen, wie schön sie war.

Sein kurzes Staunen ließ ihr Gesicht erstrahlen. Ihre grünen Augen funkelten ihn ergeben an. Gut gelaunt hielt sie ihm einen Picknickkorb entgegen.

„Ich habe eine Kleinigkeit für uns vorbereitet. Du hast bestimmt Hunger nach der Arbeit."

Ohne von der Zeitung aufzuschauen, murmelte sein Vater: „Sie hat den ganzen Tag in der Küche zugebracht. Was hast du nur für ein Glück, mein Sohn."

Melinas Wangen röteten sich.

Ein knappes „Danke" war alles, was Arian über die Lippen brachte. Einerseits wusste er Melinas Einsatz zu schätzen, andererseits führte es ihm aber sein eigenes schlechtes Benehmen ihr gegenüber vor Augen.

Er fühlte sich plötzlich schäbig und fand, dass sie sich einen angenehmen Nachmittag verdient hatte.

„Ich weiß da ein nettes Plätzchen …"

Melina strahlte von einem Ohr bis zum anderen.

Draußen schlug ihnen die warme Luft entgegen. Arian musste an Ana denken und an das Gespräch, das er mit ihr geführt hatte. Unvermittelt fing er damit an, Melinas Kleidungsstil unter die Lupe zu nehmen.

Sie trug ein sattblaues, langes Kleid, das bis zu den Knöcheln ging. Darüber hatte sie ein weißgehäkeltes Jäckchen angezogen, das ihre Schultern bedeckte.

Ihm fiel auf, dass Melina es jedes Mal, wenn er sie gesehen hatte, auf eine unaufdringliche Art schaffte, die Balance zwischen sexy und anständig zu halten.

Auch in ihrem Verhalten war sie nun stets darauf bedacht, ihn nicht zu reizen oder zu verärgern, was er ihr hoch anrechnete.

Andererseits hatte sie keine große Wahl, wenn sie es sich nicht vollständig mit ihm verscherzen wollte.

Sein Groll auf sie schien jedenfalls langsam nachzulassen, und er konnte sie tatsächlich wieder mehr als seine Cousine als eine böse Hexe betrachten. Allerdings war er sich sicher, dass ein kleiner Fehler ihrerseits bereits ausreichen würde, um seine alten Emotionen und das Misstrauen ihr gegenüber wieder zu entfachen.

Aber woher kam dieser plötzliche Sinneswandel? Er beschloss, diesen Gedanken nicht weiter nachzugehen und sich auf den Moment zu konzentrieren. Er hatte Melina einen schönen Abend versprochen, und das wollte er nun auch einhalten.

„Du bist so still." Vorsichtig betrachtete sie ihn von der Seite, er konnte es aus dem Augenwinkel sehen.

„Tut mir leid. Ich hab in der Arbeit gerade viel um die Ohren."

„Möchtest du lieber wieder zurückgehen?"

„Nein, nein." Er lächelte großmütig. „Ein wenig Ablenkung wird mir guttun."

„Es ist ein großes Problem für dich, dass ich bei euch bin, oder?"

Nun ja, immerhin hätte ich dich beinahe erwürgt, dachte er amüsiert, sagte aber: „Es ist vielleicht ein wenig gewöhnungsbedürftig."

„Was geschehen ist, ist leider geschehen, Arian, aber du kannst mir glauben, wenn ich es rückgängig machen könnte ..."

Sein Blick wurde finster. Musste sie denn davon anfangen?

„Ich glaube fast, du legst es darauf an, dass wir wieder umkehren", knurrte er.

„Entschuldige. Du sollst nur wissen, dass ich über mein Vorgehen nachgedacht habe. Liebe kann man nicht erzwingen, das habe ich nun verstanden."

Arian horchte auf. „Ach ja? Und jetzt gibt es keine Verlobung mehr?"

„Wünscht du dir das?" Sie sprach so leise, dass er sie kaum verstehen konnte.

Er blieb stehen und packte sie am Arm.

„Hör endlich mit deinen Scheißspielchen auf!" Arian war es egal, dass vorbeigehende Leute ihn bereits abfällig musterten. Er zog sie unwirsch an sich, sodass seine Lippen ihr Ohr berührten.

„Was soll das ganze Gerede? Du weißt genauso gut wie ich, dass wir beide da nicht mehr ohne blaues Auge rauskommen, also halt die Klappe! Das hättest du dir eben früher überlegen müssen. Wie kann man nur so dumm sein?"

Angewidert stieß er sie von sich und ging energisch weiter.

Er hörte, dass sie ihm unsicher hinterherstolperte, doch er dachte gar nicht daran, seinen Schritt zu verlangsamen.

Als er beim Stadtpark angekommen war, verschlechterte sich seine Laune umso mehr. Alles hier erinnerte ihn an Ana.

Sehnsüchtig blickte er zur Laube; Melina führte er jedoch zum kleinen See. Ringsherum gab es genug Grünflächen, wo sie sich zum Picknick niederlassen konnten.

Wortlos nahm er ihr die Decke aus der Hand und breitete sie aus. Melina stellte den Korb ab, dann begann sie, die von ihr zubereiteten Speisen zu arrangieren, sodass sie ein appetitliches Bild ergaben.

Sein Blick schweifte zu ihr. Er sah, wie sie traurig die sorgfältig ausgewählten Gerichte betrachtete. Nun tat sie ihm leid.

„Du hast dir große Mühe gegeben", stellte er fest.

„Danke." Sie sah zu Boden, und er hatte das Gefühl, dass sie am liebsten in einem Mauseloch verschwunden wäre. Wie ein Häufchen Elend saß sie da.

„Komm, Melina. Vergessen wir für einen Moment unser Gespräch. Lass uns jetzt in Frieden diese herrlichen Köstlichkeiten genießen. Wir haben es uns beide verdient."

Er streckte ihr einen Teller entgegen.

Melina sah ihn dankbar an, nahm den Teller an sich und begann wie er, ein paar Snacks darauf aufzuhäufen.

„Bist du zufrieden damit?", wagte sie sich, ihn anzusprechen.

„Sehr sogar", grinste er laut schmatzend. „Da hat dir meine Mutter wohl ein paar Geheimtipps gegeben."

Nun lächelte sie wieder. „Ich mag deine Familie sehr gern."

„Das freut mich, ich mag deine Familie eigentlich auch."

„Wir beide haben uns einmal sehr gut verstanden ..."

Arian warf ihr einen warnenden Blick zu. Sofort wechselte sie das Thema.

„Hier ist es sehr schön. So ruhig und friedlich." Wie auf Abruf watschelte die kleine Entenfamilie an ihnen vorbei.

Arian lachte. „Das ist jetzt richtig kitschig."

Melina warf ihnen ein paar Brotkrumen hin. „Hier, meine Kleinen. Werdet schnell groß und stark!"

Arian beobachtete sie. Ihre fürsorgliche Seite hatte er bislang noch nicht kennengelernt, doch wie er sie beim Entenfüttern sah, kam ihm plötzlich der Gedanke, dass sie einmal eine gute Mutter werden würde.

Wieder erinnerte er sich an Rions Worte. Würde dieser Depp letztendlich recht behalten?

„An was denkst du?" Neugierig musterte sie ihn.

„Hm. Ich habe gerade gedacht, dass du einmal eine gute Mutter werden wirst", gab er ehrlich zu.

Schnell wandte sie sich wieder den Entchen zu, dennoch konnte er das Glitzern der Tränen in ihren Augen erkennen. Seine Aussage rührte sie.

Wider Erwarten blieben sie tatsächlich zwei Stunden im Stadtpark und Arian fand danach, dass es ihm sogar gefallen hatte.

Erst zu Hause bemerkte er, dass von Ana wieder keine einzige SMS da war.

Wahrscheinlich schmollt sie, dachte er, konnte sich aber seinerseits nicht dazu überwinden, ihr zu schreiben.

„Vielleicht regt es sie ein wenig zum Nachdenken an, wenn sie nichts von mir hört", seufzte er, als er das Handy auf sein Bett warf.

Sie beteuerte zwar, dass sie ihn liebte, doch konnte er ihre Liebe im Gegensatz zu Melinas nicht wirklich spüren.

Um sich abzulenken, ging er ins Wohnzimmer, wo Melina und seine Familie ihn bereits freudig lächelnd erwarteten.

Erst gegen Mitternacht machte sich Melina bettfertig. Sie hatten lange in einer gemütlichen Runde zusammengesessen, hatten geplaudert und viel gelacht. Im Kreis seiner Familie war ihr Arian viel entspannter vorgekommen.

Sie selbst konnte den Abend leider nicht so recht genießen. Ein Bauchziehen, das von Stunde zu Stunde anschwoll, hatte sie hartnäckig im Griff.

Sie bemühte sich, ihre Schmerzen, so gut es ging, zu verbergen, doch als die Übelkeit ihren Hals emporkroch, musste sie kurz ins Bad verschwinden.

„Das darf doch nicht wahr sein!", fluchte sie, als sie später ihr Kopfkissen aufschüttelte. „Warum werde ich gerade jetzt krank?"

Sie hoffte inständig, dass niemand etwas davon bemerkte, schon gar nicht Arian.

Melina rollte sich seitlich zusammen und schloss die Augen,

als sie bereits erneut eine Welle von Übelkeit ihre Kehle aufsteigen spürte.

Aus Erfahrung wusste sie, dass eine Magenverstimmung meist nicht lange anhielt, deswegen betete sie innständig, dass der ganze Zauber am Morgen wieder vorbei sein würde.

Doch auch nach dem Aufstehen galt ihr erster Gang der Toilette. Heimlich suchte sie im Medikamentenschrank nach den passenden Tabletten, doch außer Pflaster und Mullbinden war darin nichts zu entdecken.

Mittlerweile krümmte sie sich vor Schmerzen. Kleine Schweißperlen bildeten sich auf ihrer Stirn.

„Melina, kommst du?", hörte sie Arians Mutter rufen.

„Na gut, da muss ich jetzt durch", flüsterte sie leise, strich sich die Kleidung glatt und straffte die Schultern.

Sie versuchte, sich im Spiegel zuzulächeln, doch erschrak über ihre dunklen Augenringe.

„Ach, da bist du!" Arians Mutter steckte ihren Kopf zur Badezimmertür herein. „Ich brauche kurz deine Hilfe."

„Kein Problem." Melina versuchte, fröhlich und unbeschwert zu klingen. Schnell wischte sie sich mit dem Handrücken über ihre nasse Stirn.

Nun war sie dankbar für die Strenge ihrer Mutter, die sie niemals hatte ausruhen lassen. Nicht bei Fieber, nicht bei Periodenschmerzen, nicht bei Grippe – niemals.

„Später, wenn du verheiratet bist, kannst du dich auch nicht hinlegen", behauptete sie, wann Melina in der Vergangenheit schlapp zu machen drohte.

„Geht es dir gut?" Arian kam gerade aus seinem Zimmer und musterte sie überrascht. „Entschuldige, wenn ich das sage, aber du siehst furchtbar aus."

„Arian, was soll das?" Seine Mutter gab ihm einen leichten Klaps auf den Hinterkopf. „Sagt man so etwas zu seiner zukünftigen Frau?"

Melina eilte in die Küche, bevor die beiden näher auf ihren Zustand eingehen konnten.

Da wurde ihr schon wieder übel. Sie hielt sich rasch die Hand vor den Mund und rannte Richtung Toilette.

Arian und seine Mutter schauten ihr erstaunt nach. Melina riss die Tür auf, kauerte sich auf den Boden und konnte endlich ihrem Elend freien Lauf lassen.

„Ach, die Arme!", seufzte Arians Mutter.

Von Arian hörte sie nur: „Ist das widerlich!", bevor er seine Zimmertür zuschmiss.

Melina konnte nicht einmal behaupten, dass er damit unrecht hatte. Sie fühlte sich genau so, wie er sagte – widerlich! Dennoch liefen heiße Tränen über ihre Wangen, teils aus Erschöpfung, teils aus der Bitterkeit, die sie nun empfand.

Zwischen ihnen wäre es gerade besser gelaufen, nun war wieder alles zunichte. Arian fand sie widerlich!

Dieser Gedanke ließ sie endgültig zusammensacken. Da hörte sie die Stimme seines Vaters.

„Arian, fahr mit ihr zum Arzt, hörst du? Wir haben ihren Eltern versprochen, dass wir gut auf sie aufpassen."

„Das ist nicht dein Ernst! Ich muss zur Arbeit!"

Sein Vater entgegnete drohend: „Du wirst bald ein Ehemann und vielleicht sogar bald ein Familienvater sein. Diese Stellung ist mit Pflichten verbunden, und dazu gehört, dass du gut für deine Frau sorgst. Also, ruf, verdammt noch mal, deinen Chef an und melde dich krank, oder was weiß ich. Lass dir etwas einfallen!"

Als sie zerknirscht aus der Toilette schlich, sah Melina, wie Arian mit dem Handy in der Hand fluchend in seinem Zimmer verschwand. Sein Vater lächelte ihr aufmunternd zu.

„Keine Sorge, meine Liebe. Arian fährt gleich mit dir zum Arzt. Möchtest du dich so lange hinlegen?"

„Melina, Schätzchen!" Arians Mutter kam angelaufen, um ihr helfend die Hand zu reichen.

„Vielen Dank." Melina lächelte zaghaft. „Es geht schon wieder. Ich habe mir wohl irgendeinen Virus eingefangen. Ihr könnt auch gerne meinen Vater anrufen, damit er mich abholen kommt."

„Das muss nicht sein", antwortete Arians Vater freundlich. „Du bist auch krank in unserem Haus herzlich willkommen. Außer natürlich, du willst selbst gerne nach Hause ..."

„Nein, nein", beeilte sich Melina, zu sagen. „Ich bin sehr gerne bei euch."

Kaum hatte sie auf der Wohnzimmercouch Platz genommen, stürmte auch schon Arian völlig aufgebracht ins Zimmer.

„Melina, steh sofort wieder auf, wir müssen fahren! Mein Chef drückt ein Auge zu, aber ich soll vor Mittag in der Firma sein, also *hadi* ..."

Er fuchtelte wild mit einer Hand herum, was sie wohl antreiben sollte, ihm schnell zu folgen.

Melina fühlte sich von Minute zu Minute erschöpfter. In ihrem Kopf begann es, zu hämmern. Vielleicht war es doch keine schlechte Idee, zum Arzt zu fahren.

Im Flur wies Arian auffordernd mit der Hand in Richtung Toilette. „Geh lieber noch mal. Wehe, du kotzt mir mein Auto voll!"

Arians Mutter winkte ab und drückte ihr liebevoll eine Plastiktüte in die Hand. „Für alle Fälle! Alles Gute, mein Mädchen."

Melina griff dankbar nach der Tüte und folgte Arian zur Tür hinaus.

Nachdenklich schaute Ana auf ihr Handy. Keine Nachricht von Arian. Seit dem letzten Treffen meldete er sich nicht mehr bei ihr.

Sie spürte, wie die Eifersucht in ihrer Brust zu lodern begann. Den ganzen Vormittag war sie in der Schule unruhig gewesen. Auch wenn sie Arians Verhalten in letzter Zeit unmöglich fand, wollte sie ihn nicht aufgeben.

Neugierig horchte sie auf, als es an der Haustür klingelte. Wer konnte das sein? Ihre Eltern kündigten Besuch normalerweise an.

Sie hörte, wie mit fröhlichen Stimmen Begrüßungsfloskeln ausgetauscht wurden, da ging auch schon ihre Zimmertür auf. Ihre Mutter trat mit verheißungsvollem Blick herein.

„Ana, die Familie Petrovic ist bei uns zu Besuch. Komm bitte raus und setz dich zu uns."

„Bitte, wer?" Ana fuhr erschrocken herum. Sie konnte es nicht fassen.

„Dario ist auch dabei", flüsterte ihre Mutter verschwörerisch. „Er ist ein ganz passabler junger Mann geworden."

„Das ist nicht wahr!" Ana blieb die Kinnlade offen stehen. „Vielleicht habe ich genau das durch meine Geschichte heraufbeschworen", flüsterte sie mehr zu sich selbst als zu ihrer Mutter.

„Was meinst du?"

„Dario ist da?", fragte sie, immer noch vollkommen ungläubig.

„Jaja", entgegnete ihre Mutter ungeduldig. „Was lässt du dich so lange bitten? Komm und begrüß ihn selbst. Du wirst nicht enttäuscht sein." Sie lachte Ana fröhlich an und ihre Augen blitzten, so wie sie es bei ihrer Mutter noch nie gesehen hatte.

Ana fasste sich an die Brust. Sie bekam kaum Luft. Aber was half es schon. Sie musste da jetzt raus.

Freundlich begrüßte sie erst den Vater, dann die Mutter, bevor sie Dario die Hand entgegenstreckte. Als sie ihm dabei ins Gesicht sah, verlor sie sich augenblicklich in seinen saphirblauen Augen. Sie spürte, wie seine warme Hand die ihre umschloss.

Der Händedruck war bestimmt und fest, dennoch ging eine sorglose Unbeschwertheit von seiner Person aus.

Die tiefblauen Augen funkelten vergnügt und seine dunkle, eigenwillige Haarpracht strahlte Abenteuer aus, was unterstrichen wurde durch die Art, wie er sich unbefangen mit der Hand durch die dicken Strähnen fuhr.

Sie fühlte sich auf Anhieb mit ihm verbunden, sei es, weil sie sich seit Kindertagen kannten, oder weil sie sein Wesen sofort eingenommen hatte. Erst sein amüsiertes Lachen holte sie prompt ins Hier und Jetzt zurück.

„Hallo, Ana, schön, dich wieder mal zu sehen."

„Dario! Mein Gott, wie lang ist es her?"

Er lachte und berührte freundschaftlich ihre Schulter.

„Das Letzte, an das ich mich erinnere, ist ein Haufen Sand in meinen Schuhen."

Mit einem unterdrückten Kichern knuffte sie ihm in die Seite.

„Gib zu, dass du gern mit mir gespielt hast."

„Sicher, sicher", bestätigte er mit einem fröhlichen Augenzwinkern.

„Setzen wir uns doch", forderte ihre Mutter die Gäste auf. „Ihr beide könntet einstweilen einen Spaziergang machen. Wir wissen doch, dass die jungen Leute lieber unter sich sind."

„Eine schöne Idee. Wir leisten euch zwar sehr gerne Gesellschaft", wandte sich Dario galant an Anas Mutter, „aber in diesem Fall möchte ich dir nicht widersprechen. Ich würde zu gerne meine kleine *Schwester* hier ausfragen, was sich in den letzten Jahren getan hat." Bei diesen Worten wuschelte er Ana durch die Haare.

Diese Geste rief auf einen Schlag alle Kindheitserinnerungen in ihr wach: Dario, der sie mit dem Leiterwagen zog; selbst nur ein paar Jahre älter und doch kräftig genug dafür.

Dario im See, als er ihr eifrig das Schwimmen beibrachte. Mit Dario gemeinsam auf dem Fahrrad oder im großen Heuhaufen, wo er einen Hustenanfall erlitt ...

So viele Erinnerungen an Dario tauchten in ihr auf, dass sie darüber staunte, wie sie sich dermaßen lange Zeit aus den Augen hatten verlieren können.

„Komm, junge Dame." Er hielt ihr den Arm hin, damit sie sich einhängen konnte. „Auf geht's zum Verhör."

Ana lachte auf, sprang ihm im Galopp davon, nur um sich gleich darauf umzudrehen und zu rufen: „Komm doch und fang mich!"

Das ließ sich Dario nicht zweimal sagen. Ana musste sich anstrengen, damit er sie nicht gleich einholen konnte.

In der ganzen Aufregung entging Ana das liebevolle Lächeln ihrer Mutter, die den beiden lange nachschaute.

Hätte sie es gesehen, wäre ihr schnell klar geworden, dass der überraschende Besuch nicht ganz zufällig stattgefunden hatte.

Ana unterhielt sich prächtig mit Dario. Es war fast, als wären sie nie erwachsen geworden. Wie lange hatte sie sich nicht so frei und unbeschwert gefühlt?

„Warum haben wir uns ewig nicht gesehen?", stellte sie ihm die entscheidende Frage.

„Na ja, weißt du, nach unserem Umzug …", setzte Dario zu einer Erklärung an. „Musste ich die Schule wechseln und gewöhnte mich nur schwer ein. Ich musste viel nachholen und hatte deswegen wenig Freizeit."

„Du hast mich vergessen!", warf sie ihm mit beleidigtem Tonfall vor.

„Vergessen ist der falsche Ausdruck. Ich bin ein paar Jahre älter als du, aber zugegeben, ich hatte dann ein paar andere Interessen."

Als er ihren entsetzten Gesichtsausdruck sah, lächelte er sofort milde und fügte hinzu: „Aber vergessen habe ich dich niemals."

Ana beschloss, nicht nachtragend zu sein. Die Vergangenheit konnte niemand ungeschehen machen, und jetzt war Dario ja wieder an ihrer Seite.

„Ich bin dir nur nicht böse, wenn du mich ab sofort nie mehr allein lässt."

Dario lachte. „Versprochen. Vielleicht kann die werte Dame ein Kinobesuch friedlich stimmen?"

Er holte mit seinem Arm weit aus und machte eine Verbeugung wie ein Hofdiener.

„Oh ja!", rief Ana aufgeregt. „Ich war ewig nicht mehr im Kino."

„Möchtest du gleich heute Abend gehen?"

„Aber deine Eltern wollen bestimmt nicht so lange dableiben."

„Ach, Quatsch! Ich habe selbst ein Auto und kann dich abholen."

„Du hast ein eigenes Auto?"

„Tja, meine Liebe. Aus mir ist ein alter Mann geworden."

Entschuldigend zuckte er mit beiden Schultern.

Ana umfasste sein Gesicht mit den Händen und gab vor, nach Falten zu suchen.

„Hier ist eine." Sie zeigte mit dem Finger auf eine Stelle auf seiner Wange. „Oh mein Gott, hier auch! Und hier! Du brauchst dringend Botox, mein Guter."

„Na, und wie ist das bei dir?"

Grinsend betrachtete er ihr Gesicht; sein Blick blieb an ihren dunklen Augen hängen.

Anas Herz begann, zu pochen. Sie atmete seinen Duft ein; er war ihr so vertraut. Sanft strich er über ihre Wange und flüsterte in ihr Ohr: „Nein, in dein schönes Gesicht wird sich niemals eine Falte wagen."

Rion wartete bereits im Biergarten auf ihn, als Arian dort ankam.

„Hey, Alter." Sie schlugen zur Begrüßung ein.

„Wie gewohnt zu spät", witzelte Rion, als Arian sich setzte.

„Du hast ja keine Ahnung, was bei mir los ist." Arian rieb sich sorgenvoll die Stirn.

„Tja, Frauen sind anstrengend."

„Deine auch?"

„Noch nicht, aber ich glaube, da kommt noch was."

„Wann siehst du sie überhaupt wieder?"

„Wir skypen jeden Tag, doch ich fürchte, von Angesicht zu Angesicht werden wir uns erst wieder bei der Verlobung gegenüberstehen."

„Und dann kommt sie mit nach Deutschland?"

„Nein, nein, erst nach der Hochzeit. Was glaubst du denn?" Rion verdrehte die Augen. „Man könnte vorher sonst unsittlich werden."

„Ich verstehe." Arian grinste. „Wenigstens kannst du sie dann jeden Tag rannehmen, wie es dir passt."

„Oooh ja", stimmte Rion ihm begeistert zu. „Obwohl ich ein wenig neidisch auf dich bin. Du hast dann ein doppeltes Vergnügen."

„Wie meinst du das?"

„Na ja, Melina *und* Ana. Zwei hübsche Mädchen. Das ist schon was."

„Wer weiß, wer weiß", seufzte Arian. „Die eine tut zwar, was ich will, ist aber nicht die, die ich haben will. Und die andere, die ich haben will, verunsichert mich von Tag zu Tag mehr."

„Tatsächlich?" Rion klang nicht danach, als ob ihn das überraschen würde.

„Ja, tatsächlich", äffte Arian ihn genervt nach. Er hasste es, wenn sein Freund recht behielt.

„Ich weiß nicht, wie ich es erklären soll. Es ist alles unglaublich kompliziert. Ana stellt mir plötzlich alle möglichen Fragen. Dann ist sie einen Tag total ergeben, dafür meldet sie sich die nächsten Tage nicht mehr, und kein Mensch weiß, was sie gerade macht."

„Und Melina?"

„Frag nicht! Die liegt gerade krank bei uns zu Hause. Das war was! Die ganze Toilette hat sie vollgekotzt. Und mein Vater hat darauf bestanden, dass ich sie zum Arzt bringe, ohne Rücksicht darauf, ob ich Stress mit meinem Chef bekomme.

Auf jeden Fall bleibt sie jetzt so lange bei uns, bis sie wieder gesund ist. Ich fass es nicht, dass ich so ein Pech haben muss!"

„Mehr Zeit zum Kennenlernen", meinte Rion zuversichtlich.

„Ach, sei doch still!" Arian verzog das Gesicht. „Obwohl ich zugeben muss, dass mir unser Picknick ganz gut gefallen hat. Und kochen kann sie ausgezeichnet."

„Und jetzt verübelst du es ihr, dass sie krank geworden ist?"

„Ja. – Nein." Er wiegte seinen Kopf hin und her. „Ich war auf drei Tage eingestellt, und jetzt werden es wohl fünf. Was soll ich da noch groß kennenlernen, außer noch mehr Kotze auf der Toilette."

„Du bist unfair."

„Mag sein. Ich will einfach mein altes Leben zurück."

„Irgendwann beginnt für jeden von uns der Ernst …"

Arian unterbrach ihn zornig. „Ich weiß, was du sagen willst. Spar es dir!"

Rion zuckte mit den Schultern. „Und was hast du jetzt vor? Alles beim Alten lassen, oder hast du einen neuen Plan?"

Nachdenklich runzelte Arian die Stirn. „Die Verlobung rückt immer näher, aus dieser Sache komm ich sowieso nicht mehr raus."

„Das ist schon klar, aber ich meine, wirst du Ana weiterhin behalten?"

„Warum nicht?" Arian lachte. „Wie du schon gesagt hast, ich wäre blöd, auf doppeltes Vergnügen zu verzichten. Auch wenn ich zugeben muss, dass mir ihr Gezicke neuerdings verdammt auf den Wecker geht. Vielleicht sollte ich sie doch endlich mal flachlegen, damit ich wieder klar denken kann und sich nicht ständig mein Schwanz in der Hose rührt, wenn sie mir gegenübersteht."

„Hm, nach rosaroten Wolken und Glockenklang hört sich das aber nicht mehr an."

„Wenn sie sich nicht meldet …", warf Arian wütend ein. „Ich weiß nie, wo sie gerade ist oder was sie macht. Und dann noch dieser eine Typ, mit dem sie ihre Eltern verkuppeln wollen …"

„Das ist mir neu." Rion spitzte die Ohren.

„Ja", druckste Arian verlegen herum, „sie hat erzählt, Bekannte von ihren Eltern hätten einen passenden Sohn und es wäre ihnen sehr recht, wenn sie ab und zu etwas gemeinsam unternehmen würden."

„Das ist nicht dein Ernst!"

„Wenn ich's dir sage! Sie behauptet zwar felsenfest, dass sie sich noch nie mit ihm getroffen hätte, dass sie das auch nie tun wird, und bisher habe ich ihr geglaubt … Aber komisch ist das schon alles. Ich meine, früher waren wir richtig verliebt, jetzt meldet sich keiner mehr beim anderen."

„Du hättest sie längst ficken sollen."

„Ach, komm!" Arian lachte laut auf. „Das ist nicht immer eine Lösung. Und außerdem, seit wann bist du so ein Draufgänger?

Hat dich deine Alte einen Kopf größer werden lassen, oder was?"

„Apropos …" Rion sprang nach einem Kontrollblick auf die Uhr auf. „Es wird Zeit für meinen täglichen Chat mit ihr. Kommst du?"

Arian leerte sein Glas in einem Zug und winkte der Kellnerin.

Nachdem sie bezahlt hatten, schlenderten sie gemütlich in der warmen Abendsonne zum Parkplatz.

Beim Biergarten selbst gab es nur wenige Möglichkeiten, sein Auto abzustellen, weshalb sich alle Gäste angewöhnt hatten, die große Parkfläche des Kinos, das ein paar Straßen weiter entfernt lag, zu nutzen.

Schließlich blieben sie, um sich zu verabschieden, bei Rions Auto stehen. Arian ließ beiläufig einen kurzen Blick über die wartende Menge vor dem Kinokomplex schweifen, als er Ana sah.

Ungläubig stieß er Rion an. „Schau mal, das ist doch Ana da vorne!"

Rion suchte die Leute ab und blieb bei Ana hängen.

„Ja klar, Mann. Das ist sie." Und nach einer Weile angestrengten Fixierens stellte er empört fest: „Aber das da neben ihr ist sicher nicht ihre Freundin."

Arian kniff seine Augen zusammen und versuchte, aus der Ferne ihre Begleitung auszumachen.

Ein ihr offensichtlich sehr vertrauter dunkelhaariger Bursche drückte ihr einen Becher Popcorn in die Hand.

„Fuck", fluchte Arian wutentbrannt. „Diese Schlampe!"

Mit geballten Fäusten stand er da und beobachtete, wie der Typ mit ihr schäkerte, sie ab und an berührte und ihr übers Haar strich, als würden sie sich ewig kennen.

Ana ihrerseits lächelte verträumt und himmelte ihn offensichtlich an. Das konnte selbst ein Blinder erkennen.

Arian schnaubte. „Ich bring sie beide um!"

Wutentbrannt wollte er losstapfen, da packte ihn Rion am Arm und hielt ihn zurück.

„Lass gut sein, Arian! Vergiss die Schlampe endlich."

„Glaubst du ernsthaft, dass ich das auf mir sitzen lasse? Der werd ich's zeigen!"

„Halt, warte!", versuchte Rion, ihn zu beruhigen. „Nicht hier und nicht jetzt. Schau doch, wie viele Leute da sind." Er zeigte auf die lange Traube, die sich im Sonnenuntergang die Zeit bis zum Film vertrieben.

„Du machst dich lächerlich, wenn du jetzt einen Aufstand machst. Triff dich mit ihr und klär das ohne sensationshungrige Zuschauer."

Arian ließ sich nur schwer von seinem Vorhaben abbringen. Er rang sichtlich um Fassung. Immer wieder ging er ein, zwei Schritte vor, dann wieder zurück und stieß Fluchlaute gegen den Himmel aus.

„Wie konnte ich ihr nur vertrauen? Wie konnte ich ihr nur glauben?"

„Jetzt hast du wenigstens Gewissheit", erwiderte Rion selbstzufrieden.

„Aber du hast recht." Arian blieb mit einem Satz stehen. „Ich treffe mich mit ihr, tue völlig ahnungslos und dann steck ich ihn ihr so weit rein, dass er ihr bei den Ohren wieder rauskommt."

„Das schaffst du nie!", entgegnete Rion.

„Ich schaffe alles, wenn ich will!" Arian spuckte angewidert auf den Boden und ging Richtung Auto.

Was wusste Rion schon? Bisher hatte ihm jede Lady zu Füßen gelegen! Bei Ana hatte er Rücksicht genommen. Aber diese Zeiten waren nun endgültig vorbei.

Hasserfüllt ließ Arian sich in seinen Sitz fallen und warf einen letzten Blick auf die beiden, bevor er ins Gas stieg.

Melina lag in dem fremden Bett und starrte zur Decke. Ihr war noch übel, doch sie musste nicht mehr andauernd zur Toilette laufen, was ein großer Segen war.

Melina freute sich, dass die Kolajs sie so lange dabehalten wollten, bis es ihr wieder besser ging.

Auch wenn sie sich schrecklich fühlte, war sie zufrieden,

solange sie in Arians Nähe sein durfte.

Es wird alles gut werden, sprach sie sich selbst erneut Mut zu.

Melina zuckte zusammen, als jemand die Haustür laut zuschlug. Arian!

Still und steif blieb sie liegen und lauschte auf die Geräusche, die vom Flur kamen. Sie hörte wütendes Getrampel bis zu seiner Zimmertür, die er aufriss und ebenfalls laut zuschlug. Dann war wieder Stille.

Melina fürchtete sich. War er wegen ihr so aufgebracht? Hatte er Probleme, weil er zu spät zur Arbeit gekommen war?

Ihre Übelkeit wurde mit einem Mal schlimmer. Schnell tröpfelte sie sich ein paar Tropfen der Medizin, die sie vom Arzt verschrieben bekommen hatte, in den Mund.

Sie dachte an die Nacht zurück, in der er sie gewürgt hatte. Beklommen befühlte sie ihren Hals.

Als es plötzlich leise an der Tür klopfte, erschrak sie fürchterlich. Arian fragte, ob er eintreten dürfte.

Rasch richtete sie sich auf und fuhr sich nervös durch die Haare, die sie dann in zwei dicken Strähnen über ihre durch das seidene Nachthemd bedeckten Brüste legte.

„Komm herein." Ihre Stimme zitterte.

„Wie geht es dir?" Behutsam nahm er auf der Bettkante Platz. Sein Gesichtsausdruck war besorgt.

Melina wusste nicht, wie ihr geschah. Sie lächelte schüchtern. „Danke, es geht mir etwas besser."

Er legte seine Hand auf die ihre. „Ich habe mir heute Sorgen um dich gemacht."

Wirklich?, dachte sie und riss ihre Augen auf. Sie konnte kaum glauben, was sie eben gehört hatte. „Wirklich?"

Seine Hand strich ihr über die heiße Wange.

„Entschuldige! Ich sehe furchtbar aus."

„Nein, du bist wunderschön", flüsterte er ernst.

Ihr Mund schnappte auf und zu. Träumte sie? Seine Stimmungsschwankungen waren ihr unerklärlich.

Langsam wanderte seine Hand von der Wange den Hals hinab und streichelte ihren Brustansatz.

Instinktiv zog sie ihr Nachthemd etwas höher.

„Hattest du Ärger wegen mir?"

Er zog die Hand weg und schüttelte den Kopf. „Nein. Mein Chef versteht das. Außerdem war das bestimmt nicht das letzte Mal." Er lächelte sie zuversichtlich an.

„Ach ja?"

„Sicher, wenn du erst einmal meine Frau bist …"

Seine Hand verschwand unter der Decke und begann, sanft ihren Oberschenkel zu streicheln. Verunsichert ließ sie sich seine Berührungen gefallen. Erst als seine Hand immer höher kam, rückte sie ein Stück von ihm ab.

„Ich freue mich, dass ich ein wenig länger hierbleiben darf."

„Bald bist du für immer da."

Seine Hand lag wieder auf ihrem Bein. Zugleich kam er mit seinem Gesicht näher an ihres. Er küsste ihre Lippen. Zuerst sanft, dann fordernder. Sie spürte seine feuchte Zunge in ihrer Mundhöhle, unterdessen drückte seine Hand fest gegen ihr Höschen.

Mit beiden Armen versuchte sie, ihn abzuwehren, doch mit seinem schweren Oberkörper drängte er sie ins Kissen zurück.

Beinahe hätte sie vor Erleichterung aufgeschrien, als es an der Tür klopfte.

Blitzschnell saß Arian aufrecht und zupfte seine Kleidung zurecht.

Da trat sein Vater ein. Sein Blick wanderte fragend zwischen Melina und Arian hin und her. Ihre roten Gesichter und die aufgeladene Stimmung im Zimmer konnten ihm kaum entgehen.

Mit hochgezogenen Augenbrauen brummte er: „Das Essen ist fertig."

Arian sprang auf und ging ohne ein weiteres Wort aus dem Zimmer.

„Wir können dir deinen Teller auch bringen, wenn du dich nicht gut fühlst", meinte Arians Vater.

„Ich brauche noch einen Moment", erwiderte sie. Arians Vater nickte verständnisvoll.

Nachdem er die Tür von außen geschlossen hatte, sank Melina atemlos in ihr Kissen zurück.

Arian raubte ihr völlig den Verstand! Nicht auszudenken, was passiert wäre, wenn sein Vater nicht überraschend ins Zimmer gekommen wäre …

Aber dennoch freute sie sich wie verrückt über die positive Wendung. Sofort fühlte sie sich viel besser. In manchen Fällen machte sich Hartnäckigkeit eben doch bezahlt.

Widerwillig schaute Ana auf ihr Handy. Eine SMS. Von Arian.

Shpirt, was machst du? Warum meldest du dich nicht? Mein Herz wartet auf dich. Können wir uns nicht vor nächster Woche treffen?

Verlegen biss Ana sich auf die Lippen. Mit einem Mal wurde ihr bewusst, dass ihr unschuldiger Kinobesuch mit ihrem alten Freund für Arian ganz und gar nicht unschuldig wirken würde.

Wie ertappt blickte sie um sich und tastete visuell die Gesichter ihrer Umgebung ab.

Na und, dachte sie dann, ich bin ein freier Mensch! Ich darf sehr wohl mit einem guten Freund ins Kino gehen. Noch dazu, wo unsere Eltern befreundet sind. Das funktioniert vielleicht nicht in Arians Welt, in meiner aber allemal.

Wie zur Bestätigung funkelten sie Darios Augen übermütig an.

„Komm, meine Schöne, das Einlasssignal leuchtet. Begeben wir uns in den endlos finsteren Kinosaal." Dabei flüsterte er verschwörerisch, als wären sie noch Kinder und erlebten ein spannendes Abenteuer.

„Wer weiß, was hinter der nächsten Ecke auf uns lauert", stieg sie mit gespielt ängstlichem Tonfall in seine Geschichte mit ein.

Mit übertriebener Geste riss er sie an sich und verkündete laut: „Ich werde ihm den Kopf abhacken, sollte er meiner Maid etwas zuleide tun."

Ana ließ sich stöhnend an seine Brust fallen. „Oh, mein Held, ich werde dich ewig lieben!"

„Das will ich auch hoffen", wisperte er plötzlich ernst in ihr Ohr.

Ana blicke Dario erstaunt an, doch sofort schaute ihm wieder der Schalk aus den Augen und er stieß sie brüderlich an: „Komm jetzt, was guckst du so? Ein grenzgenialer Film wartet auf uns."

Damit zog er sie in Richtung Kinosaal und Ana hatte zu tun, dass ihr die Popcorntüte nicht aus der Hand glitt.

„Mein Gott, ich habe selten so viel gelacht", behauptete Dario auf dem Weg zum Auto.

„Ich glaube, der ganze Kinosaal hat nur wegen dir gelacht", prustete Ana laut los.

„Wie meinst du das?", fragte Dario überrascht.

„Wenn du lachst, muss man mitlachen."

„Ach, ist das so?" Er zwinkerte ihr vergnügt zu.

„Es war ein sehr schöner Abend." Ana taumelte geradezu vor Glückseligkeit.

„Wenn du mich lässt, dann werde ich dafür sorgen, dass du viel mehr schöne Abende haben wirst."

„Gib zu, du hast das nächste Abenteuer längst geplant."

„Du kennst mich einfach zu gut", gab Dario zu.

„Wohin willst du mich entführen?"

„Überraschung! Aber sagen wir mal so … Was hast du am Wochenende vor?"

„Das ganze Wochenende?" Ana blieb fassungslos stehen. „Das erlauben meine Eltern nie."

„Stimmt." Dario strich sich nachdenklich übers Kinn. „Egal, dann machen wir's eben nur für einen Tag. Ist dir Samstag recht?"

„Und was?", versuchte Ana, aus ihm herauszulocken. Doch Dario blieb geheimnisvoll. Er tänzelte lediglich um sie herum und summte dazu eine spannende Filmmusik.

„Am besten fragen wir deine Eltern gleich, wenn ich dich nach Hause gebracht habe."

„Sie werden dir schwer eine Bitte abschlagen können."

„Ach ja?", fragte Dario.

„Sie stehen total auf dich."

„Und ich steh total auf *dich*."

Wieder so eine Aussage, schnell ausgesprochen! Dario wirkte, als hätte er nie etwas Verfängliches gesagt.

Er führte seinen Tanz weiter auf und Ana begann, zu kichern.

„Komm, hör auf! Die Leute gucken schon."

„Die paar Leute, die hier unterwegs sind, stören mich nicht, wenn ich dafür dein schönes Lachen hören kann."

Mit einem großen Satz sprang er vor Ana zur Autotür und riss sie auf. „Meine Dame, bitte einsteigen!"

„Ach, du Scherzkeks!" Ana schüttelte amüsiert den Kopf.

Während der Fahrt drehte Dario das Radio lauter und sie sangen fröhlich zur Musik. Ana fand es richtig schade, als der Wagen vor ihrer Haustür stehen blieb.

„Tja, jetzt sind wir da."

„Wir sind zwar da, haben aber noch eine Mission vor uns", flüsterte Dario verschwörerisch.

„Du traust dich wirklich, zu fragen?" Ana blieb skeptisch.

„Sicher, mein Herz", behauptete er überzeugt, „wir spazieren da jetzt locker rauf und ich frage deinen Vater, ob ich dich heiraten darf."

„Was?" Ana glaubte, nicht recht gehört zu haben, und Dario begann, schallend zu lachen.

„Komm, steig aus, meine Honigbiene! Du kennst mich und weißt, dass ich deine Eltern um den Finger wickeln kann."

„Das kannst du in der Tat", bestätigte sie, als sie auf die Straße trat.

Oben angekommen, wurden sie bereits freudig erwartet.

„Na, ihr beiden. Hattet ihr einen schönen Abend?", fragte ihre Mutter neugierig.

„Also, *ich* hatte einen sehr schönen Abend", begann Dario überschwänglich und versuchte gar nicht erst, seine Begeisterung zu verbergen.

Ana musste wieder kichern.

Die Mutter schaute abwechselnd zu Dario, dann zu Ana und ein strahlendes Lächeln zeigte sich in ihrem Gesicht. Erleichtert fasste sie sich an die Brust. „Das freut mich sehr, ihr beiden."

Nun kam auch Anas Vater aus dem Wohnzimmer und schüttelte Dario die Hand.

„Sehr pünktlich, Dario, ich habe es nicht anders erwartet."

„Ich hoffe, dass ich dich deshalb zu einem neuerlichen Treffen mit Ana überreden kann? Ich denke an nächsten Samstag."

Dario verlor wirklich keine Zeit und Ana musste grinsen, als sie das verblüffte Gesicht ihres Vaters sah.

„Ja, also …" Ihr Vater schaute Hilfe suchend zu ihrer Mutter. „Also, ich wüsste nicht, was dagegenspricht, oder?"

Die Mutter trat begeistert einen Schritt auf Dario zu und nickte unaufhörlich. „Ja, natürlich. Von unserer Seite aus gerne."

„Sehr schön." Dario drückte ihrem Vater die Hand. Damit war die Sache besiegelt.

Zu Ana gewandt meinte er: „Dann sehen wir uns am Samstag. Ich werde um zehn Uhr vormittags da sein. Pack deine Badesachen ein!"

Fröhlich zwinkerte er ihr zu.

Ach, du meine Güte, dachte Ana, ich soll vor Dario im Bikini herumhüpfen? Doch vor ihren Eltern traute sie sich nicht, zu widersprechen und nickte zustimmend.

„Bis dann!" Dario drückte ihr einen schnellen Kuss auf die Stirn, verabschiedete sich höflich von ihren Eltern und war auch wieder zur Tür hinaus.

„Mein Schatz, erzähl!" Anas Mutter nahm sie sofort in Beschlag.

Der Vater verdrehte seinerseits die Augen. Das Weibergequatsche interessierte ihn nicht, und das tat er auch brummend kund.

„Ach, Vater, geh du zu deinen Nachrichten", sagte ihre Mutter, dabei zog sie Ana mit in die Küche.

„Mama, jetzt mach nicht so einen Aufstand."

„Was? Mein Mädchen hatte ihr erstes Date, und da darf ich nicht neugierig sein?"

„Doch, sicher." Anas Worte klangen gequält.

„Ist er nicht ein toller Kerl?", fing ihre Mutter an. Sie strahlte über das ganze Gesicht.

„Vielleicht solltest *du* mit ihm ausgehen?", fragte Ana belustigt. So hatte sie ihre Mutter noch nie erlebt.

„Ach was!" Ihre Mutter winkte ab. „Ich habe doch den Brummbären da im Wohnzimmer."

Ana grinste. „Also, es ist, als ob es die lange Zeit, in der wir uns nicht gesehen haben, nie gegeben hätte. Wir verstehen uns nach wie vor prächtig. Er ist immer lustig und zum Scherzen aufgelegt. Ich muss sagen, es war wirklich ein sehr netter Abend."

„Oh, Kind, ich freue mich so!" Ihre Mutter drückte sie fest an sich.

„Mama, jetzt krieg dich wieder ein." Ana schob sie sanft beiseite. „Ich geh jetzt Sanela anrufen, okay?"

Damit sprang sie auf und hastete in ihr Zimmer, um dem Verhör ihrer Mutter zu entkommen. Die wusste genug. Jetzt galt es, ihre eigenen Gefühle zu ordnen.

Sie hatte den Abend mit Dario sehr genossen und dabei kaum an Arian gedacht. Nun aber überkam sie das schlechte Gewissen. Sie griff nach ihrem Telefon.

Nur die alte und keine neue Nachricht von Arian. Sollte sie zurückschreiben? Sie las den Text noch mal durch.

Shpirt, was machst du? Warum meldest du dich nicht? Mein Herz wartet auf dich. Können wir uns nicht vor nächster Woche treffen?

Er war seltsam geworden in letzter Zeit. Ständig drohte er und machte ihr Druck. Schlug ihm diese Hochzeit so auf die Stimmung?

Warum konnte er nicht sagen, dass er dieses Mädchen nicht heiraten wollte?

Sie hatte keine Erklärung dafür und zweifelte, ob er ihr in diesem Punkt die Wahrheit erzählte.

Wer sagte denn, dass er nicht selbst heiraten wollte und sie bis dahin als ein Spielzeug betrachtete?

Wie auch immer, sie war froh, dass sie ihn nie näher an sich herangelassen hatte. Für sie war ihr *Glanz* wichtig, auch wenn er das anders sehen mochte.

Und Dario? Sie war heute zum ersten Mal seit Langem wieder richtig glücklich gewesen. Dario hatte sie aus ihrer Lethargie gerissen.

Bei dem Gedanken an ihn und seine spritzige Art musste sie lächeln.

Wenn Arian und diese Tussi für einige Tage zusammenleben können, dann darf ich auch mit Dario ins Kino gehen, dachte sie schmollend.

Sie schnappte sich ihr Handy und fing an zu tippen.

Ich war heute im Kino. Was tut sich bei dir?

Auf die Frage wegen eines kurzfristigen Treffens wollte sie nicht näher eingehen. Immerhin wusste er, dass sie schlecht wegkonnte.

Dann wählte sie endlich Sanelas Nummer. Sie freute sich darauf, ihrer Freundin von dem wunderbaren Abend zu erzählen.

„Ist die irre?" Wütend betrachtete Arian Anas Nachricht.

„Deine kleine Schlampe da?", fragte Enis neugierig.

„Ja, genau die." Fassungslos steckte er das Handy wieder ein.

„Wir werden es ihr zeigen." Enis zeigte auf die Pistole, die aus seiner Hosentasche herausschaute.

„Ich bin so ein Idiot!", schimpfte Arian.

„Warte nur ab, die wird vor dir auf die Knie fallen." Enis grinste.

„Hey, wir tun ihr aber nicht weh, hörst du?" Arian war sich nicht mehr sicher, ob es klug gewesen war, Enis da mit hineinzuziehen. Er war zwar ein Freund, aber eher einer von der

Sorte, die man anrief, wenn man Schwierigkeiten hatte – oder welche haben wollte.

„Ich streichel nur ein wenig ihre Muschi damit." Mit einem kalten Lächeln zog Enis die Knarre aus der Tasche und fuhr sich damit übers Kinn.

„Du wirst dich zurückhalten!", ermahnte Arian. „Steh einfach da und lass das Ding herausgucken. Das reicht, damit sie Respekt kriegt."

„Jaja", raunte Enis und steckte die Waffe wieder zurück. „Also, wann soll die Party steigen?"

„Da sie anscheinend vor nächster Woche nicht wegkann, müssen wir bei unserem üblichen Treffen bleiben. Du kommst einfach mit mir mit – und fuchtel bloß nicht mit dem Ding herum! Ich schwöre dir, wenn was passiert oder sich ein Schuss löst …"

„Was bist du nur für ein Weichei, Mann!" Enis spuckte angewidert auf den Boden. „Hältst du mich für so dumm, dass ich im Stadtpark herumballere? Ich bin gerade erst aus dem Knast raus und hab keine Lust, gleich wieder eingekistet zu werden. Und schon gar nicht wegen so einer Memme wie dir."

„Halt den Rand", erwiderte Arian knapp. „Du hältst dich bereit, und falls sich was ändert, melde ich mich."

„Sicher, ruf mich an, falls dir doch noch eine Muschi gewachsen ist, du …"

„Komm, verpiss dich." Arian hatte keine Lust auf Enis' derbe Beschimpfungen.

Mit einer weiteren abfälligen Bemerkung kehrte Enis um und stieg in sein blank poliertes weißes Audi Cabrio – nagelneu und mit den größten Felgen, die auf einen Audi drauf gingen.

Wahrscheinlich hatte Enis ein krummes Ding gedreht, vermutete Arian. Dennoch hätte er sofort sein Auto gegen die Karre eingetauscht.

Erschöpft ließ er sich auf eine Parkbank fallen und hoffte insgeheim, dass Enis die Vereinbarung vergessen würde. Er bereute es jetzt schon, ihn um Hilfe gebeten zu haben.

Dieser Typ war einfach unberechenbar. Ganz bestimmt hatte er schon wesentlich schlimmere Dinge abgezogen, als kurz ein Mädchen mit einer Waffe zu bedrohen.

Arian war nun doch besorgt um Anas Sicherheit. Selbst wenn er ihr diesen Schrecken von ganzem Herzen wünschte.

Es versetzte ihm immer noch einen Schlag, dass er sie mit diesem anderen Kerl vor dem Kino gesehen hatte.

Melina würde er so etwas nie zutrauen. Sie kochte sogar für ihn, wenn es ihr schlecht ging. Mittlerweile wusste er ihre unauffällige, ruhige Art zu schätzen. Und sie liebte ihn abgöttisch, das kapierte sogar er.

Er stützte das Gesicht in seine Hände.

Warum ließ er sich in letzter Zeit zu solchen sinnlosen Aktionen hinreißen? Die Sache mit Enis gerade und wie er die arme Melina in ihrem Zimmer zu Tode erschreckt hatte, als er sie geküsst und an ihrem Höschen herumgefummelt hatte. Dabei tat er alles nur aus Rache an Ana, die gar nichts davon mitbekam.

Er musste damit aufhören. Sofort. Er musste endlich wieder anfangen, klar zu denken.

„Hey, wie geht's meiner Schwester bei dir? Hab gehört, du hast sie krank gemacht."

Arian stöhnte. Ridvan! Warum in aller Welt musste er ihn ständig irgendwo treffen?

„Grüß dich, Schwager", bemühte er sich um einen freundlichen Ton. „Ich glaube, du hast da etwas falsch verstanden. Deine Schwester hat sich einen ganz üblen Virus eingefangen. Aber durch unsere ausgezeichnete Pflege ist sie schon wieder auf den Beinen." Bei diesen Worten grinste er überheblich. Er konnte es nicht lassen.

„Schau an, schau an! Und ich hätte schwören können, dass der üble Virus direkt vor meiner Nase sitzt."

Mit einem Satz sprang Arian auf. Er zischte drohend: „Treib es nicht zu weit, Ridvan! Ich denke, deine Eltern wären nicht begeistert davon, dass der kleine Bruder einen Keil zwischen die Liebenden treibt!"

„Pah, was redest du da? Ich könnte ihnen genauso gut von deiner Schlampe erzählen."

„Tu's doch. Aber erinnere dich, dass ich es selbst schon versucht habe und sie es nicht hören wollten."

Grimmig starrte er Ridvan an. Der ging einen Schritt zurück und hob abwehrend beide Arme.

„Schon gut, schon gut. Aber ich behalte dich weiterhin im Auge. Meine Schwester hat einen Besseren verdient."

„Aber es ist nun mal so, wie es ist."

Arian hatte diese ganzen Diskussionen satt. Ständig ging es um *seine* Zukunft, die er sich selbst auch anders vorgestellt hatte.

Er sah Ridvan nach, wie er lässig davontrabte, und ging dann selbst zu seinem Auto. Er war ohnehin zu aufgewühlt, um nachzudenken.

„Sanela, nimm mich bitte endlich ernst! Ich kann mich unmöglich im Bikini zeigen."

„Du hast doch eine Spitzenfigur! Was willst du eigentlich?"

„Überhaupt nicht", kreischte Ana entrüstet ins Handy. „Die Hose sitzt viel zu eng. Warum ist mir das bisher nicht aufgefallen?"

„Jetzt mach nicht so ein Drama." Sanela stöhnte genervt. „Was willst du denn sonst zum Baden anziehen?"

„Ich gehe nicht."

„Du sagst Dario ab?"

„Nein, natürlich nicht. Ich meine, ich gehe nicht ins Wasser."

„Sei nicht kindisch!"

„Ich sterbe, wenn ich mich vor Dario ausziehen muss."

„Bitte, was ist da schon dabei? Du hüpfst jeden Sommer so im Schwimmbad herum."

„Ich könnte eine Tunika drüberwerfen." Ana ließ nicht locker.

„Und das ist dann weniger peinlich, wenn du als einzige mit Tunika baden gehst?"

Sie hörte Sanela kichern.

„Ach, jetzt sag doch was", sagte Ana verzweifelt. „Du hast doch sonst so gute Ideen."

„Mädchen, bei diesem Problem sind mir die Hände gebunden. Wenn du dich selbst als Elefant siehst, obwohl du zierlich wie eine Elfe bist, ist dir nicht zu helfen."

„Warum will er unbedingt baden gehen?"

„Vielleicht gerade deswegen." Sanela klang über alle Maßen amüsiert.

„Sehr witzig", maulte Ana. „Dario ist nicht so."

„Dario ist genauso ein Mann wie jeder andere auch. Nur weil du ihn als guten Freund siehst, heißt das nicht, dass er dich nicht sexy findet. So klatschnass im knappen Bikini …"

„Aaah, hör auf", quietschte Ana. „Und dann meine Haare, Sanela! Was soll ich bloß mit meinen Haaren machen? Sie sind zu lang, ich kann sie unmöglich offen tragen."

„Na, dann binde sie eben zusammen."

„Ja, aber wie?"

„Ich fass es nicht!" Ihre Freundin schien den Kopf zu schütteln. „Du führst dich auf wie der erste Mensch."

„Jetzt hilf mir doch endlich." Ana klang zunehmend verzweifelt.

„Wann triffst du dich eigentlich wieder mit Arian?"

„Wie kommst du jetzt auf Arian?"

„Nur so. Immerhin ist er dein Freund und du gehst mit einem anderen halb nackt schwimmen. Könnte ihn stören, eventuell", sagte Sanela offenbar belustigt.

„Ach, Quatsch! Der weiß doch, dass mich meine Eltern schicken. Komisch, dass unsere Lügengeschichte wahr geworden ist. Findest du nicht?"

„Schon. Aber wer weiß, für was es gut ist …"

„Wie meinst du das?"

„Ach, nur so", antwortete Sanela mehrdeutig.

„Also, mit dir ist heute nichts anzufangen", stellte Ana ärgerlich fest. „Ständig sprichst du in Rätseln, und helfen tust du mir auch nicht. Ich mach jetzt Schluss, damit ich fertig werde, bevor er dasteht und ich nichts zusammengepackt habe."

„Genau. Halt dich ran!"

„Jaja", maulte Ana, „ich erzähl dir später, wie es war, okay?"

„Unbedingt. Und grüß mir Dario schön. Ich freu mich, ihn bald mal wiederzusehen."

Ana kicherte. „Mach ich. Du wirst staunen, was für ein Topmodel er geworden ist. Bis dann."

„Bis dann, Süße. Tu nichts, was ich nicht auch tun würde."

Ana warf das Handy mit einer schnellen Bewegung aufs Bett. Sie musste jetzt echt einen Zahn zulegen.

Eilig kramte sie ihre Badetasche aus den Tiefen ihres Kleiderschrankes hervor. Konnte sie die Sonnencreme noch verwenden? Sonnenbrille! Wo war die Sonnenbrille?

Ach ja, wahrscheinlich lag sie in der Garderobe.

Schlüssel. Handy. Sie packte alles in die Tasche.

Über dem Bikini trug sie ein leichtes Sommerkleid, das an der Taille zusammengebunden war und ihre Figur betonte. Die bunten Blumen in Orange, Rot und Gelb passten herrlich zu dem Tag, der sie erwartete.

Instinktiv griff sie nach einer großen Decke, auf der sie beide Platz haben würden. Außerdem fand sie sie kuscheliger als ein steifes Strandtuch.

Nun galt es noch, die Frage der Frisur zu lösen. Unsicher stand sie vor dem Spiegel und betrachtete ihre lange Mähne.

Letztendlich begrüßte sie Dario mit einem pfiffigen Undone-Dutt auf dem Kopf, der, wie sie meinte, besonders gut zu den wilden Blumen auf ihrem Kleid passte.

Dario stieß einen anerkennenden Pfiff aus. „Meine Dame, Sie haben sich selbst übertroffen."

Lachend winkte Ana ab. „Blödsinn! Verrat mir lieber, wo wir jetzt hinfahren."

„Oho, du wirst staunen!"

„Nun sag schon." Ungeduldig stieß sie ihn an.

„In den Wasserpark. Der hat bei uns um die Ecke neu eröffnet. Vielleicht hast du davon gehört?"

„Ach, du Schreck!" Ana fasste sich ans Herz. „Mit Rutschen und so?"

„Ja klar!" Dario lachte übermütig, sodass seine Augen wild funkelten. „Was denkst du denn?"

„Das überleb ich nicht." Ana war wie versteinert.

„Hab keine Angst, meine Holde." Dario zog sie an einem Arm Richtung Haustür. „Mit mir kann dir nichts passieren, außer einer Riesenportion Fun und Action."

Ana wehrte sich, sodass Dario ordentlich an ihr ziehen musste, damit sie mitkam.

„Nun … lass … dich … doch … nicht … so … bitten!", stieß er ruckartig hervor, jedes Mal, wenn er an ihr zog, um sie aus der Wohnung zu bekommen. „Du wirst Spaß haben. Das … versprech … ich … dir."

„Das glaube ich nicht, das glaube ich nicht!", stammelte Ana. Und im Stillen dachte sie sich: Hoffentlich sitzt der Bikini dafür gut genug.

Mit zusammengekniffenen Augen betrachtete sie den Wasserpark, der vor ihnen auftauchte.

Dario sang fröhlich: „Aqualand, wir kommen!" Dabei fuhr er mit quietschenden Reifen auf den nächsten freien Parkplatz.

Schon aus der Ferne konnte man die Kolosse von Wasserrutschen sehen, die weit in den Himmel ragten.

Ana schauderte. Sie hatte es nicht so mit der Höhe und wollte sich gar nicht ausmalen, wie es auf den wackeligen Stufen sein würde.

Fest drückte sie ihre Badetasche an sich und wäre lieber gestorben, als diese unheilvolle Badeanstalt zu betreten. Doch Dario ließ nicht locker. Mit einer flotten Bewegung riss er die Autotür auf und hielt ihr die Hand hin.

„Bitte aussteigen. Wir werden erwartet."

„Ich rede nie wieder ein Wort mit dir, wenn du mich zwingst, auf diese Mörderrutsche zu krabbeln", drohte Ana.

Sie hüpfte aus dem Wagen und kam knapp vor Dario zum Stehen. Galant beugte er sich nach vorne und raunte ihr beschwichtigend ins Ohr: „Keine Sorge, Ana. Dein Glück ist mir das Wichtigste. Du musst nichts tun, was dir Angst macht."

Erleichtert lächelte sie ihn an. Er war eindeutig einer von den Guten. „Danke, Dario."

„Na sicher!", antwortete er gut gelaunt, während er ihr die schwere Tasche aus der Hand nahm. „Es soll dir doch Spaß machen."

Am Kasseneingang schaute sich Ana ein wenig um. Es war ein toller Freizeitpark. Für Kinder ging hier ein Traum in Erfüllung.

Es gab die verschiedensten Rutschen in allen Größen und Schwierigkeitsgraden. Hüpfburgen, Trampolins, unzählige Eisstände, Cocktailbars für die Erwachsenen und dazwischen eine Poollandschaft mit feinem Sandstrand wie in der Karibik.

„Oh, Dario, es ist herrlich", stieß sie erfreut aus.

Dario legte ihr versonnen den Arm um die Schulter. „Na, siehst du. Habe ich dir zu viel versprochen?"

Er steuerte mit ihr einen überdachten Pavillon aus Rattan an, wo sie bequem auf Doppelliegen nebeneinanderliegen konnten.

„Da haben wir aber Glück, normalerweise sind alle besetzt."

Ana war plötzlich ganz aufgeregt. „Tja, wir sind eben zwei Glückspilze. Komm, lass uns den Platz reservieren und dann ab ins kühle Nass."

„So etwa?" Dario deutete auf ihr Sommerkleid.

„Oh!" Ana kicherte verlegen. „Stimmt, das muss weg." Und plötzlich fiel es ihr ganz leicht, vor Dario die Hüllen fallen zu lassen.

Er hingegen war ganz Gentleman und unterließ es, neugierig ihren Körper zu mustern. Auch kein heimliches Schielen auf ihre Kurven. Und selbst wenn, wäre es ihr im Moment egal gewesen. Sie hatte sich von Darios Begeisterung anstecken lassen und freute sich auf einen wunderbaren Tag mit ihm.

„Los, los, los!", feuerte sie ihn an. „Ich kann es kaum erwarten."

„Da hätte ich wohl auch ein Kleid anziehen müssen, um deinem Tempo gerecht zu werden."

Dario lachte vergnügt und faltete ordentlich seine Hose zusammen.

„Endlich!" Ana verdrehte die Augen. „Warst du früher auch so eine lahme Ente?"

„Wie bitte? Eine lahme Ente soll ich sein?" Er packte Ana mit einem Satz und rannte mit ihr in den Armen zum Wasser.

Ana kreischte und strampelte, doch alles Flehen half nichts. Er hielt sie zu fest und sprang schließlich gemeinsam mit ihr in die hellblauen Fluten.

Prustend tauchten sie wieder auf, dann lachten beide ausgelassen.

Sie liebte sein freundliches Gesicht, das nun vom Wasser glitzerte. Seine lustigen Augen, die immer Freude und niemals Kummer verhießen. Die vielen Wirbel in seinem dunklen Haar. Er nahm sich, wie er war, und deswegen nahm er auch Ana so, wie sie eben war.

Anas Herz tat einen Sprung. Alles fühlte sich richtig an.

Sie strahlte ihn an. „Schön, dass du mich überredet hast."

„Schön, dass du mit mir hier bist", gab er lächelnd zurück.

Er strich ihr behutsam eine Haarsträhne zur Seite und zog sie ein wenig näher an sich heran. Doch Ana wand sich aus seinem Griff und spritzte ihm stattdessen frech Wasser ins Gesicht.

„Das war die Retourkutsche, mein feiner Herr."

„Na warte!", drohte er schmunzelnd und versuchte, Ana zu schnappen, doch die glitt wie ein Fisch durchs Wasser und tauchte erst ein paar Meter weiter weg wieder auf.

„Na, komm doch! So leicht lässt sich eine Meerjungfrau nicht einfangen."

Ana quietschte vor Vergnügen und tauchte blitzschnell ins Wasser, als Dario grinsend näher watete.

Melina warf einen letzten Blick in den Wandschrank, dann schloss sie den Reißverschluss ihres Koffers.

Zu schnell waren die Besuchstage vergangen, obwohl sie letztendlich sogar fünf Tage bei den Kolajs zugebracht hatte.

Sie war Arians Mutter sehr dankbar, dass sie die letzten Tage im Zimmer bleiben und sich auskurieren durfte. Bei ihr zu Hause wäre das nicht möglich gewesen.

Leider hatten sie nicht so viel Zeit wie erhofft miteinander verbracht, doch seit seinem überraschenden Krankenbesuch war Arian ausschließlich freundlich zu ihr gewesen. Melina hoffte inständig, seine Stimmung würde nun endlich anhalten.

Sie schnappte sich den Henkel ihres Koffers und rollte ihn aus dem Zimmer.

Draußen im Flur war die gesamte Familie versammelt, einschließlich Arian.

Zuerst kam seine Mutter auf sie zu, nahm ihre Hände und hauchte gerührt: „Mein Kind, du bist jederzeit bei uns willkommen. Ich habe mich sehr gefreut, dass du bei uns warst. Ich kann es kaum erwarten, wenn du endlich zur Familie gehörst."

Melina lächelte sie liebevoll an. „Das kann ich nur zurück-geben. Es war sehr schön bei euch." Melina meinte das ganz ehrlich.

Arians Vater kam auf sie zu, küsste sie auf beide Wangen und tätschelte ihr Haupt.

„Ich hoffe, Arian weiß zu schätzen, was er an dir hat. Du bist ein ganz bezauberndes Mädchen. Unser Zuhause ist auch dein Zuhause, vergiss das nicht."

„Ich danke euch wirklich sehr."

„Hey, bis bald!" Lässig schüttelte Arians Bruder ihre Hand. Melina nickte ihm cool zurück.

Nun war Arian an der Reihe. Er stockte kurz und ging dann zögerlich auf sie zu. Ein wenig unbeholfen küsste er ihre Wangen. Mit dem Blick zu Boden murmelte er verlegen: „*Shpirt*, es ist sehr schade, dass du uns verlässt. Dafür kann ich es kaum erwarten, wenn du für immer über diese Schwelle trittst."

Es klang ein wenig geschwollen, irgendwie einstudiert, doch waren für Melina diese Sätze aus seinem Mund Balsam für die Seele. Sie strahlte über das ganze Gesicht.

Wie auf Kommando läutete es an der Tür. Arians Mutter öffnete Melinas Vater.

„Bekim! Auf die Minute! Wir haben uns gerade von Melina verabschiedet. Deine Tochter ist wunderbar", schwärmte sie in den höchsten Tönen. „Schade, dass sie krank geworden ist; wir hätten sie gerne öfter zu Gesicht bekommen."

Onkel Bekim zog alarmiert die Augenbrauen in die Höhe und warf Melina einen fragenden Blick zu. Melina wusste genau, was er bedeutete. Sie schluckte schwer.

„Wir mussten sie direkt zwingen, sich hinzulegen. Eure Tochter wollte partout nicht einsehen, dass man krank keine Arbeit verrichten kann. Tz, tz, tz", fügte sie kopfschüttelnd hinzu.

Melina blieb der Mund offen stehen. Sie schaute seine Mutter erstaunt an. Die zwinkerte ihr aufmunternd zu.

„Da habt ihr sie aber verwöhnt", entgegnete ihr Vater und reckte stolz sein Kinn in die Höhe. „Bei uns zu Hause wird nicht auf jedes Wehwehchen Rücksicht genommen."

Arians Vater führte ihn ins Wohnzimmer. „Nimm erst einmal Platz, Bekim. Melina, machst du uns allen bitte Tee?"

„Natürlich", beeilte sie sich, zu sagen und verschwand in der Küche. Als sie die Teegläser auf dem Serviertablett anrichtete, sah sie erstaunt auf. Arian war ihr gefolgt.

„Brauchst du etwas?", fragte sie ihn nach einer Weile, als er selbst keinerlei Anstalten machte, sie anzusprechen.

Unsicher sah er ihr ins Gesicht. „Bald ist unsere Verlobung."

Melina hielt inne. „Ich weiß."

„Wie denkst du jetzt darüber?" Arian nickte nachdenklich. „Immerhin habe ich dich letztens ziemlich überrumpelt."

„Das hast du. Aber deswegen frage *ich* mich eigentlich, wie *du* darüber denkst."

Arian grinste. „Das ist dein gutes Recht."

„Also?" Melina schaute ihn auffordernd an.

„Wir werden sehen", gab er schulterzuckend zurück und ließ Melina stehen.

„Nicht Fisch und nicht Fleisch", flüsterte sie verärgert und fuhr damit fort, die Teegläser anzurichten. „Dieser Mann treibt mich noch in den Wahnsinn."

„Hast du auch nichts vergessen, mein Mädchen?", rief Arians Mutter, während sie ihr zum Abschied winkte.

Melina schüttelte lächelnd den Kopf, winkte zurück und stieg ins Auto. Ihr Vater hupte zum Abschied, dann braustern die beiden los.

Die gesamte Familie Kolaj stand versammelt auf der Straße. Mit gemischten Gefühlen sahen sie dem Auto hinterher.

Als sie ins Haus zurückgekehrt waren, fasste Arians Vater ihn an der Schulter. „Auf ein Wort, mein Sohn."

Kraftlos senkte Arian den Kopf. Er konnte sich denken, was jetzt kam, und darauf hatte er gar keine Lust. Es blieb ihm nichts anderes übrig, als seinem Vater ins Wohnzimmer zu folgen.

„Komm, setz dich", wies ihn sein Vater an.

Arian nahm geräuschvoll Platz. Er hasste diese Anspannung.

„Wie ist es dir mit ihr ergangen?", lautete die erste Frage seines Vaters.

„Du wirst es mir sicher gleich sagen", erwiderte er patzig.

Sein Vater blieb ruhig. „Mir gefällt deine Art in letzter Zeit überhaupt nicht, Arian. Hast du vergessen, wie man mit seinen Eltern spricht?"

„Nein, Papa. Entschuldige." Er senkte schuldbewusst den Kopf.

„Wenn das so weitergeht, werde ich mir für dich etwas einfallen lassen. Aber nun möchte ich zum eigentlichen Thema kommen. Ich hatte den Eindruck, dass ihr euch nach der Zeit besser verstanden habt, liege ich da richtig?"

Arian spürte, wie er einen roten Kopf bekam. Sprach sein Vater diesen einen Vorfall im Zimmer an?

Vorsichtig formulierte er: „Sie bemüht sich sehr, und das weiß ich an ihr zu schätzen."

Im Gesicht seines Vaters konnte er keine Gefühlsregung ablesen. Auf was wollte er hinaus?

„Das freut mich, zu hören. Vor ein paar Tagen hast du anders über sie gesprochen. Glaubst du mir jetzt, dass eine Ehe Zeit braucht? Stell dir vor, wenn ihr ein Jahr lang zusammenlebt, welche Vertrautheit sich zwischen euch entwickeln wird. Es hat nur fünf Tage gebraucht, um deine Meinung über sie zu ändern. Wie wirst du in einem Jahr darüber denken?"

Arian überlegte. Wie war es überhaupt zu diesem Wandel gekommen?

Der Hauptgrund war sicher Ana und ihr Lover. So nannte er ihn nun. Und dass sie sich zu wenig um ihn gekümmert hatte. Bei Melina wusste er, dass sie Tag und Nacht für ihn da sein würde.

Aber noch war nicht das letzte Wort gesprochen. Er wollte unbedingt das nächste Treffen mit Ana abwarten, bevor er sie endgültig loslassen konnte.

„Ich werde es mit ihr versuchen, Vater." Seine Worte klangen entschlossen und ehrlich.

„Sehr gut, mein Junge." Sein Vater tätschelte ihm die Schulter. „Du wirst langsam erwachsen. Ich bin stolz auf dich, mein Sohn."

Arian lächelte bescheiden.

„Und was ist mit diesem anderen Mädchen?"

Überrascht schaute Arian auf. „Was meinst du?"

„Wirst du es mit ihr endlich sein lassen?"

„Soweit ich es mitbekommen habe, trifft sie sich bereits mit einem anderen." Er klang verletzt.

„Pah", stieß sein Vater zornig aus und hob mahnend den Zeigefinger. „Da siehst du wieder, was diese Mädchen wert sind. Merk dir das, mein Sohn! Vergiss das nie! Nur unsere Mädchen werden erzogen, wie es gut und richtig für eine Familie ist. Melina wird dir eine wundervolle Frau sein, ganz wie es sich gehört. Für sie wirst nur du zählen, solange sie lebt.

Dafür", sein Vater sah ihn warnend an, „hat sie auch ein Recht darauf, dass du sie gut behandelst. Das Wohlergehen eines

Mannes hängt immer von seiner Frau ab. Ist sie glücklich, wird sie dich auch glücklich machen."

„Ich habe es verstanden, Vater."

„Nach der Verlobung wird Melina ein paar Tage bei uns verbringen. Natürlich wieder im Zimmer deines Bruders, das ist dir klar." Er schaute Arian verschmitzt an.

Mit rotem Kopf nickte er.

„Erst nach der Hochzeit darf sie dann bei dir bleiben. So ist es mit deinem Onkel Bekim vereinbart."

Arian stöhnte. „Vater, ich weiß das." Es war eindeutig, dass sein Vater auf den Vorfall im Zimmer seines Bruders anspielte.

„Wehe, du machst mir Schande! Wie du weißt, brauchen wir ein blutbeflecktes Betttuch in der Hochzeitsnacht." Sein Vater schüttelte sorgenvoll den Kopf. „Und wenn es keines gibt, dann ist es bestimmt nicht Onkel Bekims Schuld gewesen, denn der passt sehr gut auf seine Tochter auf. Unter Garantie."

Arian verstand zwar nicht, was es dann für einen Unterschied machte, wenn er sowieso ihr Mann wurde und jeder wusste, dass Melina „unter Garantie" Jungfrau war, aber er widersprach nicht.

Damit fiel lediglich die Möglichkeit weg, sie deswegen zurückzugeben zu können. Keiner würde glauben, dass jemand anderes als er ihre Jungfräulichkeit genommen hatte. Müde seufzte er auf.

„Okay, mein Junge, ich wollte es nur gesagt haben." Sein Vater wurde wieder ruhiger. „Es steht viel auf dem Spiel."

„Du brauchst dir keine Sorgen machen, Vater." Endlich konnte Arian aufstehen. „Ich weiß, was sich gehört."

Sein Vater lächelte und griff nach der Tageszeitung. Das Gespräch war beendet.

Arian ging erleichtert in sein Zimmer. Er schnappte sich das Handy und sah die Nachrichten durch. Kein Lebenszeichen von Ana. Er schaute auf die Uhr und stellte fest, dass es bald Zeit für seinen Abendbesuch an ihrem Fenster war. Trotz allem zog es ihn immer noch magnetisch zu ihr hin. Verdrießlich griff er sich den Autoschlüssel und machte sich auf den Weg.

Die Macht der gesagten Worte

Ana rubbelte gerade ihre langen Haare trocken, als sie Arians Nachricht las.

Shpirt, ich bin gleich bei dir. Bitte komm zum Fenster, mein Herz.

Erschrocken sah sie auf die Uhr. Der Tag war so aufregend gewesen, dass sie Arians üblichen Besuch ganz vergessen hatte.

Dario hatte sie vor Kurzem zurückgebracht; vom vielen Rutschen und Umherspringen spürte sie jetzt schon alle ihre Muskeln und Gelenke.

Aber es war schön, dachte sie versonnen. Es war ein richtig schöner Tag.

Mit Herzklopfen trat sie vorsichtig ans Fenster und schielte hinab, ob Arians Auto dastand. Genau in diesem Moment kam er um die Ecke gebogen und machte vor ihrem Haus halt.

Sie holte schnell ihr Handy. Da kam bereits die erste SMS.

Ich bin da. Kannst du runterkommen?

Natürlich nicht, dachte sie verärgert, warum kapiert er das nicht?

Nein, tippte sie ins Telefon. *Meine Eltern sind zu Hause. Wie geht's dir?*

Neugierig schaute sie auf die Straße hinunter. Er stand da mit dem Handy in der Hand und wirkte abwesend. Schließlich schrieb er wieder.

Was hast du heute gemacht, Shpirt?

Sie war es gewohnt, dass er auf ihre Fragen nie einging, allerdings brachte sie seine Frage in Verlegenheit. Unmöglich konnte sie die Wahrheit sagen!

Da kam schon seine nächste Nachricht: *Was ist?*

Sie stöhnte. Plötzlich bemerkte sie, wie müde sie vom ganzen Tag war und wie wenig Lust sie auf seine anstrengende Konversation hatte.

Wir waren heute schwimmen, schrieb sie. *Und was war bei dir los?* Sollte er doch schreiben, dass er mit dieser Melina unterwegs war.

Mit wem warst du?

„Herrgott noch mal!", fluchte sie. „Hat es mich denn gar nicht zu interessieren, was du gemacht hast?"

Mit meiner Familie, versuchte sie eine Notlüge. Warum auch nicht? Dario gehörte quasi zur Familie. Sie kannten sich alle ewig.

Aha. War dieser Typ auch dabei?

Anas Atem stockte. Ahnte er etwas?

Es piepte schon wieder in ihrer Hand. *Bekomm ich eine Antwort?*

Ana begann, zu schwitzen. Sie konnte sich nicht erinnern, dass er früher dermaßen hartnäckig gewesen war. Sie versuchte es mit einer kleinen Notlüge.

Ja, er war mit seiner Familie auch dabei.

Sie sah, wie Arian nervös auf und ab ging und dabei immer wieder zu ihr hochsah. Am liebsten wäre er wohl zu ihr raufgesprungen.

Und, gefällt er dir? Ist deine Muschi ganz feucht geworden, ja?

Ana schüttelte ungläubig den Kopf. Was schrieb er da? Konnte er nicht mehr normal mit ihr reden?

Arian, auf so etwas habe ich keine Lust. Lassen wir's gut sein für heute.

Sie lugte vorsichtig auf die Straße, um sehen zu können, wie er auf ihre SMS reagierte.

Zuerst blieb er abrupt stehen, dann feuerte er wütend sein Handy zum offenen Seitenfenster ins Auto hinein.

Anschließend stapfte er selbst ums Auto herum und fuhr dann ohne Abschiedsgruß oder Blick zu ihr hoch mit quietschenden Reifen davon.

Ana stand ratlos am Fenster. Da sollte man schlau draus werden!

Sie zog die Vorhänge zu, als es noch einmal piepte.

Erstaunt nahm sie das Handy in die Hand.

Ana, es war ein sehr schöner Tag heute. Ich wollte dir eine gute Nacht wünschen und dir sagen, dass ich mich sehr auf ein nächstes Treffen freue, wenn du Lust hast.

Dario! Ihr Herz machte einen Sprung. Seine SMS kam genau im richtigen Moment. Jetzt, wo wieder alles schwer geworden war, heiterte er sie auf.

Natürlich hab ich Lust. Und ich bin neugierig, wohin du mich das nächste Mal entführen wirst ...

Sie lächelte. Trübe Gedanken hatte sie sich in letzter Zeit genug gemacht.

Am nächsten Tag schlenderte sie mit Sanela gemütlich durch den Innenhof der Schule. Irgendetwas war anders heute. Die Sonne schien heller zu scheinen, die Luft fühlte sich wärmer an. Und tanzten dort in der Ecke nicht an die zwanzig Schmetterlinge gleichzeitig?

„Du strahlst ja, meine Süße! Lass mich raten; deine Angst war völlig unbegründet und du hast wider Erwarten einen wunderschönen Tag gehabt, liege ich richtig?"

„Oh, Sanela, es war herrlich! Dort musst du unbedingt einmal hin. Es ist das Paradies. Du glaubst gar nicht, wie viel Spaß wir hatten."

„Und das Bikini-Problem?" Sanela grinste von einem Ohr zum anderen.

„Ach was!" Ana winkte gelassen ab. „Wer wird sich denn wegen so etwas Gedanken machen ..."

Sie lachten beide ausgelassen los.

„Ich freu mich, dass es dir gut geht."

„Hey, ihr zwei."

Schnellen Schrittes kam die dunkelhaarige Albanerin mit einem süffisanten Grinsen auf sie zu.

„Was will die denn?", flüsterte Sanela Ana zu.

„Wir werden es bestimmt gleich wissen", gab Ana, nichts Gutes ahnend, zurück.

„Na, hattest du gestern einen interessanten Badetag?", legte die Albanerin auch gleich los.

Diese direkte Frage erwischte Ana eiskalt. Sie verfluchte sich selbst, als sie spürte, dass sie rot wurde. Wütend blitzte sie das Mädchen an, das cool und Kaugummi kauend vor ihnen stand.

„Und was geht dich das an?"

„War das nicht unser hübscher Arian, der dich zum Pool auf Händen getragen hat, oder ist mir da etwas entgangen?"

Betont gleichgültig betrachtete sie ihre langen, manikürten Fingernägel und freute sich offensichtlich darüber, Ana eins auswischen zu können.

„Na, dann müsste eigentlich alles in Ordnung sein, oder?", blaffte Ana zurück.

„Erzähl mir nichts! Mit euch beiden ist es noch nicht aus. Und was wird wohl passieren, wenn Arian davon Wind bekommt? Das wird unserem Sonnyboy bestimmt nicht gefallen, wenn er erfährt, dass seine Flamme im Freibad wie eine Schlampe einem anderen um den Hals fällt."

„Tu doch, was du willst. Tust du ja sowieso."

„Er muss es ja nicht erfahren." Das Mädchen schaute ihr frech direkt in die Augen. „Gegen ein bisschen Cash werde ich nichts verraten."

„Ich lass mich von dir ganz sicher nicht erpressen!", fauchte Ana entrüstet. „Von mir aus kannst du erzählen, was du willst! Arian weiß Bescheid über meinen Ausflug. Das kannst du jetzt glauben oder nicht."

Das Mädchen hielt die Luft an und betrachtete Ana misstrauisch. Dann ging sie einen Schritt zurück und spuckte Ana vor die Füße.

„Weißt du, Kleine, bei uns gibt es ein Gesetz: *Die Liebe zwischen einem Albaner und einer Albanerin ist etwas ganz Besonderes. Jeder bildet je eine Hälfte des Adlers. Kommen sie zusammen, so sind sie eins. Zwei Köpfe, aber nur ein Herz.*

Also", sie sog zischend die Luft ein, „über kurz oder lang werd ich dich sowieso heulend über den Schulhof laufen sehen. Ich freu mich darauf." Das albanische Mädchen zwinkerte ihr gehässig zu und schlenderte in Richtung Schulgebäude davon.

Ana blieb mit geballten Fäusten zurück.

„So eine dumme Kuh!" Sanela war wütend. „Hör nicht auf die."

„Ach, hätten wir sie nur nie angesprochen", seufzte Ana kraftlos. „Es sind ja doch alle gegen mich und Arian. Ständig muss ich mich deswegen blöd anmachen lassen. Ich kann nicht mehr."

„Aber wenn du ihn liebst, dann darfst du nicht aufgeben."

„Ja, aber liebe ich ihn noch?" Sie schaute Sanela fragend an. „Er benimmt sich in letzter Zeit unmöglich, sodass es mir wirklich schwerfällt."

Sanela runzelte die Stirn. „Das hast du noch nie gesagt. Was ist denn los?"

Sie setzten sich und Ana erzählte ihr endlich von dem grässlichen nächtlichen Ausflug mit seinem Auto, von seinen hartnäckigen SMS und den unfreundlichen Worten, die er verwendete, wenn er sie nicht gleich erreichen konnte.

„Er ist überhaupt nicht mehr der Charmeur von früher", schluchzte sie und stützte den Kopf auf ihren Knien auf. „Und dann diese ständigen Bedrohungen … Ich bin sehr dankbar, dass Dario wieder in mein Leben getreten ist, sonst wäre ich längst durchgedreht. Er allein gibt mir ein wenig Lebensfreude zurück."

„Er wollte dich … umbringen?" Sanela war fassungslos. „Habe ich das richtig verstanden?"

Ana zuckte mit den Schultern. „Na ja, er hat es angedroht, aber nicht ernst gemeint. So ist er eben."

„Sag mal, hörst du dir eigentlich selber zu, wenn du redest?" Ihre Freundin war ernsthaft schockiert. „Wie kannst du das nur entschuldigen? Bist du irre? Nicht auszudenken, wenn dir wirklich was passiert wäre …"

„Ich weiß auch nicht." Verzweifelt schüttelte Ana den Kopf. „Bei ihm kommt mir das ganz normal vor. Das ist eben seine Art."

„Er wird dich unglücklich machen", stellte Sanela fest. „Glaub mir, auf Dauer macht er dich fertig."

„Aber was ist mit dieser Melina? Ist er bei der anders? Warum macht *die* das nicht fertig?"

„Na hör mal, da wird er sich anders benehmen müssen, das ist doch klar. Außerdem sind diese Mädchen anders erzogen worden, wie man sieht." Mit einem kurzen Nicken deutete sie auf die Albanerin, die immer noch am Schuleingang, mittlerweile umringt von ihren Freundinnen, lehnte. „Die sind irgendwie härter im Nehmen. Diese Melina wird sicher auch von niemandem bedroht."

„Du meinst, ich soll ruppiger werden?"

„Nein, nein", wehrte Sanela gleich ab, „ich glaube nicht, dass albanische Frauen zu ihren Männern ruppig sein dürfen."

„Aber was dann?" Ana musterte die Albanerin.

Sanela holte tief Luft.

„Ihre Familien sind eng miteinander verbunden. Das ist ein bisschen so wie mit Dario. Dem gegenüber verhältst du dich auch ordentlich, weil er zu den Bekannten deiner Eltern gehört, oder nicht?"

Ana nickte nachdenklich.

„Na, siehst du! Und genauso ist das bei Arian. Er *muss* zu dieser Melina freundlich sein, sonst wird er sich schlimme Probleme mit den Familien einhandeln."

„Kann sein."

„Dann kommt dazu, dass diese Mädchen von Anfang an erzogen werden, sich später einmal um Mann und Familie zu kümmern. Und das müssen sie gut machen, sonst haben sie eine schlechte Nachrede. Das will keiner auf sich sitzen lassen."

„Ja, mag sein, aber das kann ich auch."

„Sicher, da wären wir wieder bei den Bräuchen und Traditionen, die du nicht kennst, die denen aber verdammt wichtig sind. Immerhin sollen die Kinder und Kindeskinder danach erzogen werden. Von der Religion mal abgesehen."

„Wieso weißt du das alles?", fragte Ana erstaunt.

„Ich hab ein wenig recherchiert für meine Beste", antwortete Sanela.

„Das hätte ich auch tun sollen", seufzte Ana.

„Ich sag's dir ja jetzt." Tröstend legte Sanela den Arm um sie. „Vielleicht hilft es dir, Arian besser zu verstehen. Er ist hin- und hergerissen zwischen Herz und Verstand. Ich glaube, dass er dich liebt, es wird nur etwas anderes von ihm erwartet."

„Woher wollen die wissen, was gut für ihn ist?"

„Ich denke, das zeigt ihnen die jahrhundertelange albanische Erfahrung", erwiderte Sanela.

„Aber es gibt bestimmt Liebespaare, die sich dagegen stellen und ihrem Herzen folgen."

„Die wird es geben, aber soweit ich gehört habe, zieht das einen Bruch mit der Familie nach sich. Und da alle sehr familiär aufwachsen, ist es das Schlimmste, die Familie aufgeben zu müssen."

„Wenn sie doch eine eigene Familie gründen?" Ana konnte es nicht verstehen.

„Ana, jetzt denk mal nach! Würdest du mit Arian fortgehen wollen und deine Eltern dafür nie wieder sehen?"

„Oh Gott, nein!" Erschrocken fasste Ana sich an die Brust.

„Sie würden dein Kind, ihr Enkelkind, nie sehen wollen …" Sanela wiegte den Kopf hin und her. „Und da gibt es noch was …"

„Was noch?" Ana machte große Augen. Sie konnte nicht glauben, was ihre Freundin alles über albanische Sitten herausgefunden hatte.

„Ihre Mädchen sind bis zur Hochzeit immer, und das ist quasi garantiert, *immer* jungfräulich."

„Aber das bin ich auch."

Sanela lächelte. „Kannst du dich erinnern, was deine Oma über deinen Glanz erzählt hat?"

„Ja, natürlich, wie könnte ich das vergessen."

„Keine Frau darf vor ihrer Hochzeit berührt werden, sonst fehlt ihr der Glanz, der den Mann dazu bringt, sie auf ewig zu lieben."

Ana nickte. „So hat sie es gesagt."

„Albaner dürfen sogar eine Frau *zurückgeben*, wenn das Laken in der Hochzeitsnacht nicht blutverschmiert ist. Dann ist die Frau auf ewig entehrt und hat Schande über ihre Familie gebracht. Kein Mann wird sich jemals wieder für sie interessieren."

„Aber wenn sie vielleicht gar nichts dafür kann?"

Sanela lachte. „Ganz genau weiß ich es auch nicht. Auf jeden Fall passen alle Eltern mit Adleraugen auf, dass ihre Mädchen keinen Unfug treiben. Da ist nichts mit Weggehen, Party und Jungs."

„Das alles gibt's bei mir auch nicht", sagte Ana traurig, „und trotzdem bin ich anscheinend nicht die Richtige."

„Die Kleidersache haben wir ja schon besprochen", erinnerte sie Sanela an den nächsten Punkt.

„Stimmt, die Kleidersache", ächzte Ana, „das finde ich am schlimmsten. Komm, Sanela, lass es gut sein. Mehr vertrag ich nicht mehr."

„Er kann nicht anders", fasste Sanela zusammen. „Der Druck seiner Familie wird zu stark sein."

„Wir werden nie die Chance haben, herauszufinden, ob wir zusammen glücklich werden könnten", flüsterte Ana.

„Na ja", warf Sanela ein, „die Scheidungsrate bei albanischen Familien liegt quasi bei null. Im Gegensatz zu den Zahlen der deutschen Ehen. Irgendein Geheimrezept müssen sie also haben."

„Und du meinst, das rechtfertigt jetzt das Ganze?", blaffte Ana verärgert. Sie hatte das Gefühl, dass ihre Freundin ihr in den Rücken fiel.

„Ich meine nur, dass deren Grundsätze möglicherweise gar nicht so falsch sind."

„Ich will jetzt nichts mehr davon hören. Außerdem müssen wir ohnehin gleich rein."

Sanela hielt sie kurz am Arm fest.

„Süße, ich halte zu dir, aber gerechterweise müssen wir uns auch mit seinem Standpunkt befassen, um die Situation ein wenig besser verstehen zu können. Denk doch mal daran, wie es umgekehrt wäre, wenn du plötzlich Dario heiraten müsstest. Ganz unsympathisch ist er dir nicht, denn er ist lieb, lustig, höflich, charmant. Er ist auch Kroate. Deine Eltern stehen total auf ihn, und alles könnte eigentlich schön und gut sein …"

„Jaja, ich weiß schon, was du meinst", sagte Ana schnell. „Dennoch würde ich Arian nie schlecht behandeln, nur weil ich selbst in einer Zwickmühle stecke. Das ist Charaktersache, und das kreide ich ihm auf alle Fälle an."

„Wirst du ihn darauf ansprechen?"

Ana sah sogleich sein zorniges Gesicht vor Augen und musste sich eingestehen, dass sie ziemlichen Respekt davor hatte.

„Mal sehen", antwortete sie knapp. Sie wollte ihrer Freundin kein weiteres Diskussionsmaterial liefern. Irgendwie würde sie die Sache mit Arian schon hinbekommen.

In den letzten beiden Tagen plagte Arian ein ungutes Gefühl. Normalerweise freute er sich auf das Treffen mit Ana, doch diesmal … Würde ihm sein Plan nun zum Verhängnis werden?

Hätte er Enis doch niemals engagiert! Kein Mensch wusste, wozu dieser Irre fähig war. Was hatte er sich nur dabei gedacht?

An den letzten beiden Abenden besuchte er wie gewohnt Ana, doch ihre SMS-Konversation blieb verhältnismäßig kühl, was Arian sich selbst zuschrieb.

Er hatte ihr gegenüber ein schlechtes Gewissen, denn im Grunde glaubte er ihr, dass ihre Eltern sie zu den Ausflügen mit diesem Typen angestiftet hatten. Er wusste selbst zu gut, wie schnell das gehen konnte.

Pünktlich wartete er am Tor des Stadtparks und war erleichtert, dass Enis nirgends zu sehen war. Möglicherweise hatte er den Auftrag längst vergessen? Er hoffte es.

Da sah er Ana.

Lockeren Schrittes ging sie auf ihn zu. Ihre langen Haare wehten im Wind wie ihr luftiges Sommerkleid.

Sein Herz machte einen Satz. Er liebte ihre schlanken Beine, ihre zarten Arme. Das spitze Kinn und ihre großen, dunklen Augen.

Als sie vor ihm stand, sog er ihren vertrauten Duft ein: blumig und ein wenig nach frisch gewaschener Wäsche riechend.

Sie lächelten sich an. Alles Misstrauen war plötzlich vergessen. Wie selbstverständlich folgte einer dem anderen zum gewohnten Platz unter der Laube. Erst dort fielen sie sich in die Arme und küssten sich.

Ana schmiegte sich weich an ihn, dabei streichelte sie zärtlich seinen Rücken. Er genoss jede ihrer Berührungen.

„Ich habe dich so sehr vermisst, mein Schatz", raunte Arian ihr leidenschaftlich ins Ohr.

Behutsam strich er über ihr seidenes Haar, spürte ihre samtene Haut an ihrem Nacken.

Sie warf den Kopf zurück und reckte ihm ihre vollen Lippen entgegen.

Arian begann, seinen Kopf zu senken, dabei schloss er langsam seine Augen.

Ein Rascheln ließ ihn aufhorchen. Ehe er sichs versah, stand Enis an seiner Seite und höhnte: „Nein, ist das nicht ein schönes Liebespaar."

Ana erschrak furchtbar. Noch schlimmer als bei der Begegnung mit Ridvan.

Arian spürte sein Herz klopfen.

„Enis, alter Freund", begann er höflich, und hoffte, dieser würde den kleinen Seitenwink verstehen, „wir sehen uns dann später, alles klar?"

Doch Enis schien Gefallen an Ana gefunden zu haben. Grinsend ging er an Arian vorbei, direkt auf sie zu.

Ana schaute abwechselnd zu Arian und zu Enis. Es brach Arian fast das Herz, sie dermaßen verängstigt zu sehen.

„Du hast mir gar nicht erzählt, was für eine hübsche Puppe das ist."

Enis hob Anas Kinn, um ihr Gesicht genauer betrachten zu können. Dann leckte er sich über die Lippen.

Anas Blick war angewidert. Sie ekelte sich ganz offensichtlich vor ihm, obwohl Enis teure Kleidung trug und gepflegt wirkte. Sein Verhalten passte jedoch nicht zu seinem

Äußeren. Sobald er den Mund aufmachte, erkannte man sofort den Ganoven in ihm.

„Ich muss dieser männlichen Pussy da hinten direkt dankbar sein, dass er mich zu einem so wundervollen Wesen, wie du es bist, geführt hat."

Ana schaute entsetzt zu Arian.

Er musste dieser Situation sofort ein Ende bereiten. Entschlossen ging er auf Enis zu und legte die Hand auf seine Schulter.

„Komm, Mann! Lass uns alleine. Wir unterhalten uns später."

Enis schüttelte unwirsch Arians Hand ab und spuckte ihm vor die Füße.

„Was soll das? Erst holst du mich, und dann soll ich mich wieder verpissen? Glaubst du, du kannst mit mir umspringen, wie es dir passt?"

Ana stotterte. „Ar- Arian, wie … wie meint er das, du hättest ihn geholt?"

Enis wandte sich Ana zu. „Tja, so ergeht es nun mal Mädchen, die für jemand anderen die Beine breit machen. Strafe muss sein."

Bei seinen letzten Worten zog er seine Pistole aus der Hosentasche und zielte mit ihr auf Anas Brust.

Arian war, als würde die Welt stehen bleiben. Er sah, wie Ana erstarrte. Tränen liefen ihre Wangen hinab und sie schaute flehend zu ihm rüber, doch er – er konnte sich nicht rühren. Stocksteif stand er da und beobachtete geschockt das Geschehen.

Enis fuhr mit dem Lauf der Pistole langsam ihren Bauch hinab; er schien ihre spürbare Angst voll auszukosten. Mit einem breiten Grinsen senkte er die Waffe weiter, bis er sie zwischen ihren Beinen wohlwollend hin und her rieb. Dabei grunzte er laut auf.

Ana presste fest die Augen zusammen und hielt die Luft an.

Endlich riss Arian Enis herum. „Ist schon gut, Mann! Es reicht!"

Enis griff sich in den Schritt, während er Arian provokant ins Gesicht grinste: „Gerade jetzt, wo es anfängt, mir Spaß zu machen?"

„Ja, jetzt!"Arian packte Enis an den Schultern und schob ihn zwischen den gebogenen Ästen aus der Laube raus.

„Hat dir meine kleine Vorstellung gefallen?" Hämisch bleckte Enis seine gebleichten Zähne und rieb Zeigefinger und Daumen unter Arians Nase. Er erwartete sein Honorar.

„Später!" Arian versuchte, Enis endlich abzuwimmeln, da verschwand Enis' Lachen schlagartig. Blitzschnell griff er nach seiner Pistole und hielt sie Arian unter das Kinn.

„Jetzt hör mal zu, Bruder! So läuft das nicht. Ich will die Kohle sehen, verstanden? Oder ich mache deinen Kopf noch hohler!"

Wortlos griff Arian nach seiner Geldbörse. Enis ließ die Waffe sinken, dafür zielte er auf Arians Brust.

Arian kramte nach den Scheinen und drückte sie Enis in die freie Hand. „Verschwinde!", stieß er zwischen zusammen-gebissenen Zähnen hervor.

„Das heißt *Danke*", zischte Enis, holte aus und schlug Arian das harte Metall ins Gesicht. Aus seiner Nase spritzte Blut.

„Lass solche Aufträge in Zukunft besser sein! Das Ganovenleben ist nichts für dich. Du bist schneller tot, als dir lieb ist."

Ein weiteres Mal spuckte Enis ihm vor die Füße. „Eine kleine Warnung unter Brüdern!"

Nach diesen Worten kehrte er um, stopfte die Pistole in die Hosentasche zurück und zählte im Gehen die Scheine in seiner Hand.

Arian atmete auf. Er bekam schlecht Luft. Die Verletzung blutete stark und seine Wange schmerzte.

Ana!

Er hastete unter die Laube zurück zu ihr. Wie versteinert stand sie da, den Blick starr auf den Boden gerichtet. Arian ging auf sie zu. Vorsichtig berührte er ihren Arm.

„Ana!"

Ihr Blick hob sich und sie schaute ihm verstört in die Augen. Er fasste sie an den Schultern.

„Ana, ich …"

In Windeseile löste sich Ana aus ihrer Starre. Völlig außer sich schrie sie ihn an: „Du hast jemanden beauftragt, um mich umzubringen?"

Sie schnappte nach Luft und rang sich aus seinen Armen.

„Wie blöd war ich eigentlich? Du siehst mich anscheinend lieber tot als lebendig."

„Ana, lass mich erklären …"

„Nein, du musst mir gar nichts mehr erklären! Du … du … Ich will dich nie wieder sehen!"

Sie stieß ihn zur Seite und rannte Richtung Ausgang.

Arian machte keinerlei Anstalten, ihr zu folgen. Müde ließ er seinen Kopf hängen. Er hatte einen riesigen Fehler begangen.

Seine Wange schmerzte, doch er ertrug den Schmerz gern, genoss ihn sogar. Er hatte es nicht anders verdient!

In seiner Brust tobte ein Wirbelsturm, den nichts lindern konnte.

Völlig aufgewühlt, schlenderte er betont langsam zu seinem Auto.

Er wusste, dass er Ana für immer verloren hatte.

Sie rannte wie besessen zur Schule zurück, wo Sanela zu ihrer großen Erleichterung auf sie wartete.

Ihre Freundin hob erstaunt den Kopf, als Ana keuchend und hustend vor ihr stehen blieb.

„Was ist denn mit *dir* los?" Besorgt erhob sie sich von ihrem gemütlichen Platz auf der sattgrünen Wiese des Schulhofs. „Jetzt hol mal tief Luft und dann erzähl!"

Ana war viel zu aufgewühlt, um sich zu beruhigen. Zu ihrer eigenen Verwunderung weinte sie aber nicht.

Vielleicht habe ich einen Schock?, dachte sie, da gaben auch schon ihre Füße nach.

„Ana!", hörte sie Sanela aufschreien. Es schien ihr, als wäre ihre Freundin weit weg.

Au! Irgendjemand klopfte ihr auf die Wange. Sie öffnete langsam die Augen und blinzelte Sanela verstört an.

„Bin ich … umgefallen?"

„Ja, allerdings!", rief Sanela aufgeregt. „Was hast du nur?"

Ana richtete sich unbeholfen auf. Eine Hand hielt sie sich an die Stirn, mit der anderen stützte sie sich am Boden ab.

„Du kannst es dir nicht vorstellen", flüsterte sie leise.

„Was hat er gemacht?" Ihre Freundin bebte vor Wut.

„Du kannst es dir nicht vorstellen", wiederholte Ana. „Ich will ihn nie wieder sehen!"

Sanela ballte die Fäuste. „Ich bring ihn um!"

„Ha!" Ana lachte verbittert. „Wer da wohl wen umbringt …"

„Wollte er dich schon wieder …?"

„Nein", erwiderte Ana sarkastisch, „diesmal wollte er sich nicht selbst die Finger schmutzig machen."

Sanela starrte sie fassungslos an. Ihr fehlten die Worte.

Ana fuhr stattdessen fort: „Anfangs war es wie sonst. Dann kam wie aus dem Nichts so ein Typ mit einer Waffe und …"

Ihr versagte die Stimme. Die Bilder des schrecklichen Erlebnisses stiegen vor ihr auf. Mit einem Mal weinte sie bitterlich.

„Eine richtige Waffe?" Entsetzt schlug Sanela die Hand vor den Mund.

„Ja", schluchzte Ana, „so 'ne Pistole. Die war bestimmt echt. Der Kerl machte keine Scherze."

„Und Arian stand einfach daneben?"

„Zuerst schon, aber dann hat er zu dem Typen gesagt, dass ich *genug* hätte?! Der Typ wollte sich nicht abwimmeln lassen. Er wollte Kohle, die ihm Arian anfangs nicht geben wollte. Und obwohl er dann nachgegeben und ihm das Geld doch gegeben hat, schlug er Arian mit der Knarre ins Gesicht. Alles war voller Blut! Ach, es war schrecklich!"

Weinend fiel sie Sanela in die Arme.

Ihre Freundin hielt sie einen Moment lang fest, dann schob sie sie von sich weg und schaute sie eindringlich an.

„Ana, du musst zur Polizei gehen! Was er da gemacht hat, ist strafbar. Das ist eine ernste Sache. Das war quasi ein Auftragsmord!"

„Nein! Nein!", widersprach Ana heftig. „Ich gehe auf keinen Fall zur Polizei. Wer weiß, wer mich dann alles bedroht? Vielleicht werde ich dann wirklich umgebracht!"

„Sei doch vernünftig", versuchte Sanela, sie zu überreden.

„Nein, Sanela", erwiderte Ana entschlossen. „Ich will ihn nie wieder sehen! Das hab ich ihm auch gesagt, und daran halte ich mich. Erst wenn er mich weiter bedroht, werde ich etwas gegen ihn unternehmen. Stell dir mal die ganze Aufregung vor! Meine Eltern, Dario … Es weiß doch keiner über Arian Bescheid; es würde einen furchtbaren Aufruhr geben."

Ana klang verzweifelt.

„Ich versteh dich", beruhigte sie Sanela, „aber bitte versprich mir, dass diese Sache mit Arian nun endgültig vorbei ist. Eigentlich könnte ich mich ohrfeigen, dass ich so lange zugesehen habe. Hättest du mir nur früher erzählt, was wirklich bei euch beiden abgelaufen ist!"

„Dann hättest du ihn mir doch gleich ausgeredet", entgegnete Ana müde.

„Ja, aber so was von", schnaubte ihre Freundin.

„Ich war so dumm!" Sie konnte es nicht glauben.

„Du warst verliebt", erwiderte Sanela sanft, „aber ich habe es dir schon einmal gesagt: Auf Dauer hätte er dich kaputtgemacht. Wenigstens fällt es dir jetzt leichter, ihn zu vergessen. Irgendetwas Positives muss dieses Drama ja auch haben."

„Ach, Sanela!", seufzte Ana, und die Tränen liefen ihr über die Wangen. „Wenn das nur so einfach wäre."

„Ich denke, Dario wird dir heldenhaft darüber hinweghelfen." Sanela schmunzelte.

„Komm mir bloß nicht gleich mit dem Nächsten an", warnte Ana. „Momentan hab ich die Nase voll."

„Ich weiß, ich weiß", beschwichtigte sie ihre Freundin. „War nur so dahergeredet."

„Bald ist seine Verlobung", erinnerte sich Ana. „Zu gern würde ich diese Melina kennenlernen."

„Tu dir das nicht an! Denk am besten gar nicht mehr über ihn nach."

Ana verdrehte die Augen. Was verstand ihre Freundin schon von Sehnsucht und verletzten Liebesgefühlen?

„Komm, wir müssen nach Hause", versuchte sie, die Unterhaltung zu beenden. Sie wollte jetzt allein sein.

„Ist gut." Misstrauisch musterte Sanela sie von der Seite, als sie aufstanden. „Aber ruf mich bitte sofort an, wenn du mich brauchst!"

„Werde ich machen." Ana rang sich ein Lächeln ab.

Den ganzen Weg nach Hause sah sie sich nervös um, ob sie beobachtet oder verfolgt wurde.

Erst im kühlen Treppenhaus, nachdem die schwere Eingangstür hinter ihr ins Schloss gefallen war, traute sie sich, aufzuatmen.

In ihrem Zimmer legte sie sich aufs Bett und spielte das Geschehene in Gedanken durch. Sie versuchte, sich zu erinnern, wie alles genau abgelaufen war.

Plötzlich piepste ihr Handy im Schulrucksack. Zuerst wollte sie es ignorieren, dann siegte ihre Neugierde.

Ihr Herz schlug wie verrückt, als sie sah, dass die Nachricht von Arian kam.

Es tut mir leid. Bitte hass mich nicht.

Sie überlegte, wiegte das Telefon in der Hand. Dann schrieb sie zurück.

Warum hast du das getan?

Das Warten auf seine Antwort kam ihr wie eine Ewigkeit vor. Endlich schrieb er zurück.

Ich habe dich geliebt, Ana. Das musst du mir glauben. Mehr als du dir vorstellen kannst. Dich mit einem anderen zu sehen, hat mich fast um den Verstand gebracht. Aber ich muss dich gehen lassen. Ich kann dich nicht haben. Nicht in meiner Welt, nicht in diesem Leben. Auch wenn es mein Herz bricht. Werde glücklich, Shpirt. Du hast es dir mehr als verdient. Ich kann dir nur das Beste wünschen. Wenn du mich brauchst, bin ich immer für dich da. Du kannst zu mir kommen und ich werde dir helfen. Ich liebe dich, vergiss das nie.

Wieder und wieder las sie seine Nachricht und wünschte, in seinen Armen liegen zu können – trotz allem. Nach diesen Worten waren der ganze Schmerz und die Angst der letzten Stunden beinahe vergessen.

Es waren seine Abschiedsworte an sie. Er hatte sich entschieden: Er ließ sie gehen, damit sie glücklich werden konnte.

Und er selbst? Fügte er sich bedingungslos in die Rolle, die von ihm verlangt wurde? Was war mit *seinem* Glück?

Ana weinte bis in die späte Nacht hinein. Die Welt erschien ihr grausam und ungerecht. Sie war hin- und hergerissen in ihren Gedanken. Warum hatte es so weit kommen müssen? Wo sie ihn doch so sehr liebte, dass es sie beinahe zerriss; gleichzeitig aber wusste sie, dass er vernünftig entschieden hatte.

Irgendwann suchte sie nach ihrem Handy und schrieb:
„Ich werde es nie vergessen.“

Dann fand sie völlig erschöpft in den Schlaf.

In den nächsten Tagen schlich Ana wie ein Geist umher. Ihre Mutter wurde immer besorgter, und Ana versuchte gar nicht erst, ihren Kummer zu verbergen.

Dario wimmelte sie laufend mit ein paar freundlichen Worten ab; sie behauptete, dass jetzt zum Schulschluss hin viel zu tun wäre und sie keine Freizeit hätte.

Sie wollte niemanden sehen. Am liebsten wäre sie der einzige Mensch auf dieser Welt gewesen.

Immer wieder schaute sie auf ihr Handy, doch es folgten keine Nachrichten und keine abendlichen Besuche mehr von Arian.

Er war aus ihrem Leben verschwunden.

Eigentlich hätte sie darauf gefasst sein müssen, und trotzdem wollte sie nicht glauben, dass diese Situation nun eingetreten war.

Eigentlich hätte sie ihn für alles, was er ihr angetan hat, hassen müssen, tatsächlich kamen ihr nur seine letzten Worte in den Sinn.

Oft dachte sie an ihre geliebte Großmutter, die bestimmt einen guten Rat für sie parat gehabt hätte. Fragen konnte sie sie nicht mehr. Das Leben erschien ihr leer und sinnlos.

Eines Nachts hatte sie diesen einen Traum.

Sie befand sich an einem wunderschönen Ort im Grünen. Barfuß stand sie im üppigen Gras, spürte, wie sie die Grashalme kitzelten, und hörte die Vögel fröhlich zwitschern. Ringsum wuchsen die farbenprächtigsten Blumen, über denen die Bienen summten und die Schmetterlinge ihre Kreise zogen.

Sie schaute sich um und erkannte, dass an einer Stelle die Blumen zu einem Weg gebildet waren, der zu einer Laube führte. Sie erinnerte Ana an die Laube vom Stadtpark, nur war diese viel größer und prächtiger.

Unter der Laube stand ein Tisch mit einem weißen Tischtuch. Darauf sah sie weißgoldene Kerzen und eine große Vase mit den schönsten dunkelroten Rosen, die sie jemals gesehen hatte. Von Weitem vernahm sie ein Glockenläuten.

Plötzlich raschelte es hinter ihr und sie fuhr herum. Da stand ihre Großmutter mit einem strahlenden Lächeln und hielt ihr ein Blumenbukett entgegen.

„Mein Mädchen, jetzt ist es so weit."

Sie wollte „Großmutter" rufen und ihr um den Hals fallen, doch sie konnte sich weder bewegen noch sprechen.

Ihre Großmutter lächelte sie gütig an. Dann sah sie zur Laube und nickte kurz. „Keine Sorge, er ist der Richtige."

Ana folgte ihrem Blick und sah einen großen Mann mit dem Rücken zu ihnen vor dem Tisch stehen.

Wie auf Geheiß drehte er sich um …

Ein Jahr später

Sorgfältig strich Melina die Bettwäsche ihres Ehebettes glatt. Dann räumte sie die auf dem Boden verteilte Kleidung ordentlich in den Kleiderschrank.

Arian hatte eine Vorliebe dafür, seine T-Shirts und Hosen an Ort und Stelle fallen zu lassen.

Aber dafür hat er ja jetzt mich, dachte sich Melina und sah sich um, was sie noch tun könnte. Dabei fiel ihr Blick auf das Hochzeitsfoto.

Stolz nahm sie es in die Hand und betrachtete das lachende Paar darauf. Liebevoll streichelte sie das Bild.

„Jetzt gehörst du mir", flüsterte sie seinem Abbild zu.

Es war eine aufregende Hochzeit gewesen! Die Zeit bis dahin konnte ihr nicht schnell genug vergehen, obwohl sie bis zum Tag der Verlobung nicht sicher gewesen war, ob ihre Verbindung mit Arian wirklich zustande kommen würde. Doch er war zu ihr gekommen. Und er war freundlich gewesen …

Alle bewunderten die hübschen Kleider, die er ihr gekauft und die sie im Laufe des Abends präsentiert hatte. Sie bekamen viel Geld und Geschenke zugesteckt. Ihre Freude über diese Verlobung war so groß gewesen, dass sie sich kaum ihre Gefühle bei der Hochzeit hatte vorstellen können.

Die Monate und Tage davor konnten sie zumindest genug Zeit miteinander verbringen, um sich langsam aneinander zu gewöhnen, und er war niemals wieder so garstig zu ihr gewesen wie zu Beginn.

Er wollte es scheinbar wirklich mit ihr versuchen, deshalb war ihre Unsicherheit bei der Hochzeit nicht mehr ganz so groß gewesen.

Dann war endlich der Tag der Tage gekommen.

Sie würde niemals seinen Blick vergessen, als sie ihm endlich im weißen Kleid gegenüberstand. In seinen Augen spiegelten sich Bewunderung und zum ersten Mal auch ein wenig Stolz auf seine zukünftige Frau.

Trotz ihrer Freude darüber heulte sie sich, wie es bei albanischen Hochzeiten üblich war, an diesem Tag die Augen aus.

Selbst wenn gerade nicht die Tränen liefen, kam sofort jemand aus ihrer Familie auf sie zu und beteuerte, wie unglücklich alle waren, dass sie fortging, sodass sie gleich wieder von Neuem zu weinen begonnen hatte.

Zu später Stunde zeigte sich die Angst vor der Hochzeitsnacht. Melina wusste, dass sie um jeden Preis vollzogen werden musste, während die Familie gesammelt im Wohnzimmer auf das blutige Laken wartete.

Sie schauderte noch immer, wenn sie daran dachte. Nicht auszudenken, wenn kein Blut zu sehen gewesen wäre. Eher hätte sie sich umgebracht, als Arian mit einem reinweißen Laken rauszuschicken.

Arian genoss es richtig, ihr Erster zu sein. Er zögerte nicht lange und sie versuchte, tapfer die Lippen zusammenzubeißen.

Wenigstens übernahm es der Mann, das blutige Tuch zu präsentieren. Er war danach gleich aufgehüpft, um die Zeugnisse der Jungfräulichkeit seiner Frau allen zu zeigen. Sie selbst blieb währenddessen im Zimmer und wartete gespannt.

Erst als im Wohnzimmer alle anfingen, laut zu jubeln und zu klatschen, konnte sie sich richtig freuen.

Vielleicht kam es ihr nur so vor, aber sie hatte das Gefühl, dass Arian sie seit dieser Nacht mit anderen Augen sah.

Und wenn wir dann erst eine eigene Wohnung und Kinder haben …

Melina schwelgte in Zukunftsplänen.

Schließlich stellte sie das Foto wieder an seinen Platz zurück, ging weiter zum Bett und warf abschließend den schweren Bettüberzug mit den vielen Rüschen und Glitzersteinen über, sodass das Bett einer aufgeputzten Bonbonverpackung glich.

Ein Geschenk ihrer Großmutter. Mit zwinkernden Augen hatte sie ihn Melina überreicht und gemeint: „Mach deinen Mann glücklich, mein Kind."

Und das wollte sie mit ganzem Herzen. Rückblickend betrachtet, hatten sie große Fortschritte gemacht, und sie glaubte, dass Arian seine Entscheidung, sie zu heiraten, noch nicht bereute.

Und seine damalige Freundin? Ab und zu ertappte Melina sich bei dem Gedanken, was wohl aus ihr geworden war. Aber dann verdrängte sie ihn gleich wieder.

Was zählte, war das Hier und Jetzt, und da gehörte Arian nun mal ihr ganz allein.

Ein letztes Mal ließ sie ihren Blick durch ihr gemeinsames Zimmer schweifen und ging dann in die Küche, um ihrer Schwiegermutter bei den Vorbereitungen für das Mittagessen zu helfen.

Eigentlich hatte sie es mit der eigenen Wohnung gar nicht so eilig. Sie liebte seine Familie sehr und genoss den gemeinsamen Alltag mit ihr und Arian.

„Oh, verflucht", schimpfte Ana, als das Handy in ihrer Tasche läutete und sie keine Hand mehr frei hatte, um danach zu greifen.

Dario wollte sie gleich zum Picknick abholen und sie war eigentlich fertig, zu gehen. Genervt stellte sie die Lebensmitteltüten auf den Boden und fischte nach ihrem Telefon.

Atemlos keuchte sie: „Hallo?"

„Ana …"

Ihr stockte der Atem. Es war eine vertraute Stimme, die sie lange nicht gehört hatte.

„Arian?"

„Hallo, Ana, wie geht es dir?"

Vor Schreck musste sie sich setzen.

„Danke, gut", antwortete sie vollkommen überrumpelt, „und dir?"

„Stör ich dich gerade? Du klingst ein wenig gestresst."

„Nein, also ja, aber das macht nichts."

„Wartet dein Lover auf dich?"

„Woher weißt du …?"

„Ana!" Arian lachte ins Telefon. „Vor mir bleibt nichts

geheim. Nein, ich mache nur Spaß. Ich hab euch ein paarmal zusammen gesehen." Und etwas leiser fügte er hinzu: „Du hast glücklich ausgesehen."

„Das bin ich", antwortete Ana und meinte es auch so.

Dario trug sie auf Händen. Mit seiner zuvorkommenden, aber doch lockeren Art hatte er sich Stück für Stück in ihr Herz geschlichen. Auch wenn es lange gedauert hatte, bis sie bereit gewesen war, sich das einzugestehen. Er schien nur Augen für sie zu haben, und nach einiger Zeit ließ sie sich schließlich mit Haut und Haaren auf ihn ein.

„Und du? Bist du auch glücklich, Arian?", fragte sie. Trotz der vielen Monate, in denen sie nichts voneinander gehört hatten, war sie, wie sie feststellte, besorgt um sein Wohlergehen.

„Wir gewöhnen uns aneinander", entgegnete Arian. „Ich hasse sie nicht mehr wie zu Beginn."

Ana wusste nicht, was sie darauf erwidern sollte.

„Ich habe Melina mittlerweile zu schätzen gelernt."

Da war er wieder. Dieser Stich in ihrer Brust. War es ihr gekränkter Stolz? Warum rief er sie überhaupt an?

„Freut mich, zu hören", erwiderte sie knapp.

Als könnte er ihre Gedanken erraten, sagte er: „Ana, ich habe dich angerufen, damit du weißt, dass ich dich nicht vergessen habe."

Sie brachte kein Wort über die Lippen.

Er fuhr fort: „Ich finde, man kann niemanden fallen lassen, wenn man einmal behauptet hat, ihn zu lieben, oder nicht?"

Seine Worte berührten sie. Das Stechen in ihrer Brust wich einem Gefühl wohliger Verbundenheit mit ihrer alten Liebe.

„Aber keine Sorge", sagte er plötzlich beschwingt, „ich beginne jetzt nicht, dich zu stalken oder so. Ich wollte nur *Hallo* sagen, damit du weißt, dass ich hin und wieder an dich denke."

„Das finde ich sehr lieb von dir", flüsterte sie.

„Werde glücklich, Ana." Er klang wieder ernst. „Es tut mir sehr leid, wie das mit uns gelaufen ist. Wenn ich könnte, würde ich es rückgängig machen."

Sie schluckte. „Das ist nicht nötig. Ich bereue keine Sekunde davon."

„Na ja, ich denke da an das Erlebnis mit Ridvan. Und die Begegnung mit Enis hat dir, glaube ich, auch ein wenig zugesetzt." Arian versuchte, wieder einen leichteren Ton anzuschlagen.

„Stimmt, darauf hätte ich allerdings verzichten können."

„Okay, ich halte dich nicht mehr länger auf. Dein Herzbube wartet."

„Kein Problem, er kann sehr geduldig sein." Diesen kleinen Seitenhieb konnte sie sich nicht verkneifen.

Arian lachte auf. Er verstand anscheinend.

Dann wisperte er: „Mach's gut, Ana. Man hört sich."

Klick. Er hatte einfach aufgelegt.

„Man hört sich", flüsterte sie leise. Eine Weile blieb sie reglos stehen und ließ das Gespräch bis in die kleinste Faser ihrer Seele nachwirken.

„Mach's gut, Arian. Werde glücklich!"

Anmerkung der Autorin

Falls ich die albanische Lebensweise einmal nicht korrekt dargestellt habe, bitte ich, das aufrichtig zu entschuldigen. Selbst die beste Recherche kann sich manchmal als Frosch entpuppen.

Für B., ohne den ich dieses Buch nie geschrieben hätte.

Tanja Kelebek

ist ein Pseudonym und bedeutet im Türkischen „Schmetterling".

Es gibt tatsächlich mehrere Gründe, warum ich dieses Pseudonym ausgewählt habe, aber eigentlich ist das auch gar nicht wichtig.

Mehr über mich findest du bei Facebook und Instagram.

Oder auf meiner Homepage:

www.tkelebek.com

Interview Tanja Kelebek

Liebe Tanja, dein Buch befasst sich mit einem außerge-
wöhnlichen Thema. Verrate uns bitte, wie du auf die Idee zu
deinem Roman gekommen bist:

Es ist für mich erstaunlich, dass sich in unserer Gesellschaft, in unserer Zeit tatsächlich noch solche Vereinbarun-
gen zutragen. Andere Kulturen, überhaupt deren ältere Ge-
neration, findet daran jedoch nichts verwerflich. Sind sie
doch selbst Beweis genug für die Jüngeren, dass dieses
Prinzip der Eheschließung funktioniert.

Arian war mit dieser Lösung anfangs nicht sehr glücklich.

Das stimmt. Immer wird nur von den zwangsverheirateten
Frauen gesprochen, niemand gibt den Männern eine Stimme, die oftmals auch nicht ganz einverstanden sind.

Man geht davon aus, dass die Männer keinen Nachteil da-
bei haben. Sie können meistens tun, was sie wollen, oder
nicht?

Sie sind viel freier als die Frauen, haben aber dennoch ihre
Aufgaben und Pflichten. Ich will überhaupt nicht entschuldigen, wenn ein Mann fremdgeht oder seine Frau schlecht
behandelt. Ich möchte nur zum Ausdruck bringen, dass ein
Verhalten durch einen Umstand ausgelöst werden kann. Es
ist schwierig, jemanden lieben zu müssen, der einen überhaupt nicht anzieht. Selbst glückliche Paare tun sich schwer
damit, einen Alltag zu bestreiten. Auch da gibt es ganz
normale Reibereien. Doch ich stelle mir ein Zusammenleben sehr trostlos vor, wenn es nur aus einem gegenseitigen
Ignorieren besteht.

In deinem Buch schreibst du aber, dass sich Arians Meinung über Melina ändert?

Ich habe mir sagen lassen, dass man sich tatsächlich an einen Menschen gewöhnen, ja, ihn sogar lieben kann. Allerdings befürchte ich, dass es in vielen Fällen eine andere Wendung nimmt.

Ich will nicht glauben, dass Ana und Arian keine Chance gehabt hätten ...

Deswegen habe ich die vernünftige Sanela dazugenommen. Mit ihren schlauen Einwänden macht sie Ana begreiflich, dass unterschiedliche Traditionen und Kulturen nur durch ein gegenseitiges Entgegenkommen funktionieren können. Dieses Aufeinanderzugehen muss aber von beiden Seiten stattfinden, ansonsten sehe ich wie Sanela wenig Chancen, glücklich zu werden.

Welche Rolle spielt Dario in deiner Geschichte?

Dario soll einen lebenslustigen, verantwortungsvollen Mann darstellen, den man jeder Frau zur Seite wünscht. Ana kannte bis dahin nur Arian. Mit Dario hat sie herausgefunden, dass es jemanden gibt, der besser zu ihr passt.

Wie siehst du Melina?

Ich wollte Melina nicht als böse Hexe darstellen, sondern als normales, naives Mädchen, das sich verliebt und sich die gewohnten Traditionen zunutze gemacht hat. Ihre Welt funktioniert so, sie kennt nichts anderes. In ihren Augen hat sie alles richtig gemacht, darum versteht sie auch nicht, warum sie kurz davor ist, Arian an eine andere, ungezwungenere Welt zu verlieren. Ich freue mich für sie, dass sich doch noch alles gefügt hat. In diesem Sinn war es ein Happy End für alle, oder nicht?

Was möchtest du deinen Lesern mitgeben?

Ich hoffe, dass viele junge Leserinnen zu meinem Buch greifen und danach anders an Beziehungen herangehen. Die kulturellen Unterschiede treten bei meiner Geschichte vielleicht in den Vordergrund, tatsächlich ist es aber nur ein Nebenaspekt. Denn auch zwischen innerkulturellen Beziehungen sollte man sich – noch am besten, bevor man sich unsterblich verliebt – fragen, wie gut passen wir zusammen? Im Prinzip wird doch jeder unterschiedlich erzogen, nicht jede Familie tickt gleich, nicht jedes Bildungsniveau ist gleich. Sicher ist es schade, die Liebe auf diese unromantischen Eckpfeiler herunterzubrechen, doch man macht sich damit tatsächlich ein Eheleben leichter.

Also besser keine große Liebe?

Doch, auf jeden Fall, aber nicht bedingungslos. Wenn man verliebt ist, denken die wenigsten an die nächsten dreißig Jahre, oder reden sich Merkmale schön, die ihnen am Partner bereits negativ aufgefallen sind. Jeder Abschied ist schwer, selten möchte man wahrhaben, dass es nicht passt. Die jungen Mädchen sollten sich deshalb viel Zeit lassen und auch Köpfchen beweisen. Man muss einem Mann nicht zu Füßen liegen. Eine Beziehung auf Augenhöhe ist viel gesünder und profitabler für beide.

Vielen Dank für das Interview!